小説

# 魔法使いの嫁

金糸篇

# The Ancient Magus Bride

## The Golden Yarn

# 凍えた花

ヤマザキコレ

手持ちの仕事が日暮れまでに終わるだろう、とヘーゼルが気づいたのは、連れ合いへの贈り物に悩む若いおんなたちと別れたすぐ後だった。

かつての先祖の革であつらえた鞄《かばん》は、中身を吐き出し終えてすでに軽い。ついでに街中にきらめくクリスマスの電飾も手伝って、ヘーゼルの足取りも軽い。

まるで人間気取りだ。自然、口がにんまりとする。

鼻を鳴らして早足。四つの蹄《ひづめ》の立てるリズムは歌に似ているとヘーゼルは思っているが、わかってもらえたのは人馬の仲間だけで、他のものにはうるさいと不評だ。

速度を上げて、しかしすぐ止まる。

ごちゃりとしたものが前を通った。

——あぁ、ああ、うぅん。

それは、呻《うめ》きながら、うすらぼけた「あちらがわ」の人間にぶつかりつつ、ずりずりと進んでいく。ぶつかられたほうが何かを感じることはほとんどないようだが、ぐんにゃり蠢《うごめ》くものに通り抜けられていくさまを見るのは、あまり気分がよろしくない。想像するだに感触が悪そうだ。

とはいえ、とヘーゼルは帽子を軽く上げて見送る。あんなのでも、いつかお客になるかもしれない。

ああいったものは大きな都市には数多いが、亡霊だか、生きているのだか何なのだか、ヘーゼルにはよくわからなかった。風通しが悪いせいか、昔も今も、人の多いこの街ではよく見かける。

ロンドンは、せまっこい場所に、建物も車も人間もつめこまれている。ひどいにおいのする路地もある。時々大きな公園や小さな庭があるくらいで、やはりヘーゼルのような体の大きいものが走り回るのに広いとは言えないし、いくら蹄鉄《ていてつ》を履いてるとはいえ敷かれたアスファルトは蹄によくない。道行くものに胴や足をつっかけないよう、走る際には細心の注意が必要だ。その気もないのに転んだり転ばせたりしたら、自分たち一族の名折れでもある。

とはいえ人間が行き交う「おもて」の道とは違って、ヘーゼルたちのようなものが流れるのは雨水たまりに映る向こう側、「うら」の道。それなりに動くことはできる。

蠢く影は人波にまぎれてしまって、もう見えない。

ヘーゼルは帽子をかぶり直した。

あご紐《ひも》の具合を確かめて、始めるのはゆったりとした駆け足。
しんとした冬の風がたまらず、ヘーゼルは大きく息を吸った。

都市のそれとはわずかに違う、冬のにおい。それを嗅ぎながら、彼はロンドンから離れ、隠れた道を進む。普段は通らないような近道もふんだんに使い、ゆるやかだった駆け足はどんどん速くなっていく。

北へ北へと走るにつれ、目に映る景色は少しずつ様変わりしていった。ナナカマドの実はうたた寝をし、野の草も白く凍えてだんまりを決め込んでいるように見えた。田舎道のかたわらに横たわる古代の石さえも、何も語りかけはしない。

日が地平線に沈むその時まで走り続け、ヘーゼルは一軒の家までたどり着いた。

——そこは、平凡な、田舎にならどこにでもある家と言っていい。

灰色の石で作られた、くすんだ外壁。窓から漏れる炎の色の明かり。とげとげしいヒイラギの垣根はやけに生き生きとしているが、冬囲いの済んだバラがあちこちに見える庭は遠い春に向けて眠りこけている。唯一、玄関先に植えられた青りんごの木だけが、ヘーゼルを柔らかく迎えてくれた。

不思議と通年実るその青い実を、一つ手に取る。

ぷつり、と、実はなんのひっかかりもなく彼の手のひらに収まった。

料理用の、酸味の強いはずのそれをかじろうとした時——唐突に家の扉が開かれた。

「ヘーゼル。来たらすぐ声をかけるよう、いつも言ったでしょう？」

キルトのショールを羽織った、青みがかった黒い髪のおんなだった。

あたたかな屋内の光を背負って、おんなはぷりぷりと怒っていた。まるで出来の悪い子供を叱りつけるように。

「久しぶり、マリーおばさん」

口にしかけた青リンゴをコートのポケットにつっこんで、ヘーゼルは蹄を鳴らした。


ヘーゼルとはかたちの違う〈二本足〉の叔母マリーは、ブリテンの北にいる人馬の群れとは離れて暮らしている。

人馬には、時おり〈二本脚〉と呼ばれる、ホモ・サピエンスと同じようなかたちを持って産まれてくる者がある。彼らは馬に似た肢体を生まれつき持っていない。彼らは通常の〈四本脚〉である人馬よりも体力がなく、産まれてすぐ立ち上がる人馬の子に比べ、食事も、移動もできるまでに月日がかかる。

しかし〈二本脚〉は、通常の人馬よりも手先が器用で、心遣いが細かい傾向にある。

人馬の群れにあっては生活がしづらい〈二本脚〉でも、ホモ・サピエンス——人間に紛れて生きるのは向いている。

ゆえに、〈二本脚〉は産まれてすぐに、事情を知る人間の元か、人里に生きる〈二本脚〉の元に里子に出されてしまう。適材適所、それが双方にとって最良の生き方である、と信じられているのだ。

マリーは、そんなふうに〈二本足〉の仲間の元に里子に出され、人間として育った。

——そうして今は、町から遠い田舎でひとり暮らしている。


「わざわざクリスマスに訪ねてこなくたって」

「相手でもいるの？」

「わかってて言ってるわね」

ミントグリーンに塗られた扉を開けて、マリーはヘーゼルを迎え入れた。

カーペットでもフローリングでもなく、マリーの城の床は古めかしい石の床で、蹄で踏んでも傷つけることがないのでヘーゼルはこの床を気に入っている。二階へは上がったことがないので、二階がどうかはわからないが。

「この日にはマリーおばさんの料理とアップルパイを食べなきゃあ、一年が終わる気がしねえんだよなあ」

「調子のいいことを言って。ただ疲れただけでしょう?」

「疲れたならなおさらこんな寂れたところになんて来ねえって」

ヘーゼルの本音だった。疲れただけなら、いつものねぐらで寝るに限る。

「ああ、ほら、ちゃんと脚を拭きなさい。今日も一日駆け回ってきたんでしょう?」

マリーは入口に置かれた棚の中から、大ぶりな布を取り出した。布をヘーゼルに手渡しかけ、ややあって思い直したのか、彼女自身がヘーゼルの足元にしゃがんだ。手のひらを差し出されたので、ヘーゼルはおとなしく前脚をマリーのそれに乗せた。

「面倒だなあ」

拭えるものなら自分で拭いたいが、体の構造上、前肢——人間によく似た腕——の構造上、前脚にも後脚にもヘーゼルのそれは届かないのだ。

「あんたは昔から気にしないで入ってくるんだから、ちょっとは気にしなさい」

「俺が汚したぶんは俺が掃除するって言ってるのに」

「まあるく掃いて隅っこに小石が転がっているのは掃除したとは言わないのよ」

ため息をつかれたが、マリーは怒ってはいない。幼いころからこの叔母の所に遊びに来ているヘーゼルにとってはいつものやり取りだ。昔はもっとやんちゃに家の中で走り回って、尻を鞭《むち》で叩《たた》かれた記憶はまだしっかりある。

脚をすべて拭われて、ようやくヘーゼルはリビングに通された。

隅にあるテレビは真っ暗で、いつ買ったのかわからないようなラジオも、クリスマスソングのひとつも放送できないままへそをまげているようだった。ニュースキャスターの声も、ドラマのわざとらしい俳優の声も、キャロルも何もないクリスマスのリビング。暖炉の薪がぱちぱちと燃える音と、冬の牧草地を駆け抜ける荒れた風の音しか聞こえない。しかし、それがヘーゼルには不思議と心地がよかった。

三人掛けの大きなソファと、一人掛けのソファ。一人掛けのほうには、しおりが挟まれた本が置かれている。おそらくヘーゼルが来るまで、マリーはここで本を読んでいたのだろう。

ふと見渡すと、マリーはリビングには入ってこなかったようで、姿がなかった。

暖炉の灰のにおいに混じって、花の精油の香り。それとは別に、キッチンのほうから甘い香りが漂ってきた。

くんくん鼻を鳴らしながらヘーゼルがキッチンへ向かうと、湯を沸かしながら紅茶の用意をし始めるマリーがいた。

「リクエストはある？」

マリーはティーバッグをいくつか選びながら、ヘーゼルのほうを見もせずに尋ねた。

「なんでもいいよ」

「そう」

マリーのお気に入りなのか、箱に残り少ないティーバッグを選んでふたつ、それぞれをマグの中へ落とす。丁度沸いたケトルの湯をマグに注ぎ入れるさまをじっと見つめて、ヘーゼルは、マグの乗ったオーク材のダイニングテーブルに、ずいぶんたくさんの料理が並んでいることに気が付いた。

冷めないようにかぶせられているアルミホイルをそっとめくると、ローズマリーと共にローストされたポテトと、大ぶりなローストチキンが見えた。

「あーあ、ひとりで食べようと思ってたのに」

マリーが大げさに残念がるのに、ヘーゼルは笑ってしまった。

「嘘《うそ》ばっか。俺が来るのわかってたんだろ？　ここ十年は毎年来てるんだからさ」

ホイルを取り去っていくと、ヘーゼルが目を輝かせた。厚切りのリンゴがみっちりと、パイの上でてらてらと蜜色に光っている。味見のためか少し欠けたパイのすきまから、ヘーゼルはひとかけらのリンゴをつまみだし、ぱくりと口へ収めてしまう。

「うん、おいしい。いつもの味だ」

「こら、つまみ食いはだめよ」

はあい、と子供のようにヘーゼルは返事をした。

「これ、プレゼント」

ローストチキンが少し残った――これはきっと、明日以降にスープになるのだ――以外はあらかたテーブルの上のごちそうを食べ終わり、数杯目の紅茶を飲み干してから、ヘーゼルは鞄の中に一つだけ残っていた袋をマリーへ差し出した。

マリーはぱちぱちと瞬きをして、次いでぱっと笑顔になった。

「ありがとう、嬉《うれ》しいわ！　私にプレゼントをくれる人なんて、兄貴か、あんたぐらい。私が独り立ちした時も、あのリンゴの木を、兄貴がくれたんだったっけ……」

懐かしそうに目を細めるマリーに、ヘーゼルが袋を渡そうとすると、マリーから、ちょっと待ってて、と待ったをかけられた。

いそいそとマリーはキッチンを出ていく。しばし後、片手からはみ出るサイズの箱を持って帰ってきた。箱は、この家の扉と同じ色――ミントグリーンのリボンで丁寧にラッピングされている。

「はい、交換ね」

あんまりマリーが嬉しそうなので、ヘーゼルも少し笑ってしまった。

ふたり同時に、ゆっくりラッピングを解いていくと、え、とこれもまた同時にふたりが声をあげた。箱、そして袋から取り出されたものは、奇しくも同じ形をしていた。

「――蹄鉄？」

それはU字型の金属でできていて、馬の脚に打ち込む蹄鉄だった。

マリーの持つものは古びていて、少し錆《さ》びかけている。対してヘーゼルの持っている蹄鉄は傷の一つもなく、真新しい。きっちり四つ揃《そろ》った蹄鉄は金属ではあるが、鉄ではない。星の色に似たそれは、アルミニウムのように見えた。

「あんたね、これは嫌みじゃあない？」

〈四本脚〉が〈二本脚〉に蹄鉄を贈るなど、嫌がらせのようなものだ。〈二本脚〉は人間のなりをしているが、意識も、肉体も、中身はしっかりと人馬なのだ。しかし、〈二本脚〉に蹄鉄を履く蹄があろうはずもない。

しかしヘーゼルは、よくわからない、といったふうに首をひねった後、ややあってからばつが悪そうな表情で縮こまってしまった。

「えっと、その、ごめん……マリーおばさん……そういうつもりじゃなかったんだ、本当に。蹄鉄を飾ると幸運がやってくるって、人間の間ではそんな話があるって聞いたからさ」

「ああ……そういえばそんな話もあったね」

納得したようにマリーは相好を崩したので、ヘーゼルもほっとして、縮こめた大きな体を元に戻した。

「マリーおばさんも、どうして蹄鉄を？」

「あんた、最近蹄鉄を替えてないでしょ？　いつもあんたの脚を拭いていれば、いやでも気づくからね」

　――軽くて丈夫で、長持ちするんですって。

　苦笑するような声に、ヘーゼルはこめかみを掻《か》いた。嬉しいような、どこかいたたまれないような、奇妙な心地だが、悪くはない。

「さて、片付けましょうか。あんた、皿を拭いてくれる？」

「お安い御用でさァ」

　ヘーゼルは少しおどけて、流し台へ向かう。ここもいつもぴかぴかと輝いていて、家主のきれい好きが窺《うかが》える。

　しかし、彼の後ろにマリーが付いてくることはなかった。

　微かな衣ずれの音の後、何か重みのあるものが床へ落ちた音がして、ヘーゼルは振り向く。そこには椅子にしがみつきながら、床へ倒れてしまったマリーがいた。

「マリー？」

　ヘーゼルは狭いスペースで方向転換をし、駆け寄ると前脚を折り、マリーを助け起こす。

　先ほどまで元気だったように見えたマリーは、今は眉根をぎゅっと寄せ、少しうつろな目をしている。呼吸が早く、苦しそうだ。

「マリー、どうしたってんだ？　歩けるか？」

　弱弱しく、ふるふると首を振ったマリーを前肢で抱きかかえてから、ヘーゼルは立ち上がる。

すいすいとキッチンから廊下へ移動し――とはまるで言い難く、頭や尻をあちこちへぶつけたが、なんとか急ぎ足でリビングまでたどり着き、彼女が寝転がるのにちょうどいいソファへマリーを下ろした。

マリーの額にヘーゼルが手を当てる。熱はないようだったが、〈四本脚〉と〈二本脚〉では体温に差があるので、ヘーゼルにはマリーに異常があるのかないのか判別がつかなかった。

「具合が悪いなら、どうして寝てなかったんだよ」

「……気づかなかったの」

「そんなわけ……」

言いかけて、ヘーゼルは口をつぐむ。

――一人で食べるには、多すぎる料理。

――用意してあったクリスマスプレゼント。

それ以上を言葉にするのはためらわれた。

ヘーゼルはキッチンへ踵《きびす》を返し、棚の中をひっくり返した。しかし目当ての品はかけらも見つからず、またもやリビングへとって返し、マリーへ尋ねた。

「マリー、薬は?」

「切れてるの……」

マリーは呻くような声で返すと、肩からかけたキルトを握りしめた。

——〈二本脚〉は、人間とよく似ているが、中身は人馬だ。

人間の薬は悪くはないが、とても効きづらい。やはり怪我や病気には人馬専用の薬を使う必要がある。薬は数十種類があるが、そのいずれも人馬全員が作れるわけではない。そのストックがこの家にはもうないという。

いつからない、と尋ねると、マリーは目を逸らし、何も言わなかった。

「マリー、どうして言わねえんだ。俺なら、頼まれたらすぐ行って取ってくるのに」

「……〈二本脚〉に関わってるのがばれたら、あんたへの当たりがきつくなるわ」

「そんなの」

「あんただけじゃないわ、あんたの父親や母親……あたしの兄貴、義姉さんだって」

群れの家族のことを出され、ヘーゼルはまたも口をつぐむしかなかった。

——〈四本脚〉は、〈二本脚〉を蔑む。

軽蔑しないまでも、憐《あわ》れむ。脚が四つあれば、家族でいられたのに、一緒に暮らし、一緒に駆けることができたのに、と。狩りもできず、手先の器用さも、人馬の中にあっては無用の長物だった。寿命は何十年も短く、病気がちになる。子も残せない。

——ゆえに、傷口のように、腫れ物のように、厄災のように。

〈四本脚〉は〈二本脚〉と関わらぬよう、人里に流してしまう。

ヘーゼルが幼いころからマリーと関わり合いがあるのは、彼の父親——マリーの兄が、ひとりきりでいる自分の妹に、自分の子を自分の代わりに遣わしたからだった。

中身の知れない手紙とともに、旅の練習だ、とヘーゼルはひとりで群れから追い出された。

あちこちに遊ぶ妖精たちや精霊に訪ね回って、這《ほ》う這《ほ》うの体でたどり着いたのが、マリーの家だった。その時には、すでに玄関先のリンゴの木は、実をぎゅうぎゅうに実らせていたような気がするが、ヘーゼルには手紙を読んで涙を流すマリーの記憶しかない。

——〈四本脚〉と〈二本脚〉のしがらみは、いつから始まったか定かではない。

ヘーゼルにとってはよくわからないしがらみが、兄妹として心を砕く、父とマリーの間にも横たわっている。きっと、他の者にも。

はるか昔は、〈二本脚〉は産まれた直後に殺されたともヘーゼルは聞いている。それに比べれば今はいい時代だ、と言えるかもしれない、それでもやはり、くそくらえだ、という考えは変わらなかった。


——面倒だ、本当に。

「……俺が薬を取ってくるから、マリーは休んでてくれよ」

ヘーゼルがコートを取ってきて着込むのを、驚いたふうにマリーが見つめた。

「取ってくるって……まさか北の集落まで？」

人馬の群れの中には薬師が必ずいる。人間の中に医師がいるように、人馬にもまた、医療を生業《なりわい》にする者がいるのだ。自分用だと言って頼み込めば、なんとかしてくれるかもしれない。

「行って帰って、裏道でだって最低でも二日かかるでしょ」

「平気だよ」

「寝ていれば治るから、あんたはゆっくりしてなさい」

「だけど」

「いいから」

ヘーゼルとは違う、マリーの青ざめた細い手が、彼の前肢をつかんだ。つかまれているとも思えないような力だったが、ヘーゼルは動きを止める。

「薬がない時は、寝て過ごせば……いつか治るから」

それは、前にも同じようなことが何度もあったということだ。

淡い息がマリーの口から漏れている。呼吸は先ほどよりも穏やかになっているが、それでもずいぶん速い。

いつも、彼女は一人で不調に耐えているのだろうか、とヘーゼルは想像する。

荒れた風が駆ける野に建つ家の中で、ひとり、ベッドの中で身体を抱えている。

嵐が過ぎ去るのを、誰にも頼らずひとりで待つのだ。


「……今は、ひとりにしないで」

ヘーゼルは、頷くしかなかった。


初めて上った二階、彼女の寝室からヘーゼルは毛布を回収し、リビングのソファに横たわる彼女にそっと被せた。いつも雑だ、大雑把だと呆《あき》れられるので、彼にしては繊細に作業したつもりだ。しかし、いつも彼を叱る彼女は今目を閉じきって、笑いもしない。

寝室に寝かせることも考えたが、階段は狭く、ヘーゼルの体では行き来が難しい。そのままリビングにマリーを寝かせておくことにして、ポットに湯を注いでかたわらのローテーブルに置くと、ヘーゼルも脚を折ってマリーのそばに横になった。

石の床は、暖炉の熱のせいかわずかにあたたかい。自分が腹を壊すことにならなくてすみそうだ、とヘーゼルは鼻の下をこすった。

ありがとう、と微かな声がヘーゼルの耳に届いた。

――彼女からは、いつも凍えた花のにおいがする。

ヘーゼルは、マリーに会うたびにそう感じた。

幼い身で疲れきり、たどり着いた先で見た彼女がひどく美しくみえたせいかもしれないし、人馬のしがらみを理解して、身に染みていながらも、嫌がらず接し続けてくれた彼女の心遣いが嬉しかったせいかもしれない。

本当は、〈四本脚〉の自分のことを見るのも嫌なのかもしれない。

それでも、いつも彼女は料理や菓子を用意して、ヘーゼルが来るのを待っていてくれる。

――彼女の世話をできるのが少しだけ嬉しいのは、知られてはいけない。


ヘーゼルが情けない思いを飲み込むように身震いすると、マリーが少しだけ目を開け、ソファーのすぐそばに伏せているヘーゼルの馬体を撫《な》でた。

雨に濡れたようにも見える黒い毛並みはさらさらとしていて、マリーの指に優しい。〈二本脚〉である自分よりも高い体温が、じんわりと指先から染みてくる。

「あんたの毛並みは、黒くて、つやつやして、きれいね」

「マリーおばさんの髪と一緒だよ」

ヘーゼルの本音だった。

「そんなはず、ないわよ。あたしなんか、くせっ毛で……こんなふうにまっすぐじゃない」

「俺の尾だって、手入れしないとうねって大変だよ」

マリーがふ、と笑った。想像したのだろうか、とヘーゼルもおかしくなった。

「私、あんたがうらやましい」

「……うん」

「人間のなりをしていても、足が疼《うず》くの。……風の穏やかな日や、珍しくすっきり晴れた日、きれいな朝霧の日。どこまでも走っていきたい。でも、こんなひ弱な、二本しかない脚じゃ、私はどこにも行けない」

――群れに戻れないことよりも、それが辛いの。

マリーがヘーゼルの毛並みに爪を立てても、ヘーゼルは何も言わなかった。少しだけ乱れた毛並みは、しばらくしてから、乱した本人が丁寧に撫でつけて元通りになった。

「ないものねだりなんて、面白くもないわね」

嘲るように、マリーが口の端を歪《ゆが》めた。

〈二本脚〉と〈四本脚〉、持っているものは違う。ヘーゼルは狭い家では暮らせないし、マリーは群れと一緒に野では暮らせない。しがらみがなければ、手先が器用なマリーはきっといい薬師になれただろうし、ヘーゼルは、おそらくマリーのことをただの家族で、ただの叔母だと思っていただろう。

「でも、俺は、二本の脚で歩くマリーしか知らねえよ」

「……私も、四つの蹄で走るあんたしか知らないわね」

目を閉じ、でも、とマリーは最後にささやいた。

――あたしと同じ色の、きれいな毛並みのあんたの脚が、私はうらやましいのよ。


眠ってしまったのか、マリーはそれきりヘーゼルには語りかけてこなかった。

マリーから寝息が聞こえ始めたので、ヘーゼルは立ち上がって、暖炉に薪を追加した。新しい薪に喜んだ暖炉は、前にも増してぱちぱちと火花を弾けさせ、ヘーゼルとマリーを赤く照らして温める。灰のにおいが濃くなった。

夜更けの風は雪を連れてくることもなく、ただただ、ひゅうひゅうと身軽に駆けていく。

ポットの湯は冷めてしまっていたが、また沸かしておく気にもなれず、ヘーゼルはポットをそのままにしておいた。

ヘーゼルは再びマリーのかたわらへ戻ると、上半身を彼女の脚に預けて休む体勢に入る。馬の背は、目を覚ました彼女がいつでも撫でられる位置へ調整した。

暖炉の明かりのせいで、ヘーゼルには彼女の顔色はよくわからない。普段は手袋に収まっている指先で微かに触れると、なめらかな頬はほんの少し冷たいように思えた。

呼吸が落ち着きを取り戻し、眉根のしわがとれてきたマリーを眺めながら、ヘーゼルは口を開きかけ——やめた。

——すらりと伸びた二本足のあんたが、いっとう美しいんだと。

——脚を折らなければ合わない目線が、苦しいんだと言ったら。

あんたはどんな顔をするだろう。

死ぬまで言う気のない言葉を飲み込んで心臓のとなりに収めると、ヘーゼルは少し不安定な体勢をクッションで誤魔化しながら、彼もまた目を閉じた。

体内の嵐が去ったことを、マリーは朝の光の中で寝ぼけながら察した。

眠る前には足元で横になっていたはずの甥《おい》を探すが、クッションが打ち捨てられているだけで、他の痕跡はない。

——もしかすると、帰ってしまったのだろうか。

声もかけずに帰路につくような子ではないが、そうだとすれば、ずいぶん迷惑をかけてしまった、とマリーの胸に後悔が忍び寄ってくる。

隠し通すつもりだったのに、いつもよりずいぶんと苦しい不調だった。きっと、ヘーゼルはとても驚いたことだろう。彼に不調を気取らせたことは今までなかった。

薬がないのも災いした。心苦しいが、そろそろ兄に無心するべきなのかもしれない、といつもなら思いもしないことを考えて、マリーは重いため息をついた。

定期的に兄がこっそりと送ってくれる薬は、量こそ多くはないが、兄の精いっぱいの愛だった。赤子のころに里子に出されたため、父も母も、兄の顔もマリーは知らない。父や母から頼りはないが、居場所を聞きつけたらしい兄は、しがらみの隙間をすりぬけて、情けをくれる。

——そのことに、時おり言いようのない憤りを感じることもある。

しかしそういう時は、かつて兄が送ってくれたリンゴの木を見て、心臓の当たりに渦巻く靄《もや》を鎮めるのだった。マリーには、どうしようもないことだ。

自分を慕って会いに来てくれる甥を見て、同じ憤りに襲われることもある。が、マリーの作る菓子をうまそうにぱくつく人馬を見ていると、おかしくなってしまって、いつのまにかむかつく胸の嵐は治まってしまう。

——本当に、帰ってしまったのだろうか。

「おばさん、マリー？　起きられる？」

はっとマリーが廊下へ目をやると、そこには彼女の甥のヘーゼルが立っていた。

手には湯気の立ったスープ皿を持っており、マリーが起きていることを確認すると、嬉しそうに近寄ってきて、皿を渡してきた。

中身は、牛乳とコンソメで煮込まれたらしいパン粥《がゆ》だった。マリーが礼を言って受け取ると、彼女の甥はどこかそわそわしているらしく、かつかつと蹄の音を鳴らしている。

「あんたが作ったの？」

「おかげで、あちこちぶつけたけどな」

ばつの悪い顔をして、ヘーゼルが頭を掻いた。

現在のキッチンがどうなっているのか考えるのも怖いが、マリーはその不安をひとまず飲み込んだ。それから、料理に覚えのない甥が作ってくれたというパン粥を、冷めないうちに片付けることに決めた。

「……二本足でよかったことは、家をくまなく掃除できることだわ」

マリーの少し棘《とげ》のある言い方に、ヘーゼルはごまかすように笑った。

「これ、遠いけれど、届けてくれないかしら」

ヘーゼルが帰り支度を終えるころ、マリーから差し出されたのは、ラッピングされたアップルパイだった。昨夜の夕餉《ゆうげ》の残りだろう、とヘーゼルは察する。

「いいけど、どこまで？」

「あんたがおいしいって言ってくれたから、私の兄貴のところまで」

そのひとがくれた木から採れたリンゴで作ったの、とマリーは静かに笑った。――凍えた花のにおいは、ほんのわずかに漂うばかりだった。

「喜んで、必ずやお届けしましょう」

ヘーゼルはおどけて、人間式に礼をした。

預かったパイを、マリーからのプレゼントと一緒に鞄に大事にしまいこんで、ふたをぽんぽんと叩く。今まで、彼女に届け物を頼まれたことなど一度もない。運び屋として、いつにもまして気が引き締まる思いだった。

「お代はいくら？」

「次来た時にたらふくごちそうしてくれれば、それでいいよ」

「そっちのほうが高くつくってわかってて言ってる？」

「言ってる」

ヘーゼルは大笑いして、腹をさすった。

「またね、ヘーゼル」

マリーが手を振る。

――その背後、ミントグリーンの玄関扉には、古びた蹄鉄がかけられている。

「うん、マリー。また」
前肢を振り、ヘーゼルは四つの蹄で駆けだした。

雪もなく、風も強くない十二月二十六日の空は、いつものブリテン島の曇り空だ。枯れきったような冬の木々は、寒空に骨のような枝を伸ばしているし、重ねた灰色石で縁取られた道は冷たく重たい。畑にも実りはない。
けれども奇妙に清々しい田舎景色の細い道を、ヘーゼルははるか彼方の遠い北の国を目指し、ゆったりと駆けていく。

次に、叔母に手渡すものはすでに決めていた。

〈了〉

吸血鬼の恋人
三田誠

# 1

――とても綺麗《きれい》な、赤スグリ色の瞳をした女性《ひと》だった。

妻の残した庭は、多くが淡い色のバラで、だからなおさら印象に残ったのかもしれない。

正午の光の下なのに、月光をくしけずったような髪、大胆に胸元をさらしたドレスも非現実で、女性のいる風景は時間が止まったかのように見えた。

なのに、

「――ジョエル」

声が、かかった。

「ジョエル・ガーランド」

友人の呼びかけを、今だけは恨めしく思う。

現実に戻ってしまった。当たり前のようにバラの向こうには誰もいなくて、間抜けにじょうろを持って、僕が佇《たたず》んでいるきりだった。

「どうしたんだ？」

「……いや、なんでもない。ちょっと立ちくらみしただけだよ」

目と目の間を軽く押さえ、かぶりを振る。

願望も幻を見るぐらいになれば大したものだ。できれば、もうちょっと長く向こうに浸っていられたら良かったのに。

「ただ、女の人がいた気がして」

「お前が、女？」

くくっ、と友人が笑う。

カーキ色のジャケットが、その笑い声に合わせて揺れた。軍服をアレンジしたらしいその私服は、彼の仕事とマッチしてる気もするし、マッチしすぎて仕事とプライベートの違いを認識しにくいのではないかとも思ってしまう。

「いや面白い。こんなところで、突然お前に女っ気が生えるとは」

「だから立ちくらみしただけだよ」

抗議すると、我が友人は呆《あき》れたように肩をすくめた。

「お前は昔からしょっちゅう倒れてたからな」

「医務室に投げ込んでは、ついでに勤務をさぼっていたのは君だろう」

こちらも、つい軽口になる。

郵便局に勤めてた頃からの、数少ない相手だった。なにしろ人望がないものだから、こんな田舎まで様子を見に来てくれる知人なんかほかにいない。お人好しというよりは腐れ縁というべきだとは思うけど。

「でも、そろそろ新しい連れ合いを考えてもいいんじゃないのか？」

「あいにく、相手がいなくてね」

「前の結婚のときもそんなこと言ってて決めただろ」

「あのときは親のすすめで、もうその両親もいなくなったから」

まずいところに立ち入ったと思ったのか、数秒ほど友人の返事は途絶えた。

バラの庭を見つめて、頭を掻《か》きながら、話題を変えてきた。

「相変わらず、小説書いてるのか」

「最近はさっぱり」

と、正直に答える。

実際、原稿用紙どころか、愛用の万年筆にも触れなくなって久しかったからだ。田舎にひっこんで、亡くなった妻の残したバラの世話ぐらいしかしなくなって、今の僕は惰性だけで生きている。別に死にたくなることもないが、生きているという実感もない、そんな生活だ。

だから、書くものがなくなるのも当然だったかもしれない。

結局のところ、書き物なんて、憧れにせよコンプレックスにせよ強い衝動から成り立っているものだからだ。

「お前の文章、好きだったんだけどな」

「誰もお話の方は誉めてくれないんだが」

「小難しいんだよ。哲学的だかなんだか、読んでるだけで頭が痛くなるんだ」

「はは」

似たことは、昔大学でも言われた。

本棚にずらっと並んでる小説の影響だ。難解なのがいいと思ってるわけじゃないが、意識しないとそうなってしまう。むしろ意識しても、ちょっと気を抜けば、どんどん言い回しが硬くなっていくのだから情けない。

しばらくして、彼が淡く笑った。

「でも、また書いたら、読ませてくれよ」

「ああ、是非」

もう叶《かな》わないだろうなという約束を、私は友人と交わしたのだった。

＊

——しわくちゃで、痩せっぽちで、まるで好みじゃない男だった。


そのときのアタシは、ちょうど恋人を殺《あい》し終わって、次の男を探してた。

ああ、誤解しないでほしい。殺すといっても、けして乱暴な方法じゃないし、強制でもない。ちゃんと説明はしていなくても、向こうだってうっすらと気づいてはいたはずだ。だいたい詩人が文章にすべてを捧げて倒れるなんて、間違いなく本望だろう。早くも薄れゆく余韻を味わいながら、当時のアタシはほろ酔いみたいな気分で彷徨《さまよ》っていた……はずだ。

リャナン・シー。

男に才能を与えて、その血を貰《もら》う吸血鬼がアタシの正体だ。

吸血鬼だなんて言うと頭おかしいんじゃないかってヤツもいるかもだけど、人が思っているより、案外世界には神秘が残っている。魔術師や魔法使いだって死に絶えちゃいない。ただ、アタシたち妖精《ようせい》の存在は基本的に人の目に映らないだけだ。

そして、吸血といっても、つまるところは当たり前の取引関係《ギブ&テイク》。アタシに気に入られた恋人は少しばかり早死にして、代わりにちょっとした詩文の才能を与えられるという次第。いけすかない魔術師だったら、才能の定義とか、血と精気の関係についてとか、くだらない解説を始めるかもしれないけれど、そんなのはアタシたちにとってどうでもいいことだ。

とにかく、そんな行為を、もう数えるのが馬鹿馬鹿しいぐらい長い年月繰り返していて、たまには変わり種もいいかもしれないとか思ったり思わなかったりしていたのが、アタシという個体の歴史だ。

ああ、だから。

きっと、道に迷ってしまったのだ。

途中で同族と意気投合したり、ボロ家にへたりこんでいた泣き女《バンシー》と出会ったり、よくアタシは道に迷ってしまうのだ。

その日は、この地方の季節じゃ珍しくとてもよく晴れた日で、うららかな陽光につられて空を飛んでいたら、とんでもなく綺麗なバラの庭を見つけてしまった。野生の花も好きだが、人の手が入ったそれも素晴らしい。よほど丹念に育てられなければ、こんな赤ん坊の頬みたいにふっくらとした花弁はつけないだろう。

(いいなあ)

アタシは、こういうのに弱い。

引き寄せられるように、ふらふらと地上に降りてしまった。

ついつい、その艶に見入ってしまって。

ついつい、その香りに心を奪われてしまって。

どんな人が育てたんだろう、なんて想像してしまって。

ああ、だから驚いただけなんだ。

視線を、感じたのである。

ぱっと視線をあげたときに、目が合ってしまった。

「…………」

しわくちゃで、痩せっぽちで、まるで好みじゃない男だった。

ああ、それはもう全然好みじゃない。もう十分年をとってるくせに、子供みたいに透き通った瞳とか、耽美《たんび》のかけらもなく単にひ弱そうな首筋とか、安物のじょうろを持って曲がった背中とか、何ひとつアタシの琴線にはひっかからない。

ひっかからない、はずだ。

「ジョエル」

呼びかけられた声で、我に返った。

どうやら、さきほどの人間に、友人がいたらしい。

「ジョエル・ガーランド」

「……ぁ」

ジョエルと呼ばれた相手が振り返り、こちらへ向き直ったときには、もうアタシは視《み》えてないようだった。魔法使いでも魔術師でもない相手に、妖精が視えるはずもない。今のは本当にたまさかの、二度とは起こらない偶然だったのだろう。

こちらもさっさと立ち去ろうと踵《きびす》を返す。無意味な時間を過ごしてしまった。アタシたちの時間はいっぱいあるけれども、別に無駄遣いが好きなわけじゃない。好みじゃない男と過ごす暇なんて、紅茶一杯淹《い》れるほどもありはしないのだ。

だけど。

つい、アタシは立ち止まってしまった。

もちろん、バラのせいだ。ほかに理由なんてない。バラの間で、なんだか申し訳なさそうに談笑している男を振り返ったわけじゃない。まして、困ったように頭を掻いたその相手を、目で追ったりするはずもない。

本当に、気の迷いだ。

その男――ジョエル・ガーランドなんて実物にはそぐわないご立派な名前――はまるで好みじゃないけれど、少しぐらいこの家でバラを眺めていてもいいかもしれないなんて。

## 2

僕の生活は、極めて平板なものだ。

バラの水やりや土の手入れが一通り終わると、ご飯の用意だけしてから、書斎にこもりっきりになる。頑丈な本棚いっぱいに娯楽のための作品は揃《そろ》えてある……のだが、そろそろ読み尽くしてしまいそうなのが難だった。

いずれ余生が来たらと思っていたが、思ったより早く余生が来てしまって、面食らっている寸法だ。結果、早々と本棚の九割ほどを制覇してしまって、補給はいまだ追いついてない。たまに来る配達夫に新たな注文をしてはいるが、好みの本が見つかるのはせいぜい一ヶ月に数冊前後。半ば隠居した読書家《ビブリオマニア》の無聊《ぶりょう》をなぐさめるには到底至らなかった。

今読んでいるミステリも、残りページがどんどん減っていき、読書そのものとは別の焦りを感じ始めている。なるべくゆっくり読んではいるし、繰り返して読むのも乙なものだが、初読の追い立てられるような快感だって忘れがたいのだ。

一息ついて、すっかり冷めたコーヒーを一口飲み、軽く目と目の間を押さえる。若い頃と違って、丸一日本を読み続けるとかできなくなったのは、この場合救いかどうか。肩の張りを軽減するよう、軽く腕を回し、大きく息をつく。

深呼吸するだけで肺がちりと痛むなんて、若い頃は考えもしなかった。

こうして座っているだけでも、じんわりと疲れを実感する。

(赤スグリの瞳の、女性《ひと》、か)

また、あの白昼夢がちらついた。

バラの間で、立ち尽くしていた幻。驚いたのはこちらの方なのだから、あんな風に目を見開かれるのはちょっとショックなのだけど、とにかく自分の網膜にはあの一瞬が焼き付いていた。ああ、ただの幻かもしれないのだけれど、はっきりと忘れがたく、色彩の一粒ずつまでが刻まれている。

まるで、それは遠い日に読んだ小説のように――

「……そうだ」

と、ふと声に出た。

出てしまえば、行動まではあっという間だった。なにしろこの書斎だけで必要なものはすべて揃っている。引き出しを開いて、前から準備していたものを取り出すだけ。

久しぶりに、愛用の万年筆を握ったのだ。

原稿用紙は、昔購入したものをたっぷりと保管してある。そもそも、どこかの賞に投稿するわけでもないんだから読めればいいのだし、最悪メモ用紙だってかまいやしないが、自分のためのものなんだから気分は大事にしたい。

前に使ったとき、ちゃんと手入れをしたから、万年筆の状態は問題ない。

インク壺《つぼ》から吸引して、何度か手元のメモに線を引いて、書き味を確かめてみる。

原稿用紙を前に、しばらく迷ってから、書き始める。

最初の一文は、こうだった。

＊

アタシの生活は、昔と変わらない。

基本的には、屋敷の外をぶらつきながら、ずぼらなジョエルが起きてくるような昼前になったら戻り、時には風の色を見たり、時には木々の囁《ささや》きを聞いたりして、のんびり過ごしているという生活だ。いかにも妖精らしいとか、分かったような口を利く人間もいるかもしれない。

ただ、バラを眺める時間は増えた。

涼しい朝の庭で、ジョエルがじょうろを傾けて、バラとの間に小さな虹がかかるのが好きだった。彼の生活は本当にズボラで、バラの世話以外はご飯を摂ることすら面倒くさがるのも稀《まれ》じゃなかった。

一応、書斎には大量の本が揃っていて、彼がそれを片端から読んでいくのを見下ろしているのは嫌いじゃなかった。詩人の恋人《リャナン・シー》ということは、同じく詩文を愛する者ならば同胞ということとだ。もちろん、アタシたちが求めるのは新しくて刺激的な作品をつくってくれる恋人であって、けして同胞なんかじゃないのだけど。

あるとき、そんな日常に異変が生じた。

「……そうだ」

なんて呟《つぶや》いたジョエルが、不意に書斎の引き出しを開けたのだ。

そこから取り出した品に、アタシは目を丸くしてしまった。

「なんだ。あんた、やっぱり詩文に縁があるんじゃないの！」

ジョエルが万年筆を握ったのを見て、つい唇をほころばせてしまう。

うん、こうでなきゃいけない。だったら、アタシがついつい長居してしまったのも分かるというものだ。リャナン・シーは詩人に焦がれて、その才能の代わりに血をいただくものなんだから。

最初の一文は、こうだった。


——目眩《めまい》のように朧《おぼろ》な、泡のように儚《はかな》げな、薔薇《ばら》の庭。

——白い薔薇の向こうで、彼女と出会った。


「——っ」

一瞬、胸の真ん中に触れられた気がした。

続けて、ジョエルはつっかえつっかえながら、万年筆を動かしていく。

多分、よくある話だ。男と女が庭園で出会って、何気なく言葉を交わして、ほんの少し互いの心を覗《のぞ》いていくだけ。ヤマもオチもさほどのことはない。思いつくままに筆を進めているのだから、当然かもしれない。大した進展もないままふたりは別れて、そこでジョエルの筆が止まる。

「……ふうん」

大した文じゃないと思う。

少なくとも、横溢《おういつ》するような才能は感じられない。箸にも棒にもかからないってわけじゃないけど、アタシの好みとはだいぶずれる。しとしとと降り落ちる雨垂れみたいな文章が好きなのだけど、彼のそれは湿ってはいても、どこか突き放す風な文体だった。

だけど、それが妙に心に残ってもいた。膚《はだ》に引っかかるような、ほんの些細《ささい》な違和感。けして名文とは言えなくても、個性とは言えるだろう言葉遣い。動きを再開した万年筆が紙と擦《こす》れる音に、アタシは耳を澄ませていた。

それに。

書いているのなら、十分だ。

「……ねえ」

囁きかける。

その声は魔法使いや魔術師ならざる、只人《ただびと》には届かない。それでも才人には確実に波紋を起こす。アタシたちの生き甲斐《がい》。アタシたちの生きる意味。

声音には、熱を込める。

吐息には、血の香りを。


「あなたは、その血と魂を捧げてでも、至高の芸術に触れてみたいと思わない？」


渾身《こんしん》と思える響きが部屋に流れて。

しかし、囁かれた彼は、何の反応もしなかった。

（——まるで、聞こえてないじゃない！）

カチン、と来た。

仮にも小説を書いてるのに、アタシの声が届かないなんて。

理由は簡単だ。詩文に生涯を傾けようとする者なら、たとえアタシたちの誘いを拒絶しようとも、声が聞こえないなんてことはない。もしも、そんな相手がいるとすれば。

ああ、もしもそんな相手がいるとしたら。

この男は小説が好きであっても、命を懸けてものめりこむようではないということだ。

なんて不覚。なんて愚昧。こんな男に憑《つ》いてしまうなんて、リャナン・シーの風上にもおけない。

いや。

だったら、あのバラの庭はなんだろう。

芸術に一生を傾けるものならばいいのだ。たとえ詩文じゃなくても、それが美に通じるのならば最低限の筋は通る。祈るような気持ちで、もう一度囁きかけてみる。

「あなたは、あのバラをもっと美しくしたいと思わない？」

「……バラは、僕のものじゃないよ」

今度は、ぽつりと返事があった。

原稿用紙に向かい、万年筆を手にしたまま、ジョエルはこう口にしたのだ。

「あのバラの庭は妻のものだから」

妻！

なにもかもが錯覚。アタシの思い込み。

ふらふらと、そのまま後ろに倒れ込みそうになってしまった。衝撃と羞恥のあまり、この世から消え失せてしまいそうだ。いっそそうなってしまえればと、一瞬とはいえ心底願った。

瞬き数回の間に、自殺願望は儚く消えて、まったく別のものに入れ替わった。

(邪魔してやる)

めらめらと、情熱の炎が燃えさかる。

無論、嫉妬なんかじゃない。これは純然たる復讐《ふくしゅう》だ。このアタシを騙《だま》した相手に対する、決定的で致命的な鉄槌《てっつい》だ。なんで、自分は独り言なんか呟いたんだろうという風に、ジョエルはきょろきょろと周囲を見回していたが、アタシはもう気にもならなかった。

だから、仕方ないと思うのだ。

もう一度冬が来るぐらいまでは、この家にいてもいいと思うぐらいは。

3

時間があいたら、小説を書くようになっていた。

ごく短い代物だけど、何度も書き直している。パソコンが使えたら便利なのだろうが、自分の場合は原稿用紙が性に合っていた。だいたい、少々効率よくしたところで何の意味もない。自分が読み返す以外は、たまに立ち寄った友人に読ませる程度のものだ。自己満足で終わらせるには、ちょっと欲が残っているが、それでも作家として大成したいなんてものじゃない。

昔は、もうちょっと違っていた気がする。

ああ、昔というのは……

（……妻がいた頃？）

バラの庭は、妻が育てていたものだ。

もともと身体が弱かった妻だが、親の引き合わせで結婚してすぐに肺病を患い、静養のため田舎へ引っ越すことになったのだ。この家に引っ越した後、いくらか回復した彼女は突然庭にバラを植えようとか言い出した。

最初は単なる思いつきかと思っていたが、僕よりもバラと結婚したんじゃないかというぐらい熱心に、妻は土をいじり、水を与え、時には一大決心という面持ちでバラを剪定《せんてい》していたものだ。僕も彼女も言葉が足りなかったから、あるいは花の世話でそれを埋めようとしたのかもしれない。

実際、手伝いをするのは楽しかった。

軍手の甲で額の汗を拭い、この人と結婚したのは悪くなかったな……ぐらいの心持ちにはなった。

ただ、それでも僕と彼女の時間は数年ともたなかったのだ。あるいは、数年ももったのだから引っ越しした意味はあったのだと考えるべきなのだろうか。なにがしかの想いを育む前に、彼女は亡くなってしまい、ひとりには広すぎる家と、バラの庭だけが残された。

だから。

僕がやっているのは、ただの惰性だ。

彼女がやっていたことを、何の意味もなく引き継いでいるだけ。せめて、彼女に恋心でも抱けていればもう少し違ったかもしれないが、そんなことは起こらなかった。彼女を家族だとは思えても、それ以上の存在だとは最後まで思えなかった僕への罰。

いや、罰なんて大層なものじゃない。もっと些細でつまらない、心に刺さった棘《とげ》。バラの世話で指に刺さったときのように、鋭くはなくても、しばらくは鈍く続く痛み。

そんな痛みを思い出したから、またほんの少し書けるようになったのかもしれない。

まったく、どうしようもない。

「どんくさいというか、馬鹿だよなあ、僕は」

呟くと、誰かが相づちを打ってくれたような気がした。

幻覚も幻聴を伴うようになれば、いよいよ末期かもしれないが、少なくとも気分は慰められる。ひとりで暮らすには少しだけ家は大きすぎて、どうにも持て余してたのだから。

目が霞んできたので、眼鏡を外し、伸びをした。

どうも、ここしばらく疲れやすくなってきた気がする。老化かもしれない。ジョギングでも始めるべきかもしれないが、どうも昔から運動は気が進まない。そんなことを言ったら、例の友人にはまたからかわれそうだが。

「お茶でも淹れるか」

立ち上がり、茶葉を選ぶ。

今日はカモミールティーにした。普段とは少し違うのだけど、これもなんとなくだ。ただ、最近の趣味としてオレンジピールをブレンドしてみた。この香りなら気に入ってもらえるかも、なんてちらりと思ったのだ。あまりに馬鹿馬鹿しい。自分以外に飲ませる相手もいないのに。

＊

アタシは、なんとなくやる気を失っていた。

ジョエルを陥れるべく情熱が燃えさかっていたのも、まあ二季節ほど前のこと。そもそもリャナン・シーが人間にできることなんて、血を吸って《あいして》才能を与えるぐらいなのだ。でなければ見えないし、触れられもしない。空気と同じというか、いなくても問題ない分、空気以下だ。

ただ、バラだけがいつも美しかった。

ジョエルがほかの庭師と大して違うことをしてるわけじゃないが、この土地にはそういう適性があったらしい。適度にズボラな彼の性質と、この庭とがマッチしたのかもしれない。四季咲きのバラは、いつもどれかが鮮やかな花をつけていて、アタシの目を飽きさせることがなかった。

一方、彼の小説はなかなか完成しない。

はっきり言って、完成する前から書き直しすぎだと思う。

無論、悩むこと自体はかまわない。ああでもないこうでもないと呻吟《しんぎん》する作家なんて、アタシたちからすれば好物そのものだ。だけど、彼は小説に命懸けなんかじゃないんだから、まずは完成させるべきだろう。百の駄作を積み重ねてこそ佳作が、万の駄作を積み重ねてこそ一片の傑作が生まれるというものだ。

（しかも、これ短編でしょ！）

読む側からすれば、数十分で終えてしまうような話だ。速い者なら十分足らずかもしれない。そんな短編をどれだけ弄りまわせば気が済むのか。

今日も書斎でうんうんと足掻いている彼を見て、アタシは猛烈に怒りをぶつける。

「少し、どんくさいんじゃないの、アンタ」

「どんくさいというか、馬鹿だよなあ、僕は」

返事みたいに、彼の独り言があがった。

毎度のことなので、今更意識もしない。たまたま言葉が一致することが、何度か積み重なった程度のこと。似たような生活をしてるんだから、そんなのいちいち気にするようなことでもない。

それでも、アタシもそんな時間が嫌いじゃなかったのだ。

書き直すのが楽しいんなら仕方ない。どうせ、こちらの寿命は腐るほどある。お好みの時間だけ、せいぜいつきあってやればいい。

「お茶でも淹れるか」

伸びをした彼へ、アタシは気だるげに囁いた。

「ねえ、次はカモミールティーにしてよ」

ほら。こんなお願いも、まあ五回に一度ぐらいは通じるのだ。

ハーブティーの香りぐらいは妖精だって楽しめる。カモミールのすっきりした匂いに、少しオレンジピールが混じっているのはご愛敬。最近はあれこれブレンドを楽しんだりしてるらしい。

「そうね。こっちの筋は悪くないわ。あんた、下手な文章書いてるより、喫茶でも始めた方がいいんじゃないの」

お先にすんすんと嗅いで、彼が飲み始めるのを見守る。

……馬鹿みたいだ。

復讐すると誓っておいて、アタシは何ひとつ彼に手を出せていない。もちろん血を吸うのは簡単だけど、詩文に命を懸けてもない相手にそれをするのは、リャナン・シーという在り方を捨て去ってしまう気分になるのだ。

だから、結局何もできない。

だから、結局何も進まない。

だけど、この時間は嫌じゃなかった。

うつらうつらと、彼の隣で居眠りしてしまう。彼は私の重みなんか感じないだろうけど。

「残念ね。こんないい女の肌も香りも楽しめないなんて」

「そうでもないよ」

びくん、と肩が跳ねた。

当たり前に、彼はこちらの方なんか見てもいない。

「うん、そうでもないよ……でいいかな」

原稿用紙に言葉を連ねながら、ぼんやりとさっきのカモミールティーを飲んでいる。あまりにあまりな落ちで、アタシは絶句しているのが精いっぱいだった。もしもこの拳が届くなら、一発ぐらいはかましてやりたかったのに。

本当に！

本当に、この相手は！

怒りを込めて、思い切り寄っかかってやろうとしたところで、彼が新たな言葉を紡いだ。

「昔、バラは嫌いだったんだよ」

多分、独り言。

アタシのことなんか知るはずもないんだから、きっとそのはずだ。さっきみたいな醜態はさらすまいと身構えていたアタシは、続く話に耳を澄ませてしまった。

「手伝いは楽しかったけど、それでも棘は刺さるし、世話は面倒だ。毎月仕入れる肥料の値段だって馬鹿にならない。やめようと思わなかったのは、単に惰性になってたからだ」

万年筆が、何度も原稿用紙を引っ掻く音が、書斎に広がる。

彼の気持ちが、その音に籠もっている気もした。

「だけど、最近はそうでもない。どうしてだろうな。誰か、喜んでくれるような気がするからかな」

ことり、と彼の首が傾《かし》いだ。

自分でもよく分からないといった風の台詞に、アタシはひどく動揺してしまった。みっともないぐらいに心を奪われて、唇を引き結んでしまった。

彼の肩にもたれかかったまま、瞼《まぶた》を閉じる。

「好きよ。バラは」

なぜだろう。

逆に、彼の体温だってアタシには分からないはずなのに——その肩は、ひどく温かく感じてしまって、それが悔しくて。

それが、切なくて。

「ええ。バラが好きなだけなんだから——あのバラが見られる間ぐらいは、ここにいてあげてもいいわよ」

4

また、何年かした頃だった。

僕は、相変わらずバラの庭の面倒を見て、たまに小説を書いていた。

正確には書き直していた。同じ場面を何度も、飽きることもなく、書いている。はたから見る者がいればバカじゃないかと言うだろう。軍隊の拷問には、ひたすら穴を掘らせて、自分で埋めさせて徒労感で人をダメにするというものがあるそうだが、自分のそれは大して変わらない。もちろん好きでやってるのだから苦しくはないが、他人からすると似たようなものだ。

いや。

訂正。苦しくはある。

透明な湖に何度も潜っている感じだ。息が続かなくなればいつだってあがっていいし、誰に強制されているわけでもない。なのに、時間があると潜らずにはいられなくて、気がつくとせめて一文をものしようと筆を走らせていたりする。

この小説は完成するのかな、とぼんやり思う。

そもそも、きちんとしたプロットなんて存在しない。思いつくまま筆を走らせているだけだ。プロからすれば失笑ものだろう。ひょっとすると、怒り出す人だっているかもしれない。

でも、僕はプロじゃないし、知らない誰かに読ませたいわけでもないのだ。いうならば、この小説は日記に似ている。

そのときの自分を映し出す鏡。今の自分ならこう書くな、という確認作業。

バラの姿だって毎日違う。露を滴らせる花弁も、凜《りん》とした棘も、陽を浴びた葉脈の形も、まったく同じことなんて一度もない。小説を書くようになってから、初めて実感したことだった。それまではただ惰性だけでやっていた庭の世話が、ここしばらくはほんの少し変化していた。

季節を意識するようになった、と言えばいいだろうか。

風の湿り具合や、日の照り方を意識するだけで、咲き誇る花は驚くほど変わってくる。

そして、一度意識すれば、一日はただの二十四時間ではなくなってしまうのだ。不意に孤独が耐え難くなる空白も、お気に入りの本に出会った喜びも、その一度ずつの固有の時間だ。似たことは何度あったとしても、同じときは二度と巡ってこない。

多分、この小説も同じだ。

何度も書くうちに、出てくる女性の像も移り変わっていった。

時に金髪で、時に妻と同じ黒髪で、やがて月光の色のそれで落ち着いた。moonlight と書いたところで、つい声をあげてしまった。

「ああ」

驚きと、はにかみとで、瞬きしてしまう。

なんで、こんなことに今頃気づくのか。

一体何年、たったこれだけのことに遠回りしてしまったのか。

「――あの、赤スグリの目をした女性が」

＊

「ちょっと、どんくさいにも程があるでしょう」

と、アタシは何度も呟いている。

だって、あれからもずっと、ジョエルは同じ小説ばかり書き直してるのだ。あれから何度も冬が過ぎて、アタシは相変わらず窓辺でまどろんだり、バラを眺めたりしていたが、彼の小説にはついぞエンドマークが打たれることがなかった。

一度だってまともに完成しちゃいない。そんなのどんな意味があるっていうのか。

いや、完成しないと分かってるくせに、家から離れないアタシだって一体なんなのか。

分からなすぎて、腹が立つ。だからアタシは一日中怒っているのだ。庭園のバラは四季咲きで、いずれの季節にも美しい花弁を開いていた。馥郁《ふくいく》とした香りに包まれて、一年中怒ってるアタシは馬鹿みたいだ。

だけど。

何度も書き直されるジョエルの文章は、嫌いじゃなかった。

アタシの好みとはだいぶ違うけれど、硬質で、淡い情感の滲《にじ》んだ言葉遣いには独特のひっかかりがある。才能なんて声高には到底叫べないけれど、それでも確かに表出してくる心の色。

魂の彩《いろ》。

（……美味しい……？）

ちろり、と舌が伸びてしまう。

まあ大した才能じゃないんだけど、そんなことは分かってるんだけど、彼の血はどんな味がするんだろう。バラの香りなんて望むべくもないけれど、それでも想像してしまうのはやめられない。多分、枯れたワインに似ているんじゃないだろうか。とうに飲みどきは過ぎていて、本来の果実味溢《あふ》れる味わいは失われて、それでも後口に残る渋さには当時の面影を偲《しの》ばせる……そんな味。

今日も、彼は小説を書き直している。

――彼女とは、バラの庭で出会った。

いつもの書き出しだ。

修飾も削がれて、すっきり読みやすくはなっている。どっちがいいなんてものじゃないけど、アタシはこの方が好みだななんてのんきに考えていたところで、万年筆が次の文章を綴《つづ》った。

――赤スグリの瞳。花びらの間をゆるりと流れた、月光の色をした髪の――

(あ……)

どうして？

彼は、何を書いてる？

理解できない。理解したくない。全身がそれを拒んでいる。もしもそれを受け入れてしまったら、自分の根底が崩れてしまうと、予感が盛大に訴えていた。

なのに、

「ああ」

と、ジョエルがうなずいたのだ。

はにかんだように、しかしあんまりにも嬉しそうに唇をほころばせて。

「あの、赤スグリの目をした女性《ひと》が、僕の初恋なのかな」

息が、止まった。

どうしよう。

ダメだ。

すぐさま、胸の内が冷たくなる。妖精としての心臓が、氷と化したかのよう。凍りついた内臓は血管も神経も次々と、白く煌《きら》めく異形に置き換えてしまう。それでいい。凍ってしまえ。

その答えだけは知ってはいけない。選んじゃいけない。いやどうして選んじゃいけないのだ。自分は待っていたんじゃないのか。愛し方は誰よりもよく知っているだろう。彼もそれを望んでいるのだから、いつものように行えばいいのだ。

思考が分裂する。自分が何人もいるみたい。

頭の中で、胸の中で、アタシとアタシが馬鹿馬鹿しい戦争を繰り返す。くだらない。こんなになってしまう理由なんて何もない。あたしはこんなしわくちゃの男をなんとも思ってない！

家を、飛び出ていた。

抜け出たアタシを、鮮やかな花びらが取り囲んだ。

バラだ。時に白く、時に赤く、強い風が花びらをゆすり動かしている。颶風《ぐふう》に舞った色彩が、アタシの逃げ道を奪ってしまっている。

あんなに綺麗だったバラが、今はどうしようもなく恐ろしかった。

覚えてる限り初めて、アタシは見事にすくみ上がって、這《は》いつくばるようにして逃げていく。

空を飛ぶこともできず、ただうちひしがれて、惨めに地上を駆けていく。足取りは重い。心は石になったみたいで、何ひとつ考えられない。妖精の体は柔らかな土に足跡ひとつつけることもなく、ただただ惨めにその家から遠ざかっていく。

森まで来て、やっと振り向いた。

ジョエルの家は、ひどくちっぽけに見えた。このまま走っていけば、すぐさま森の枝葉に隠されて見えなくなるだろうに、どうしてもそれはできなかった。

「…………っ！」

胸を押さえて、アタシはうずくまっていた。

ずっとずっと、そのまま身動きすることもできなかった。

## 5

冬の午後、珍しく友人が訪れた。

寒そうにコートの襟を立てた友人は、こちらを一見して、顔をしかめたのだった。

「おいおい。入院でもしてたのかジョエル」

「いや、なにもないけど」

「もともと老け顔だったが、突然十歳も年をとったように見えるぞ。一応とはいえ、お前同い年だろが」

「一応が余計だ。これでも、最近はまた調子がいいんだ」

抗議すると、友人は初めて心配そうに眉をひそめた。

「もっと悪かったのか」

「ちょっと身体が重かっただけだよ。ジョギングすべきだとかグレープフルーツジュースを飲むべきだとか説教はやめてくれよ」

いなして、とりあえず紅茶を用意する。

湯を沸かして、ポットに人数＋ひとり分の茶葉を用意した。カップを温めておいてから、ゆっくりとポットに湯を注ぐ。今日はローズヒップだった。ここまでの移動で疲れたろうから、酸味は美味しく感じるだろう。近くの養蜂農家からもらった蜂蜜を足して、リビングで待っていた彼へと差し出す。

「どうぞ」

「ありがとう」

一口飲んでから、友人は「こういうのばかりうまくなるな」と、また余計な真実を付け足した。

それから、

「実は、結婚することになった」

唐突な宣言にも、特に驚くことはなかった。

素直にうなずいて、ティーカップを持ち上げて、淡く笑う。

「おめでとう」

「ありがとう。職場結婚でね。ほれ、お前に憧れてた受付の子だよ」

さすがに、今度は驚いた。

「憧れてた？　僕に？」

「気づかなかったのか」

「いやいや。冗談じゃなくてかい？」

「うん。休み時間、物憂げに本を読んでいる横顔がよかっただとさ。お前、昔からたまにそういう受け方をしてたんだけど、一度も気づかなかったろう」

「……まあ、その」

好意に気づかないどころじゃない。

妻とだって愛情を育む前に別れてしまって、たった一度出会った幻の女《ファム・ファアタル》への恋心に、何年も経ってから気づくぐらいの朴念仁だ。こうして並べてみると、自分でも呆れざるを得ない。

もしも、こんな自分の中身まで知って慕ってくれるような変わり者がいたとしたら、きっと――

（――きっと？）

何を考えていたんだろう。

どんな相手を想像してしまったんだろう。そんな思考があまりに都合良くて、学生の妄想じみていて、かあっと首元から熱くなるのを感じた。こんなの、学校への通学路で誰かが告白してくれるなんてのと、大して変わらないだろう。

「結婚式には来てくれるんだろ？」

白い歯を剝いて、友人が片目をつむった。

芝居がかった気障《きざ》な台詞が、この相手にはよく似合った。まあそれにふさわしい結果も彼の場合はついてきてる。

「これで何回目だっけ」

「三回目だが」

くくっ、と喉を鳴らした男と僕とは、まるで正反対だ。

だから、こんな田舎に引っ込んだ自分と、いまだに続いている気もする。少なくとも、来るたびにポット一杯分の紅茶を淹れてやるのは嫌な気分はしなかった。幸いビスケットも湿気てなかったので、ふたりでしばらく談笑した。

途中、ふと思い出して、付け加えた。

「そうだ。久しぶりに小説を書いてるよ」

「ほう！」

嬉しそうに、彼が声をあげた。ただ思いつきを書き連ねてるだけの代物なので、そんな反応をされるとこちらが気恥ずかしくなる。

「是非読ませてくれよ」

「できあがったらな」

肩をすくめて、友人をバス停の近くまで送った後、ふと鏡を見やった。

「少し、やつれたかな？」

なにしろ、ひとりやもめの生活だ。

栄養が偏らないようには気を遣ってるが、性根が怠惰なのはいかんともしがたい。かといって妻がいなくなった今、ハウスキーパーを雇おうという気分にもなれないが、孤独死なんかしてしまえば、見つけるのは配達人かあの友人だろうから、もう少し配慮しなければなるまい。

「とりあえず、肉でも摂るかね」

呟いて、天井を見やる。

相づちが最近は聞こえないような気がしたのだ。もともとそんなものは聞こえてないのだけど、奇妙な喪失感を覚えているのは本当だった。失ってもいないものを失った——矛盾した言葉だけど、さっきの会話を思い出さずにはいられなかった。

気づいてなかっただけで、自分は何かを得ていたのだろうか。

そして、自分はまたどこかで、何かを間違えたのだろうか、と思った。

# 6

「……あれ」

と、素っ頓狂な声があがった。

森だった。

突き出た枝葉から、露が落ちる。そのたび冷たい土の香りが鼻孔に忍び入った。

うっすらと湿った地面に、アタシは座り込んでいるのだった。

あれからずっと動いていない。人間じゃないんだから、その気になれば何ヶ月だって何年だって微動だにせずいられる。本当を言えば、血を吸うのだってごく稀で十分なんだ。ただ、心が荒《すさ》むほどに外見もやつれていった。これもアタシたちみたいな存在には不可避の現象だ。

時間の感覚もすっかり鈍くなっていて、その声に反応するのもずいぶん遅れた。

「あなた、まだ街に行ってなかったの？」

隣で、大げさに肩をそびやかしていたのは、同じリャナン・シーの一族だった。

そういえば、ジョエルの家に辿《たど》りつく前には、彼女と話していたように思う。アタシたちはたいてい名前など持たず、個体の違いにこだわらないモノだけど、彼女の話し方にはなんとなく覚えがあった。

「あなたは……もう？」

「ええ、新しい恋人を愛し終わったところなの」

彼女の笑顔は、とても美しかった。かつてのアタシのように。

それから、アタシがずっと見つめていた視線の方向を、ちらと眺めた。

「ああ、あの家にうっかり居着いちゃったんだ？　気に入ったの？」

「気に入ってないわよ！」

ほとんど反射的に、アタシは叫んでいた。

「しわくちゃだし！　痩せっぽちだし！　ズボラだし！」

「ふうん。そんなの、どうだっていいのに」

本当にどうでもよさそうに、彼女は小さくあくびした。

彼女は少し前までのアタシだ。きっと、逆の立場でもまったく同じことを言っただろう。大事なのは、自分好みの詩文を捧げてくれるかどうかだけだ。そもそも外見なんか気にするのが間違えている。それは分かっているけれど、けして認めるわけにはいかない。

「あそこの……バラが気にくわないだけよ」

「だったら、よかったわねン」

続く言葉は、アタシでももうひとりのリャナン・シーでもなかった。

ふわふわと髪をなびかせる、少女の姿をした妖精が浮いていたのだ。異様なほど大きく、つぶらな瞳、背中に生えた鳥の翼、何より額からひらひらと生えた触覚が、彼女の正体を雄弁に物語っていた。

「エアリエル……！」

空気の精だ。

同族というわけじゃないが、アタシたちは気分次第で誰とだって連れ歩く。もうひとりのリャナン・シーにとって、このエアリエルがそういう相手だったのだろう。

「もうじき、嵐が来るわよン」

と、彼女が言ったのだ。

とても無邪気で楽しそうな笑顔。これから遊園地に遊びに行くのだと話す子供のような、妖精がよくする表情。

「嵐？」

「ええ。とても大きな嵐。アタシ、それに惹かれてやってきたんだもン。あんたが気にくわないバラだって、一輪残さず吹き飛ばしてくれるわン」

喉が干上がってしまいそうだった。

空気の精が言う以上、予報が間違えているとは思えない。もはやそれは予言だろう。彼女たちが招いたかのごとく、嵐は確実に到来する。

あの庭に。あの家に。

彼のもとに。

「……ダメよ」

と、ようやっとかぶりを振ったのだ。

弱々しく、だけど胃から石でも吐き出すみたいな痛みとともに。

「ダメよ、そんなの。だってあのバラは……」

「だって、あなた、あのバラが気にくわないんでしょう？　だったら綺麗さっぱり消えてしまった方がいいじゃないン」

「違うのよ！」

咄嗟《とっさ》に、アタシは叫んでいた。

頭を押さえ、うずくまるようにして、地面に言葉を投げつけていた。

「あのバラは、そんなのじゃないの！　アタシはあのバラが好きになれなかったけど、散ってほしいなんて、なくなってほしいなんて一度も！」

「でも、そんなの言われても困るわン」

小さな肩をすくめて、エアリエルは続きを口にしたのだ。

「もう、来るんだもン」

黒々と、不吉な雲が空を覆いつつあった。

## 7

その夕暮れ、僕は書斎でお茶を淹れていた。

また、カモミールティーだった。理由はない。あまり好きなわけじゃない。だけど、気が向いたら、このお茶を淹れるようになっていた。

何度か、手を握ったり、開いたりする。

確かに、体調はよくなっている気がした。

以前のような粘っこい疲れは遠く、不可解な気だるさもない。突然五歳から十歳ほど若返った気分だ。運動を始めたわけでもないのに、まさかこんな日が来るなんて、想像もしなかった。

その分、また筆が止まってしまっていた。

友人にはああ言ったが、ここしばらく原稿は進行していなかった。できあがった小説を読ませる相手がいなくなったような、そんな馬鹿馬鹿しい妄想にとらわれていたのだ。

そんな相手、もともといないのに。

「……なんだろうね」

ぼんやり呟いて、窓を見やる。

バラの庭の向こうには、鬱蒼《うっそう》と森が広がっている。僕の視力では曖昧なダークグリーンの塊としか映らないのだけど、なぜだかその向こうがとても気になった。

猛烈な勢いで、雲が夕暮れを渡っていく。

夜へと移り変わりつつある空をごおごおとどよもして、風が吹いている。その思いがけない強さに、僕も大きく目を見張った。

「こいつは……」

あわてて、ラジオをつける。

ノイズ交じりの声で、アナウンサーが暴風警報を訴えていた。

この地域では嵐が来ることなど滅多にないので、反応が遅れてしまった。ワイルドハントという伝説を思い出す。嵐のときには何百もの妖精や死霊の一団が空を走り抜けていくというおとぎ話。ほとんど見ることがないからこそ、天災もそんな神秘のヴェールを帯びたのだろう。

だが、今ばかりはそんな想像を膨らませている時間はない。

服を着替え、即席なりの装備を調えて、僕は家の外へ駆けだした。

「……こりゃひどい」

思わず、呻《うめ》き声がこぼれた。

短い時間にも、なお嵐はその勢いを増したようだった。

風が染まるほど、多くの花びらが散っていく。巨大な手に攫《さら》われるみたいに、幾百の花弁が吹き散らされていくのは、ひどく幻想的な光景ではあったが、はたして僕が見惚《みと》れる余裕はまるでなかった。

叩《たた》きつけるような雨を堪《こら》え、バラの周囲に杭《くい》を打ち、可能な限りネットをかけていく。復調した体だからこそ、なんとか行動できているが、数ヶ月前ならこれだけで息を荒らげて、動けなくなっていたかもしれない。

つん、と鼻の奥から鉄錆《さ》びた臭いがする。久しぶりに無茶したせいで、喉の奥が切れたのかもしれない。

散ってくれるな、と思う。

どうしてだろう。

このバラが、亡き妻の残したものだから？

違う、と胸の中で何かが訴えている。それもなくはないけれど、根幹的なところではやはり異なっていると。

何か、大切な絆《きずな》になっているような気がした。

でも、それは誰との？

（……分からない）

分からないことだらけだ。自分の行動も。自分の想いも。自分の人生も。

何を間違えても、何が正しくても、誰も保障ひとつしてくれない。終わってしまったその後で知ることばかりだ。今更腹立たしくも、悔しくもないが、何か鬱屈としたものが腹の底に溜《た》まっていくのだけは本当だった。

ここで駄目になっていく時間だけが、書斎の埃《ほこり》にも似て降り積もっていた。

だけど、

(……ああ)

今は、少しだけ嬉しかった。

惰性じゃなかった。ずっと、こうしているのはただの惰性だと思っていたけれど、いつのまにかそうじゃなくなっていたのだ。

(恋、かな)

思う。

だって、そうだ。

「だって、君が見に来るかもしれないだろう」

あの人に初めて会ったのはここなのだから、消えられてしまうのは困る。

たった一輪でも残ってくれと、僕は心の底から願っていた。

*

嵐は、みるみる激しくなっていく。

雨も風も、アタシの馬鹿馬鹿しいほど長い時間でも、ほとんどないほどに強く土地を拉《ひし》いでいた。

たまらず、森を飛び出していた。

本気でアタシが飛べば、数分もかからない距離だ。

はたして、目の前はバラでいっぱいだった。舞い散る花びらが世界を白く、赤く、染め尽くしていた。まるで庭が流す血のようだった。

その中を、彼が駆けている。

バラの周囲にネットを張り、ネットを掛けられない場所には新たな杭を打っていた。あんなひ弱な身体なのに、ますます強くなる暴風に抗《あらが》って、一輪でもバラを残そうと闘っていた。そんな姿を見るだけで、胸が潰れそうなぐらい苦しくなった。

同時に、意味があるとは思えなかった。

ネットなんかでこれからの嵐を防ぎ得るはずもない。むしろ、ひとつ間違えれば本人だって危ないだろう。落雷や突風の飛来物で命を落とす人間なんて珍しくもない。老朽化した家にせよ煉瓦《れんが》にせよ、危険などいくらでもある。ジョエルだって、そのことは十分分かってるはずだ。

なのに、どうして、あんなに嬉しそうなのだろう。

「だって、君が見に来るかもしれないだろう」

「――っ」

その言葉で、ついに何かが溢れてしまうのを感じた。

口元を押さえたまま、アタシは後ずさっていた。それで、すぐ近くにさきほどのエアリエルが佇んでいるのに気づいた。嵐に惹かれたという言葉の通りに、彼女も嵐を見物にやってきたのだろう。

だから、アタシは掠《かす》れる声で、彼女に話しかけていた。

「お願い。この風を止めて」

「報酬がいるわよン」

当たり前のことを言われて、アタシは硬直した。

この身体以外、何も持ってなどいない。同じ妖精とはいっても、何ひとつ分け与えられるものなんてなかった。

だけど、今回は向こうから持ちかけてきたのだ。

「ねえ。放っておけば、あの人、こっち側に迷い込むかもよン？」

と、エアリエルは彼を見やったのだ。

今も、バラを守ろうと必死になっているジョエルを。

彼女にとって、それはほんの思いつきだったのだろう。アタシたちにとって、人間というのはそそのかしたり、こちらから干渉するだけの相手であって、向こうから話しかけてくるような存在じゃない。なのに、まるで話しかけられたかのように反応したアタシに、彼女はごく淡い興味を抱いたのだろう。

「今日のはとびきりいい嵐よ。ひょっとしたら、ひとりぐらいは迷い込むかもしれない」

空気の精は続けて言う。

「さっきの、とても面白かったわン。一緒に楽しくおかしく暮らすんだから、全然悪いことじゃないでしょ？」

「…………」

誘惑が、アタシの胸をついた。

普通のリャナン・シーなら、きっと考えもしないことだった。

彼と見つめ合って、語り合えたなら。お茶を淹れてもらって、お菓子を食べて、彼の書いた小説について少しでも話し合えたなら。

それはなんて。

なんて甘やかで、なんて愚かな想像。

そうして、と言いたかった。彼と一緒にずっといさせてほしいと懇願したかった。

でも、きっとその誘惑だけで、アタシは報われた。

「違うわよ」

今度の声は震えなかった。

真っ直ぐにエアリエルを見つめたまま、言えたのだ。

「それは、アタシの欲しいものじゃない。だって、アタシたちの人間の愛し方は食べて与えることだけ。だから、アタシが——アレを愛するはずもない」

はずがない。起こりえない。

ずっとずっと、そう信じていた。そんなことが起きたら奇跡《きせき》だって。

「じゃあ、どうするのン？　お願いは撤回するのン？」

「……カモミールティー」

と、アタシの唇は呟いていたのだ。

「何？」

「オレンジピールをブレンドした、カモミールティー。一休みしたら、きっと彼はつくってくれるわ。あなたにもその香りと色は楽しめるでしょう？」

アタシの返答をどう受け取ったか、エアリエルはことさらゆっくり頭を巡らせた。

なんとなく、苦笑しているようにも見えた。

「……それで手を打ちましょうかねン」

笑うように口元に指をやって、エアリエルが嵐の方向に向き直る。

「でもアタシにできるのは、この近くだけ、ほんのちょっぴり風を和らげるぐらいよン」

「十分よ」

「だったら、せいぜいうまくいくよう祈ってることねン」

風に、エアリアルが訴えかけはじめる。

それは歌に似ていた。自然《せかい》へと働きかける歌声だった。

多分、彼女の言葉は嫌みか何かだったのだろうけど、次第に近づいてくる嵐を前に、アタシは自然と祈っていた。吸血鬼に祈る相手なんかいないけれど、それでも切に願わざるを得なかった。

だって、そうだ。

彼に初めて出会ったのはここなのだから、消えてしまわれては困る。

「そうよ」

と、囁く。

「もしも、覚えてるのがアタシだけだったら、悔しいじゃない」


そして、嵐は……

## 8

式の日は、快晴だった。

二回りも下の新妻も初々しく、友人は三回目の結婚式で疲れ顔だったものの、それでも嬉しそうだった。自分のときのことはもうほとんど覚えてないのだけど、とにかく二度としたくないぐらい疲れたことだけは記憶に残っている。

多分、いい式だったと思う。

ちなみに、原稿は結局渡せず仕舞いだった。この前、ようやっと一旦エンディングまで書き終えたのだけれど、まあきっとまた機会はあるだろう。

帰り道で坂を下る頃には、もう夕暮れになっていた。

遠目に、自分の家が見えてきた。

このぐらいの距離だと、家の周囲は白く染まって映る。

なんとか、バラも半分ほどは無事だったからだ。嵐の直撃を受けてそれだけで済んだのは、奇跡に近いといつもの配達人に言われたものだ。実際、僕も神様を信じたことはないけれど、目に見えない誰かが助けてくれたのだと言われれば、素直に受け容れられた。

すべてが終わった後、ベッドに倒れ込むより先に、一杯のカモミールティーを淹れる気分になったのも、そのせいだろうか。

そんなことを思い出しつつ、ほの赤く滲んだ世界に目を細めた。

黄昏時《たそがれどき》。誰《た》そ彼時《かれどき》。彼《か》は誰時《たれどき》。

誰が誰と会うのだろう。

もしも、たった一度でも、出会える人を選べるとしたなら……？

ふと、視線が落ちた。

影である。

長く伸びた自分の影しか落ちてないはずなのに、なぜだかそれにだぶって、貴婦人の影が落ちているように見紛《みまが》ったのである。

「おいおい」

と、苦笑してしまった。

幻だとしても、あまりに身勝手でいびつだろう。勝手に思い描いていた相手を、再び幻覚で見てしまうなんて、人に聞かれたら病院に一直線だ。

「…………」

だけど、誰も見ていない。

だったら、いいんじゃないだろうか。

気怠い身体とか、かすかに痛む腰とかを鼓舞して、片手を持ち上げてみた。

「お手を拝借。お嬢さん」

誰かに言うなんて想像もできない——気恥ずかしい台詞。

小説にだって書けやしない。詩にするなんてとんでもない。誰ひとりいない場で言葉にするだけでも、もう耳まで熱く火照っている。こんな年になっても、まだ顔は赤くなるらしい。

だけど、今日ぐらい。

今日ぐらいは、多分、許されるんじゃないだろうか。

*

たった今、消えてしまうんじゃないかと思った。

エアリエルも同族のリャナン・シーも立ち去って、アタシはただひとりバラの庭に残っていた。結婚式から帰ってきたジョエルの姿を見つけて、つい出迎えてしまったのも、ちょっと気が向いたからという、それだけのはずだ。ああ、ここに残ったのだって、せっかく半分もバラが残ったのだから、もう少しぐらい眺めていないともったいないってだけで、それ以上の理由なんて欠片《かけら》もないはずだ。

なのに。

出迎えた彼が手を差し伸べて、アタシは魔法にでもかかったみたいに硬直していた。

「お手を拝借。お嬢さん」

震えた声はまるで格好良くない。

手の角度はずれてるし、猫背だし、あわてて出してきたタキシードは仕立て直しもできずによれよれだし。何ひとつ、アタシがときめく要素は存在しない。

逡巡は数秒だったか、数分だったか。

ゆっくりと、アタシはその手を取った。


「ありがとうございます。旦那様」


せめても正式なカーテシー《おじぎ》を真似て、片足だけ一歩下がる。

舞踏会の小夜曲はない。豪奢《ごうしゃ》なシャンデリアもない。はたまた陽気に踊り明かすための篝火《キャンプファイヤー》もない。

それでも、彼の足は確かなステップを刻んだ。


——信じられない。

ねえ。信じられないでしょう?

ワルツのステップ。

おままごとみたいに稚拙で、ぎこちないナチュラルターン。クローズドチェンジ。ほんの数回、だけど永遠と思われるほどの心を込めて、

——アタシ、踊っているのよ。あなたと。

まるで——。

ううん、何にも言い表せないわ。こんなの。

夕暮れの色に、誰にも聞こえない音楽と、誰にも見えないワルツが溶けていく。

＊

他人が見れば、きっと馬鹿みたいだろう。

くだらない妄想などいいかげんにしろ、と怒る者もいるかもしれない。

＊

妖精から見ても、きっと愚かだろう。
自分の在り方を何だと思ってるのか、と罵る者もいるかもしれない。

＊

でも。
せめて、世界から消え失せるそのときまで、この一瞬を忘れないように――

〈了〉

魔法使いの嫁
The Ancient Magus Bride

黄鉄の騎士 二
蒼月海里

——石には、この世界の記憶が宿るんだよ。

地質学者の父は、幼い頃から私にそう言い聞かせてくれていた。

様々な物質が堆積したり、火山活動でマグマが急速に冷やされたり、遥か昔に海だった場所が隆起したり。そんな過程を経て、長い年月をかけて鉱物ができるのだと教えてくれた。

道端に落ちている石だって、きっと私が生まれる遥か前から、物凄く長い時間をかけてこの姿になったのだろう。

「フェリシア、見つかった？」

友人の声に、はっと我に返る。

振り返ると、長い髪を三つ編みにした少女が困り顔でこちらを見ていた。友人のアルマだ。長いスカートをたくし上げ、私と一緒にしゃがみ込んでいる。

ここは、ロンドン郊外の墓地だ。お墓に立つ十字架が、夕陽を浴びてオレンジ色になっている。

「ごめん、全っ然見つからない」

私がそう言うと、アルマは「そっかー」と眉尻を下げた。

「昨日のお墓参りのときに、なくしたんだと思ったんだけどな……」

「お気に入りのキーホルダーだったんでしょ？　私、もう少し粘るからさ。頑張ろうよ」

しかし、アルマは首を横に振った。

「ううん。もういいよ。いや、よくないけど」

アルマは墓地をぐるりと見渡す。

地面に落ちた十字架の影が、随分と濃くなっていた。墓地を囲む木々は、一足先に薄暗い闇を生み出している。

「きっと、キーホルダーは別の場所で落としたんだよ。じゃなかったら、誰かが拾ってくれたのかも」

「うーん……」

「だから、早くここから出ようよ。そろそろ、日が落ちるし」

ふわりと生暖かい風が頬を撫でる。すえたような臭いが、私の鼻をかすめた。

「……そうだね」

できるだけ闇のわだかまる木陰のほうを見ずに、私は立ち上がる。

そのときだった。視界の隅に、光るものを見つけたのは。

「あっ」と思わず声をあげ、茫々に生えた草をかき分ける。むんずと掴むものの、それは私たちが探していたものではなかった。

「ごめん、違った……」

「何を見つけたの？」

アルマは大きな瞳をさらに見開き、小動物みたいな仕草で私の手の中を見つめる。そして、「わぁ」と感嘆した。

「ペンダントだ。先にくっついてるの、水晶かな？」

それは、小指ほどの水晶がついたペンダントだった。長らく放置されていたのか、あちらこちらに汚れがこびりついていて、ずいぶんと濁っていた。

「誰かが落としたのかも？」と私は首を傾げる。

「かもね。それか、誰かの遺品とか？　どっちにしても、ここにあるのは変でしょー」

アルマは再び、墓地を見回す。誰もいないのを確認すると、腕を組んで思案した。

「このまま元の場所に戻しても、持ち主が見つけられないかもしれないよね。それに、ここに放置するのはなんだか可哀想だし。いったん持って帰って、明日、学校の先生に届けようよ」

「うん、そうだね。アルマみたいに困ってるかもしれないし」

早く持ち主が見つかるといい。

そう思って水晶を撫でた瞬間、鼓膜が、いや、そのさらに奥が震えた気がした。

「どうしたの、フェリシア」

「え……、いや、何か聞こえた？」

「ううん。何も」

アルマは首を横に振る。

気のせいだったのだろうか。確かに、誰かにささやかれた気がしたのだが。

「あっ。まさか、フェリシアさんってば、また私に聞こえない何かを感じちゃったとか？　もー、やめてよ。ここはお墓だよ！」

「ご、ごめん、ごめん。たぶん、気のせいだから」

たぶん。

すえた臭いが強くなっている気がするが、そちらを振り返らずに知らないふりを決め込んだ。

「じゃあ、行こうか。これ、どっちが預かる？」

「フェリシアに決まってるじゃん」

即答だった。

「どうして？」

「フェリシアは、石の専門家でしょ」

アルマは墓地の出口に向かいながら、胸を張ってそう言った。私はその後に続く。

「石の専門家はお父さんだってば」

「似たようなものだって。ほら、前に私に説明してくれたでしょ。そのブローチについている石の話。えっと、鉄鉱石だっけ」

「黄鉄鉱」

間髪を容れずに訂正すると、「ほら」とアルマは勝ち誇ったように言った。

「石に詳しいじゃん」

「教えられたことぐらいしか分かんないんだけどなぁ……」

私は、胸につけたブローチに視線を落とす。それは、アンティークのマルカジットだった。花の形をしたブローチに、小さくカットされた石がずらりとはめ込まれていた。その黄金にも似た輝きの石は、夕陽を浴びて誇らしげに輝いている。

「そんなに綺麗なのに鉄だなんて、ビックリしたよ。てっきり、金だと思ったのに」

アルマはしげしげとマルカジットを見つめる。

「自然金はもう少し優しい色かな。並べると全然違うけど、黄鉄鉱のほうが硬そうな色だよ。実際、硬いし」

「ふーん。でもまあ、綺麗なことには変わりないかな。鉄なのが惜しいくらい」

「硫化鉄であることに誇りを持ってたらどうするの？　そんなこと聞いたら、きっと怒るよ」

私は冗談っぽく笑ってみせる。

「そのときは、私に代わって謝っておいてよ。アルマが泣いて許しを乞うてたってさ」

あはは、とアルマもつられて笑う。

私たち二人は、笑い合いながら墓地から出た。

ずっと漂っていたすえた臭いは、墓地の外まではついてこなかった。


夜の闇に追われるようにして家に帰るものの、煉瓦造りの壁にはめ込まれた窓に、明かりはなかった。田舎なので街灯も少なく、陽が沈んでしまえば、ざわざわと揺らめいているのが木なのか人間なのか曖昧だった。

頼りない街灯と隣家の窓から洩れる光を頼りに、私は固く閉ざされた扉に鍵を差し込む。

地質学者をしている父は、研究のせいで帰りが遅い日がある。数年前に母が亡くなってから、私は独りで夕食をとることが多くなった。

(もう十三歳だし、しっかりしないと)

あり合わせの食材で作った夕食を食べ終えた私は、自分の部屋がある二階へと向かおうとする。

そのとき、階段の前に提げられた、アンティークの鏡がきらりと光った。思わず振り向くと、そこには金色の髪を二つに結った、気の強そうな目つきの少女が映っていた。

私だ。毎朝の身支度をするときに嫌というほど見ている。光ったのは、鏡に映った胸のマルカジットだった。

（どっちかというと、お母さん似なのかな）

母は気の強い女性だった。父と一緒にいるときは、必ずと言っていいほど主導権を得ていた。しっかりしていて、頼りになって、私がこわいものに追いかけられているときに助けに来てくれて。こんなことを言ったら母に苦笑されそうだけど、母は私のヒーローだった。

それがまさか、病気で亡くなるなんて。

「お母さん……」

マルカジットをぎゅっと握りしめる。ひんやりとした鉄の温度の向こうに、母のぬくもりがあるような気がした。

——これはね。お母さんがお祖母《ばあ》ちゃんからもらったお守りなんだ。あんたに降りかかろうとする災いを払ってくれるはずだよ。だから、恐れずに前に進むんだ。

母はそう言って、私の手にマルカジットをしっかりと握らせた。はめ込まれた石がキラキラと黄金に輝くものだから、金が収まっているものだと勘違いして、父に自慢をしに行った。その先で、父は申し訳なさそうにこう言った。

——これは黄鉄鉱っていう鉱物なんだ。マルカジットに使われるのは基本的に白鉄鉱なんだけどね。どちらも、硫化鉱物の一種で、硫黄と鉄で構成されているんだ。見た目は綺麗だけど、どこにでもある一般的な鉱物だね。自然金と勘違いする人が多いから、『愚者の金』なんて言われてるけど。

愚か者は金だと言って舞い上がるから、愚者の金。正にそれは、私のことだった。手にしたマルカジットにまで呆れられているようで、そのときはショックだった。

「……懐かしいなぁ」

その後、母に報告に行ったが、「ああ、鉄だよ」とあっさりと言われてしまったのが、さらにショックだった。知らないのは、愚者なのは私だけだったのだ。

その当時は恥ずかしさのあまり、宝箱の中にひっそりとしまっておこうと思ったものだけど、今となっては常に身に着けている。

なぜなら、そこには、もう二度と戻れぬ日々の思い出が宿っているから。

「お母さん……、会いたいよ……」

また、母と父と私、三人で過ごしたい。母の豪快な手料理を囲み、父の仕事の話を聞いていれば、夜もあっという間に過ぎるのに。

廊下の窓の外は、じっとりと湿った闇が支配していた。街灯が少ないせいで、日が落ちてしまってからは外を出歩くのも勇気がいる。

夜はこわい。

(早く寝ちゃおう……)

階段に足を掛け、今度こそ自分の部屋に戻ろうとする。

そのときだった。玄関から、ノックが聞こえたのは。

「あれ？　誰だろう……」

来客の予定はない。それに、普通ならばチャイムを鳴らすはずだ。

では、父だろうか。今まで、何度も家の鍵を忘れたことがあったし、今日もそれに違いない。

仕事がようやく終わって、お腹を空かせて帰ってきたのかもしれない。

「そうだ。水晶のこと、聞けるかな」

ポケットに入れたままの、水晶のペンダントに触れる。父ならば、それがどこからやってきたものか分かるはずだ。

父の、その鉱物がどこからやってきて、どんなふうにできたのかという話を聞くのが好きだ。想像を膨らませるのが楽しいし、何より、夢中になっているうちに母がいない寂しさを忘れるから。

「お父さん！」

鍵を開け、扉を開く。

その先にあったのは、夜の闇を背にした父親――ではなかった。

「――ひっ」

辛うじて出たのは、ひきつった声だった。

夜の闇に溶け込むような、真っ黒な塊が、そこにいた。

シルエットだけならば人に近い。だけど、やけに胴体が細いし、手足が長い。そして何より、気配が違う。これは、生きている人間の、いや、生きているものの気配ではない。

真っ黒な身体の頭部には、白い仮面のような貌《かお》が張りついていた。双眸の空洞からは、ぎょろりとした赤い眼球が二つ、こちらを見下ろしている。

ああ、なんで開けてしまったんだろう。

これは、『こわいの』だ。

境界の向こうにいる、私たちに禍《わざわい》をもたらすものだ。

慌てて扉を閉めようとするものの、その腕は闇に絡めとられた。やけに長細い腕が私に絡みついた瞬間、言いようのない寒気が全身を走った。

「い、いや……！」

助けを呼ぼうとするものの、その口は闇に塞がれる。異形の手のひらの感触は、まるで無数の蟲が這っているみたいにおぞましく、一秒たりとも触れ合っていたくなかった。

すえた臭いがする。意識が闇に引きずり込まれる。

完全に暗転する瞬間、私の視界はまばゆい光に包まれたのであった。

「墓地から石を持ち帰っちゃダメだって、言ったじゃないか」

綺麗な石を見つけたのだと見せた瞬間、鼻歌を歌いながら洗濯物を畳んでいた母は、眉をきつく吊り上げた。説教をするとき、腰に手を当てて私を見下ろすが母の癖だった。背が高い母がそうすると、なかなかの威圧感だった。

「で、でも、見てよ、お母さん。光に当てると、表面がキラキラするの」

幼い私は手の中に収まるほどの小石を照明に当て、その石の価値を主張する。だけど、母は腰に手を当てたままだった。

「あんたがキラキラしたものが好きだっていうのは知ってる。父さんと母さん譲りの石好きだっていうのも知ってる。だけどね、これだけは守ってもらわなきゃ困るんだ」

「でも……」

「あたしは、あんたが心配なんだよ」

母の手は、その石ごと私の手をそっと包み込んだ。とてもあたたかく、優しい手だった。

「あんたは、私と同じで、『こわいの』が見えちゃうからね。そういう人間に、『こわいの』は寄ってくるんだ。墓地はとくに、そういうのが多いだろう?」

「……うん」

私には、人に見えないものが見えていた。

墓地や事故現場などでは、決まってすえた臭いを感じる。そして、真っ黒で不気味な、『こわいの』がこちらを見ているのだ。

何も知らなかった頃、一度、そばに行ってみたことがある。すると、ぐいっと腕を掴まれ、危うく連れていかれそうになった。そのときは、母が駆けつけてくれたお蔭で助かったけれど、それ以来、『こわいの』には近づかなくなった。

「父さんも言ってるだろ？　石にはこの世界の記憶が宿るんだ。『こわいの』だって、この世界の記憶の断片だっていうからね。あいつらも、石にはついてきやすいのさ」

その言葉を聞いた私は、即座に己の過ちに気づいた。

「……ご、ごめんなさい」

謝る私の前で、母はそっと膝を折る。目線を合わせると、包み込むようにこう言ってくれた。

「分かればいいんだ。明日、陽が出たら、母さんと一緒に石を返しに行こう。それまで、あんたは玄関を開けちゃいけないよ。いいね？」

「はい」

私が頷くと、「よろしい」と母は笑ってくれた。

「それにしても、『こわいの』をもっとうまくやり過ごす方法が分かればいいんだけどね。魔法使いならば相談に乗ってくれるのかな」

「魔法使い？」

「そう。彼らは私たちなんかより、この世界のことをずっとよく知ってるからね」

「お父さんも、色んなことを知ってるよ」

「はは、そうだね。でも、石のことは分かっても、『こわいの』は見えないからねぇ」

母は歯を見せて笑う。快活な母の笑顔が、私は大好きだった。『こわいの』が来ても、その笑顔で追い払ってくれそうで。

「ねえ、お母さん」

「うん？」

「石に世界の記憶が宿るなら、『やさしいの』とか『たのもしいの』も宿るかな」

私の質問には、母は不意を打たれたような顔をした。でも、すぐに笑顔になってこう言った。

「そうだね。そういったものが宿った石は、お守りになってくれるかもね」

優しくて頼もしい母の言葉は、今も私の胸に刻まれている。そして、母からもらったマルカジットの石の一つ一つに、それが宿っているのだと確信していた。


在りし日を思い出しながら、私は後悔していた。

私は、母の言いつけをすっかり失念していた。水晶だって石だし、そこに『こわいの』が集まってもおかしくはない。

墓地から石を持ち帰り、あまつさえ迂闊に玄関を開けてしまうなんて、母に知られたら、また腰に手を当てて怒られるに違いない。もう十三歳なのに、何をやっているのだ、と。

「お母さん……」

土の感触がする。緑の匂いがする。私は土の上に転がっているようだった。

「気がついたか」

若い男の人の声だ。私は、反射的に飛び起きる。

視界に飛び込んできたのは、ごつごつとした石の壁と、そこをつたう根ともツタとも分からない植物だった。頭上に空はなく、岩盤があるのみだった。

どう見ても私の家ではない。洞窟の中のようだ。

全体的に薄暗いものの、どういうわけか視界はぼんやりと明るい。照明があるわけでも光源があるわけでもないのに。

何よりも解せないのは、目の前にいる人物の存在だ。

黒いコートをまとった青年が、私のことを見下ろしていた。彼は美しくも精悍な顔立ちで、どこか無機質な雰囲気を漂わせていた。全体的にはしなやかな印象が窺えるが、コートの袖口から覗く腕は骨太で、よく見れば胸板も厚く、無駄なく引き締まった身体つきなのだと思った。

そして何より、目を引くのは、金色の髪だ。

私も金髪だけど、この青年の髪のほうが遥かに美しい。

わずかな光を受けて輝く様子は、繊細というよりも力強く、炎や太陽の輝きに似たものを感じた。瞳も同じく金色で、揺るぎない光を宿している。

その腰には、黒い鞘に収まった剣が下がっていた。時代錯誤だと思うものの、青年にはやけにしっくりとはまっていた。これで鎧をまとっていたら、完全に、おとぎ話に登場する騎士だ。

「あ、あなたは……？」

「俺の名が必要ならば、ルイスとでも呼べ」

青年は、にこりともせずにそう言った。

「えっと、その……。初めまして、って自己紹介すべきなのかな。私は——」

「知っている。フェリシアだろう？」

「へ？」

何てことのないようにさらりと名前をあてられ、私は間抜けな声を出してしまった。

「ど、どうして私の名前を？　まさか……」

ストーカー？　という脳裏に浮かんだ疑問を、慌てて振り払った。こんな騎士みたいな青年にストーカーをされるほど、私は魅力的な乙女ではない。

「俺のことよりも、お前の今の状況を知りたくはないのか？」

「あっ、知りたい！　それは、ぜひ！」

私は何度も頷く。すると、やはり無表情のまま、ルイスはこう切り出した。

「ここは境界だ」

「初っ端からよく分かんないんですけど……！」

「現世の隣にあり、現世とは切り離された場所。つまり、お前の自宅の近くであり、そうでない場所だ」

「少しだけ分かった気がする……！」

気がするだけかもしれないと思うものの、ルイスの話の続きを待った。聞いていれば、何となく分かるかもしれないという希望を込めて。

「お前は、魔物に襲われそうになった。そこを、俺とそいつが助けた」

ルイスは、顎で私の右手を示す。手の中には、あの墓地で拾った水晶があった。ポケットの中で触れてから、ずっと握りしめていたらしい。手のひらには、すっかり水晶の痕がついていた。

「この水晶とあなたが助けてくれたの？　それで、ここに連れてきたってこと？」

「呑み込みが早くて助かる」

さらりと紡がれた賞賛に、私は「えへへ」と照れ隠しのために笑う。だけど、ルイスの表情はまったく動かなかった。

「でも、どうして魔物が……」

「奴らはそいつに執着している。だから、お前の後をついてきたんだ」

私はつい、後ろを振り返ってしまった。だが、ぼんやりとした闇がわだかまっているだけで、『こわいの』がやってくる気配はない。

「先ほどの話だが、ここに連れてきたのは俺の意志ではない。そいつだ」

「この水晶？」

「そいつの意志で、お前を連れてきた」

「意志って、ちょっと待って。石にそんなのあるわけ……」

「ある」

ルイスは断言した。

瞬きをしない真っ直ぐな瞳が、私を見つめる。私はそれ以上、何も言えなくなってしまった。

「そいつは、元の場所に戻りたがっている。すでに主をなくし、装飾品としての役目を終えた。それがゆえに、故郷へと帰りたいのだろう」

「それって、持ち主が亡くなったってこと？」

「そうだ」

「埋葬品の一部だったのかな。それなら、一緒にお墓に入れてあげたほうがいいんじゃ……」

「そいつはそれを望んでいない。元の場所に還りたがっている。だから、お前を逃がす先を、この境界にしたんだ」

そこで、ルイスが水晶の手助けをしてあげたのだという。水晶だけでは、力が及ばなかったから。

「……ど、どうして、私を助けたの？」

「俺の使命は、お前を守ることだからだ。しかし、咄嗟に隠すべき場所を見つけられなかった。俺は、そいつと取引をしたというわけだ」

ルイスの真っ直ぐな瞳が、唖然とする私を見つめている。

ペンダントになった水晶が、亡き持ち主から離れて還りたがっているらしい。だから、私を境界とやらに連れてきたらしい。ルイスは、そんな水晶に力を貸したらしい。それは、私を助けるための手段だったらしい。

分からないことが多すぎて、すべて『らしい』になってしまった。

だが、その中で一番分からないのは、ルイスの存在だった。

「あなたは何者なの？」

「俺は、お前の守り手だ」

なるほど、よく分からない。ずばり尋ねた質問に、意味不明の答えが返ってきた。

「俺は常にお前のそばにいた」

ストーカー説が濃厚になってきた。

私だって、年頃の乙女だ。おとぎ話の騎士みたいな青年にストーカーされることはやぶさかではないが、年頃の乙女らしい秘密もたくさんあるので、常にそばにいるのは勘弁して欲しかった。

そのとき、ぬるりとした風に背中を撫でられた。私は思わず身震いをする。

「はっ、そうだ。助けると言えば、『こわいの』は!?」

「一時的に目を眩ますことができたが、じきにやってくるだろう。ここはそれほど、遠い境界ではない」

私は再び背後を振り向く。目を凝らすと、洞窟は後ろにもずっと続いていた。奥は闇に覆われていてよく見えない。その代わりに、湿った風が奥からやってきて、全身を撫でまわした。まるで、品定めでもするように。

「だから、お前は選ばなくてはいけない」

「……何を？」

「そいつを送り届けてやるか、自宅に戻るかだ」

ルイスは、水晶を顎で指しながらそう言った。

「家に帰れるの？」

「俺の力をもってすれば、お前を家に帰すことはできる。だが、二度とそいつの故郷へと通じるこの『道』にやってくることはできない」

手の中の水晶が、やけに重く感じる。すっかり濁り、輝きを失ってしまった水晶は、いったい、どんな扱われ方をしていたのだろう。いったい、どれほどあの墓地に放置されていたのだろう。

「この洞窟が『道』だって言ったけど、この子の故郷までは近いの？」

「この『道』が近道なのは確かだ。しかし、墓地でそいつに引き寄せられた魔物も追ってくるだろう。お前が一番安全なのは、そいつをここに置き、自宅に戻ることだ。そいつを元の場所に戻せば、魔物も諦めるかもしれない。だが、道中は危険だ」

『こわいの』は水晶を頼りにやってくる。逆に、水晶がなければ『こわいの』はやってこない。

だから、水晶を置いていけばいい。

この、よく分からない境界の『道』とやらに、還りたがっている水晶を、たったひとりで。

そしてこの水晶は、いずれやってくる『こわいの』に怯えなくてはいけない。

「……私は」

「どちらにする？」

「私は、この子を元の場所に戻してあげたい。だって、可哀想だし」

ぎゅっと水晶を握りしめる。尖った頭が手のひらに刺さって痛かったけれど、構わずに包み込んだ。

「了解した。ならば、目的地まで護衛をしよう」

「あ、ありがとう！」

ルイスの言葉が、やけに頼もしい。まったくの正体不明な相手だけど、心強さだけは確かだった。

しかし、彼は物言いたげに私を見つめ返した。

「だが、一言言わせてくれ」

「は、はい。何でしょう……」

「なぜ、墓地の石を持って帰った。それさえなければ、お前は危険に晒されなかった」

ルイスは腰に手を当て、私のことをじっと見下ろした。彼は長身なので、背がそれほど高くない私からしてみると、凄まじい威圧感だった。

「完全に失念していました……。ごめんなさい……」

私は小さくなる。だが、ルイスのお説教はそこで終わった。

彼は早々に腰に下げた剣を抜く。両刃の剣は、彼の金髪と同じ色だった。金色だが、黄金の明るさはなく、鉄にも似た武骨さがあった。

私の手は、自然と胸にあるマルカジットに伸びる。ブローチにはまった、黄鉄鉱の粒に。

それを見たルイスは、こう言った。

「お前は、何があってもそれを手放すな。そうしている限り、俺はお前を守れる」

「え……？」

「行くぞ」

ルイスは『道』の先へと足を向ける。

初対面だし、始終表情が変わらず何を考えているのかよく分からない。でも、その背中はとても頼もしく、以前から知っている相手のように思えた。

彼はどちらかというと、白馬に乗って迎えに来た王子や騎士という感じではない。この懐かしさはまるで——

（まるで、お兄ちゃんでもいるみたい）

母と父と一緒に、彼も団欒の輪に交ざっていたような気すらした。とくに世間話をするでもなく、意見を述べるでもなく、相槌だけを打っていた姿を見たような気持ちにすらなっていた。

そんな奇妙な感覚と、不思議なぬくもりを胸に、私もまたルイスに続いたのであった。


自然の回廊は、どこまでも続いていた。

時には土が盛り上がった場所で躓きそうになったり、時には、木の根に足を取られて転びそうになったりした。しばらく歩いたが、果ては見えない。延々と同じ景色が続くだけだ。

(本当に、この子の故郷に辿り着くのかな)

手の中の水晶を覗き込むが、答えは返ってこない。くすんだ水晶は、私の顔すら映してくれなかった。

ただひたすら、先を目指しつつ、『こわいの』と距離を取るために進む。

「ねえ、ルイス」

「何だ」

「あと、どれくらいで着くの？」

「さあな」

「さあなって、近道だって言ったじゃない」

「近道だが、正確な距離までは分からない。おそらく、そいつが一番知っているだろうな」

ルイスは、私の手の中にある水晶を見やる。

「でも、この子は喋れないし」

「耳を傾けていないからだ。感覚を研ぎ澄ませれば、石の声が聞こえる」

そういうものなんだろうか。

私は立ち止まり、水晶に耳を寄せてみる。音のさざ波の向こうに耳を澄ませてみるものの、聞こえてくるのは洞窟の奥からやってくる風の音だけだった。

「うーん。ダメみたい……」

「やり方を理解していないからだ」

ルイスは手を差し出す。意外にも大きくてがっしりとした手のひらに、手にした水晶を乗せてあげた。すると、耳を寄せる間もなく、ルイスは答えた。

「……もう少し歩かなくてはいけないと言っている。ちょうど、行程の半分が過ぎたところだ。お前には苦労をかけると恐縮している」

「えっ、本当に⁉」

「本当かどうかは俺には分からない。こいつの言葉に嘘偽りがなければ、本当だな」

「いや、そうじゃなくて……」

本当に石の声が聞こえたんだろうか。だって、耳も澄ませず、手のひらに乗せただけではないか。

それとも、彼の言っている『聞く』というのは、私たちの『聞く』と違うんだろうか。

「どうした？」

「う……。な、なんでも、ない」

ルイスが嘘を言っているようには見えない。この表情筋の硬い相手が、そんな器用な真似ができるようには思えない。

「ねえ、ルイスってさ」

「なんだ？」

「もしかして、魔法使い？」

魔法使いとは会ったことがなかった。だけど、そういう人たちがいることを知っていた。彼らの常識は、私たちの常識とは少し違う。なぜなら、彼らは『お隣さん』の力を借りているからだ。だから、魔法使いは私たちなんかより、ずっと色んなことができる。

母は、私にそう教えてくれた。

だが、ルイスはしばらく私のほうを見つめていたかと思うと、「違う」とにべもなく言った。

「俺は魔法使いではない。だが、場合によっては彼らに手を貸すことがある」

「魔法使いじゃ、ないの……？」

じゃあ、何なの？　と尋ねるものの、「お前の守り手だ」と先ほどの台詞が返ってきた。なかなか気が利かない。

「じゃあ、えっと……。私にも、石の声の聞き方を教えてくれる？　そしたら、いちいちルイスに聞かなくてもすむし」

「断る」

即答だった。嫌な顔もせず、申し訳なさそうな顔もせず、ばっさりと拒否した。

「それは俺の役目ではない。俺の役目は、お前を守ることだ」

「ぐぬぬぬ。なんて融通が利かないの……！」

分かっているのは、彼の名前と使命と私がすべきことだけ。必要最低限の情報しかもらえないこの状況は、非常にもどかしかった。

（きっと、彼は石みたいに頭が固いから、石の声が聞こえたんだ。仲間同士で意思疎通ができるってね）

ルイスの手から水晶をもぎ取ると、私はさっさと先に進む。水晶の故郷とやらに早く辿り着き、早く家に帰ろう。父だって、もう、帰ってきてるかもしれない。

「フェリシア」

「なによ」

「一人で歩いては危ない」

ルイスの落ち着いた声が、私の背中にかかる。それを振り払うかのように、私はさらに足を速めた。

「大丈夫。一本道だし。それに、何かが出る気配もないし」

ルイスの言いなりになるのが、少し癪だと思った。肝心なことは教えてくれないし、もう、彼の手など借りずに一人ですべてを片づけてしまおう。

あのすえた臭いだって、今のところ感じないし。

小さな反抗心を胸にそう誓った矢先に、道は二つに分かれていた。

「うっわ。勘弁してくださいよ、神様……」

足の長いルイスは、歩いているにもかかわらず、すぐに私に追いついた。

「どちらかが正しい道だが」

「見れば分かるってば」

「そいつならば分かるはずだ」

横に並んだルイスは、私の手の中の水晶を見つめる。暗に、また貸してみろと言っているようだった。

「ま、待って。チャンスをちょうだい！」

私はルイスがしたように、手のひらに水晶を乗せる。両目を閉ざし、意識を水晶に集中してみせた。

「水晶さん、水晶さん。あなたのおうちはどっちなの……？」

私は水晶に問う。

だが、返ってきたのは沈黙だった。

「うぐぐ……」

「貸してみろ」

唸る私の手のひらから、ルイスはそっと水晶を取り上げる。そのまま、また彼の手のひらに乗せるかと思いきや、彼は私にさらなる要求をした。

「紐を持っているか？　持っているのならば、貸してくれ」

「紐……？　ないこともないけど」

あるのは、今提げているペンダントについている紐くらいだ。差し出したそれを見て、ルイスは遠慮なく言う。

「飾りは取ってもいいか」

「え、ええ……」

気は進まなかったけど、私は自分で飾りを取り外し、紐だけをルイスに渡す。すると、彼は水晶と、水晶に付いているペンダント部分を紐で固定し、垂直にぶら下げられるようにして、私の前に差し出した。

「これは……？」

「使え。こうすれば、水晶が意思表示できるはずだ」

「これって、どこかで見たような……」

私は、ルイスからぶら下げられた水晶を受け取る。

「あ、そうか。これって、ペンデュラム？」

「それに近いものだ。道の真ん中に立つがいい」

私は、言われるままに分かれ道の真ん中にやってきた。そして、水晶の先端が真下を示すようにして、ペンデュラムに意識を集中させる。

「あっ……」

すると、水晶の先端が揺らぎ始めた。ぶら下がった水晶は、分かれ道の右側へと、揺れが大きくなっていく。

「こっちでいいの？」

「そいつの言うことを信じるのならば」

ルイスは頷く。

「ねぇねぇ。今、水晶とコミュニケーションが取れたんだよね⁉」

興奮気味の私に、「ああ」とルイスは飽くまでも冷静に答えた。

「すごい。こんな方法でも石の声が聞こえるんだ！　魔法使いじゃないとダメかと思った！」

「お前は、隣人の話し声を拾いやすい。方法さえ分かれば、もっと色々なものと話ができる」

「石の声も、ルイスみたいにちゃんと聞こえる？」

「しかるべき手段を身につければ。それは、俺が教えることではないが」

「やっぱり堅物だなぁ」

肩をすくめてみせるものの、今度は悪い気がしなかった。ルイスは、彼が許す範囲で、ちゃんと私にアドバイスをくれることが分かったから。

彼が情報をあまり明かさないのも、何か理由があるのかもしれない。

そう思うと、彼に興味が湧いてきた。今までだって気にはなっていたが、がぜん、興味がそそられたのだ。

「あのさ、ルイス」

許される範囲でいいから、あなたのことを知りたい。

そう思って彼のほうを振り返った、そのときだった。

「危ない！」

彼の腕に抱きすくめられたかと思うと、いきなり壁に押しつけられる。

「えっ、なになに？」

彼の顔が近い。やけに整った、美しい顔が。

思わず見入ってしまいそうになるが、すえた臭いが私を現実に引き戻す。

ルイスの視線の先に、それはいた。

ひょろ長い手足と、ねじくれたような体軀の、真っ黒な存在。顔面だけが仮面をしているように真っ白で、双眸の穴からは、空虚な闇がこちらを見つめていた。

『こわいの』だ。

そのアンバランスに長い腕は、私の立っていた場所を通過していた。ルイスに助けてもらわなければ、私は再び、連れていかれそうになったかもしれない。

「フェリシア、走れ」

ルイスは私の腕を掴んだかと思うと、強引に引っ張る。

「奴らは、俺が食い止める」

奴ら。

そう、『こわいの』はそいつだけじゃなかった。その後ろにも、ぞろぞろと真っ黒な奴らが続いていた。

『ソコ……』

やけに長い人差し指で、『こわいの』は私の持っている水晶を指した。

『住む……欲シイ……オうち……』

「石の中に住みたいって言うの？」

石はこの世界の記憶を宿す。そして、『こわいの』もこの世界の記憶の断片だと聞いた。だから、『こわいの』は石を追ってくる。自分の居場所を求めて。

「澱みに晒されれば、石は濁る」

ルイスは私を、いや、水晶を庇うようにして言った。

「じゃあ、この子はすでに……」

濁った水晶に視線を落とす。私の手の中で、水晶は震えているような気がした。まるで、『こわいの』に怯えるように。

墓地でたったひとり、『こわいの』に囲まれながら、孤独な日々を過ごしていたに違いない。主もいなくなり、誰にも身に着けてもらえず、それどころか、誰にも見つけてもらえず。

だったらせめて、故郷には帰してあげなくては。

『欲シイ……』

真っ黒な頭が、ぐにゃりと傾いた。『こわいの』が首を傾げたのだと、数秒経ってから気づいた。

「あげない！」

私は水晶を手のひらに包み、叫ぶ。

「あんたたちになんてあげない！　だってこの子、嫌がってるもの！」

『こわいの』から、ぎしっと軋んだ音が聞こえた。それが怒りの呻き声だというのは、その場に漂う怒気から察した。

洞窟の中で蠢く『こわいの』は、怒りに満ちている。私から水晶を奪わんと、あけすけな欲望を膨らませている。きっと、水晶を彼らに投げつけて逃げてしまえば、彼らの敵意も霧散して、私は無事に逃げおおせることができるだろう。

だけど、そうしたくなかった。

私は、この子が助けを求めているのを知っているからだ。

墓地でこの子を見つけられたのは、きっとこの子が私を呼んでいたからだ。私には、その声が届いたのだ。

だったら、私はそれに応えなくては。

私には、正体不明の騎士もついている。彼が私の力になってくれるのならば、私は水晶の力になってあげなくては。

助けを求めるものに手を貸すのは、力を持っているものの義務であり、権利だ。

「フェリシア、あとは俺に任せろ」

ルイスは私を制し、剣を構える。私は、すがりつくようにマルカジットを握った。

金色の武骨な剣の輝きは、マルカジットにそっくりだ。あの剣は、黄鉄鉱でできているんじゃないだろうか。

黄鉄鉱のモース硬度は、六から六半。ナイフよりも硬い。

じゃあきっと、あの『こわいの』も一掃できるかもしれない。

「頑張って、ルイス！」

「当然だ」とルイスは背中で言った。

「俺は、お前を守るためにここにいる」

空気が震える。最前線にいた『こわいの』が、獲物を食らう蛇のごとく飛び出した。私は思わず短い悲鳴をあげるものの、次の瞬間、『こわいの』は一刀両断にされていた。

上半身と下半身が分かれた『こわいの』は、黒い霧となって消えていく。金色の剣を構えたルイスだけを残して。

「すごい……！　カッコいい！」

「フェリシア、走れ」

照れもせず、得意げにもならず、ルイスはクールにそう言った。

「はっ、そうよね。この子を早く故郷に帰さないと！」

私は水晶のペンデュラムを垂らして、道なりに走り出す。

背後からは、わずかな濁った風が吹きつける。ルイスに斬られた『こわいの』の残骸だろうか。彼の活躍を眺めたい誘惑にかられるものの、今はそれどころではないと己を諭し、ただひたすらに走った。

途中で分かれ道があったが、水晶のペンデュラムが道を教えてくれた。

ごつごつとした道は、やがてなだらかになる。枯葉や枯れ草が混じり、わずかな向かい風を感じるようになった。

外が近い。

背後からの嫌な気配も、いつの間にか消えていた。抜き身の剣を携えたルイスは、私に追いついて並ぶ。

「すごいね、ルイス。全部倒したの？」

「姿が見える範囲では」

ルイスはさらりとそう言った。

あの無数に蠢く『こわいの』を一掃したなんて、何と頼もしいのだろう。背後をチラリと見てみたが、奥に闇がわだかまっているだけで、『こわいの』が追ってくる気配はなかった。

「ねえ、ルイス。この子、大丈夫かな」

私は水晶を見せながら尋ねる。

「澱んでいることを気にしているのか？」

「そうそう。それ」

「澱んだ水を川に流せば、澱みは薄れ、流れていく。そういうことだ」

「えっと、その、いっぱい水晶があれば、大丈夫ってこと？」

「そうだ」とルイスは頷く。合っていたようで何よりだ。

たくさんの石が、少しの澱んだ記憶を分け合うのなら、その澱みは限りなく薄くなるということだろうか。そうすれば、この水晶も綺麗になるのだろうか。でも、それにはたくさんの水晶がなくてはいけないのではないだろうか。

「うーん……」

「フェリシア」

「は、はい！」

名前を呼ばれて、思わず背筋を伸ばす。

「お前とこうして、話せてよかった」

「へ？　なんで急にそんなこと」

「アリシアとは、会話ができなかったからな」

母の名前だ。

ルイスの年齢は、精々、私よりも五つか六つくらい上で、年の離れた兄といった程度だ。なのに、母の名を呼ぶその表情は、どことなく親しげに見えた。

そして、寂しげにも。

「お母さんと、知り合いなの？」

「ああ」とルイスは短く答えた。

「アリシアはお前によく似ていた」

「やっぱり？　気の強そうな顔つきが似てるって、父さんに言われたことあるし」

「無鉄砲なところも似ている」

「中身も⁉」

しかも、それは褒め言葉ではない気がする。

「アリシアも、よく石を拾ってきた。お前のように墓地から拾ってきたときは、セシリアから怒られていたが」

今度は、祖母の名前だ。どうやら、墓地から石を持って帰ってはいけないという言いつけは、祖母のものだったらしい。

いや、それよりも、ルイスはいったい何歳だ。祖母をさも当然に呼び捨てにしているし、そこには、無礼さよりも親しみが込められているように聞こえた。

「ルイス……さん」と思わずさんづけになる。

「いったい、おいくつなんです……？」

「とくに数えていない」

面倒くさがりなのか、そういう習慣がないのか、それとも、やたらと年寄りなのか。

魔法使いは外見年齢と実年齢が一致しないというけれど、本当に魔法使いじゃないのだろうか。手助けをするというくらいだから、魔法使いの助手かもしれない。不老長寿の。

そんなの、いるのか知らないけど……。

「どうやら、無鉄砲さは遺伝するらしい」

頭を抱える私の心情などつゆ知らず、ルイスは話を進める。

「アリシアの伴侶は温厚だが、お前はまったくその気質を受け継がなかったようだ」

ルイスの口調がややため息交じりなのに気づき、遠回しに、呆れられているのかもしれないと察した。

「だから、お前が伴侶を見つけ、子を産んだとしても、その無鉄砲な性格は受け継がれるだろう」

「まだまだ先の話ですけどね……」

年頃の乙女だけど、具体的な相手はいない。年頃の男子と付き合うよりも、石のほうに興味がいってしまう。

「とにかく、お前もアリシアのように、子供に言い聞かせなくてはいけない。とくに、墓地の石を拾ってくるな、と。俺も、常に守れるわけではない」

「ルイス……」

表情が乏しい青年だが、このときばかりは、心底心配してくれているようだった。まるで、私の兄であり、母の兄であり、祖母の兄であったかのように。金色の瞳は肉親に向けられるような、ぬくもりのある輝きを宿していた。

「う、うん。そうする」

私は頷く。

常に守ることが前提になってるけど、いったい、いつもはどこにいるの？

そんな疑問が浮かぶものの、尋ねるのは野暮な気がしてしまった。

「正直なことを言うと」

ルイスは、少しだけ躊躇するように続けた。

「お前がここに放り込まれたとき、すぐに自宅へ帰ることを選択してくれれば、お前が危険に晒されることはなかった」

でも、私はそうしなかった。我が身の危険も顧みず、水晶を送り届けることを選択してしまった。

私自身に、降りかかる火の粉を払う力はない。ルイスがいたから結果的に無事なのであって、私の行動は勇気あるものではなく、蛮勇であり、無謀だった。

「でも、この水晶を放っておくことはできなかったし。――それに、あなたもそれは嫌でしょ？」

ちょっとだけ、反撃を試みる。すると、ルイスはぐっと言葉に詰まった。

「やっぱり。ルイスも、本心ではこの子を助けたかったんだね。だってあなたも、石が好きそうだもん」

「否定はしない」

やはり悔しそうな顔をせず、澄ました表情でさらりと答えた。

「どうしてあなたが私を守らなきゃいけないのか分からないけど、自分に素直になっていいんじゃないかな。そんなところまで堅物だと、絶対に後悔するよ。時には私なんて放り出して、自分に正直に行動しなきゃ」

もちろん、ルイスに放り出されたら、無力な乙女の私は困ったことになる。でも、私を優先にすることによって、彼のしたいことができないのは嫌だった。

そんなの、人間として死んでいるのと同じだ。物と一緒だ。

「まあ、万が一、放り出された先でピンチになったら、歯を食いしばって耐えてみせるから。そこは、お母さん譲りの根性もあるしね。だから、ルイスは遠慮なく――」

「フェリシア」

静かな声だが、ハッキリと聞こえた。そこには、胸にずっしりと響く重さがあった。

「お前を守ることが、俺の存在意義だ。それを放棄してしまったら、俺は意味がないものになってしまう」

「そんなこと……」

ない、とは言えなかった。言葉が続かなかった。

なぜなら、ルイスはひどく傷ついた顔をしていたからだ。

金色の睫毛は伏せられ、揺らいだ瞳を隠そうとしている。端正でいて精悍な表情は、硝子のような脆さを孕んでいた。

彼も、こんな顔をするのか。いや、彼に、こんな顔をさせてしまったのか。

罪悪感が押し寄せる。晴れていた心が曇っていく。自身を責め立てるように、濁った灰色の空から、土砂降りの雨が降り注ぐかのようだった。

「ご、ごめんなさい……」

そう言うのが精いっぱいだった。

「別に、構わない」

ルイスは一度目を閉ざしたかと思うと、元の表情に戻る。端正な顔立ちなのに、どこか武骨さを感じさせる、あの表情に。

それから、私たちは黙って先へ進んだ。少しでも気まずい沈黙から逃れるために、私はできるだけ急いだ。ルイスもまた、無言のまま、私に歩調を合わせてくれていた。

そうしているうちに、洞窟の終わりが見えた。

「出口だ！」

私は思わず叫ぶ。洞窟から一歩踏み出すと、遥か彼方に、夜空が見えた。

「うわぁ……」

そこは、渓谷だった。まるで、大地が割れてできたかのようだ。断面には地層がハッキリと見える。この世界の記憶が、長い時を経て降り積もったものが。

「見て、あれ！」

断崖に、人が入れるほどの裂け目があるのに気づいた。そこに、降り注ぐ月光を受けて、輝くものが見えたのである。

私は、ルイスとともに歩み寄る。近づけば近づくほど、その輝きはキラキラと私たちを歓迎していようだった。

「わぁ、すごい……」

裂け目にあったのは、水晶だった。たくさんの水晶が群れとなり、裂け目の左右から顔を覗かせている。

垂れていたペンデュラムが揺らめく。まるで、そこに還りたいと言わんばかりに。

私は紐をほどいてやる。ネックレスの部分も取ろうとしたけれど、私の力では無理だった。ルイスのほうを向くと、彼は察してくれたようで、剣の柄で金具を叩く。

「そんなに強く叩いて、水晶が先に割れたりしない、かな……」

「水晶のモース硬度は？」

「七。鋼鉄や硝子に傷をつけられる程度の硬度……」と父から教わったことを思い出す。

「ならば、大丈夫だろう」

「そうだね」

へへっと笑ってみせる。顔を上げたルイスもまた、ほのかに笑っていた気がした。
二、三度柄で叩くと、金具が壊れて水晶が解放される。これで、人の手によるものはなくなった。アクセサリーとしての役目を終え、この子は、本当の自由を手に入れたのだ。
「ほら、あなたのお友だちだよ。何年ぶりの帰還なのかな」

澱んだ水晶を、透き通った群晶の上に置いてやる。すると澱みが、ほんの少しだけ薄くなったような気がした。

「ゆっくりと休んでね」

少しだけ輝きを取り戻した水晶を撫でる。月光を受けて光る様子は、まるで、「ありがとう」と言ってくれているようだった。

「これで、よかったんだよね」

「ああ……」

ルイスは、水晶のことをじっと見つめていた。彼なりに思うことがあるのか、その横顔は、声を掛けづらいものがあった。

私が黙っていると、彼は唐突に口を開いた。

「あの水晶は、主がいなくなり、道具としての生を終えた」

「う、うん……」

「それが幸せなのかは、俺には分からない」

分からなくて当然だよ。だって、あなたは道具じゃないもん。

なぜか、その言葉は口から出なかった。そしたらまた、あの悲しそうな顔をされるような気がしてならなかった。

「だが、道具としての生を終えたのに、解放されないのは不幸だ。お前は、よくやった」

「そう、なのかな……」

「そうだ」

ルイスはそう言ったっきり、金色の瞳で群晶を見つめていた。

彼の正体は分からない。彼の心情も分からない。

だけど、このときはそっとしておいてあげようと思った。彼の気がすむまで、私は黙っていようと思った。

そのときである。すえた臭いが、私の鼻腔に届いたのは。

「えっ？」

私はとっさに振り向く。ルイスもまた、一拍遅れて振り向いた。

ぽっかりと開いた洞窟の入り口には、闇がわだかまっている。いや、違う。

そう認識した瞬間、私の全身が総毛立った。そこにいるのは、『こわいの』だ。

真っ黒な身体に、白い貌。その空虚な目で、じっとこちらを――水晶の群晶を見つめている。

『欲シイ！』

「だめ！」

ひょろ長い腕が、蛇のように伸びる。水晶に目掛けて、まっすぐと。気づいたときには、私は飛び出していた。

「フェリシア！」

ルイスの声が聞こえる。『こわいの』の鋭い爪が、私の胸を突く。どすんという衝撃と鈍い痛みを感じ、私は崩れ落ちる。

ルイスの持つ黄鉄の剣が、『こわいの』を薙いだ。『こわいの』は霧散し、ルイスは私に駆け寄る。

夜空に浮かぶ月が綺麗だった。地上を照らす光は優しかった。

あの水晶はもう、大丈夫。

そう確信した私は、ゆっくりと意識を手放したのであった。


「まったく、あんたは無茶ばっかりして」

母が、腰に手を当てて立っていた。私が寝かされているのはベッドの上だった。心配そうな父もいる。

ああそうか。これは私の記憶の中だ。

ぼんやりとする頭で、私はそう自覚していた。

「子猫を助けたかったの……」

幼かった私は、かすれた声でそう言った。

「知ってるよ。子猫が木箱に入れられて流されているからって、川に飛び込んだんだろう？　現場を見てたあんたの友だちから聞いたよ。でもね、あんたがそれで死んじゃったら、どうするつもりだったの」

母は怒っていた。父は泣きそうな顔で頷いていた。

「……死ぬのはいや。でも、放っておけなかったの」

「分かってるよ。あんたは、そういう子だ」

母はため息をつく。寝ている私の額に、手のひらをそっと置いてくれた。母の手はひんやりとしていた。私をものすごく心配してくれているからだと、そのときはなぜか分かった。

「……ごめんなさい」

母の手を握り返そうとする。そのとき、私の手の中に何かがあるのに気づいた。

「あっ……」

それは、マルカジットだった。母がお守りとして身に着けるようにと言っていたものだった。

「あんた、ずっとそいつを握りしめてたんだよ。あたしが助けるまで持ちこたえられたのは、そいつのお蔭かもしれないね」

「うん……」

そっと、マルカジットを握り直す。

「無事でよかった」と目を腫らして泣いている父の隣で、私を見ている人影に気づいた。

「お前は本当に無鉄砲だな」

母と同じように腰に手を当てて立っているのは、兄だろうか。

いいや、私は一人っ子だ。それに、私も両親も、碧眼だ。彼のような、金色の眼ではない。

「だが、そんな無鉄砲なお前を守るのが、俺の使命だからな」

怒っているように見下ろしていたけれど、そう言った表情は柔らかかった。誇らしげでいて、微笑んでいるようにも見えた。

ルイスだ。彼は、あのときも傍にいたのだ。

子猫を抱き、川の激しい流れでもみくちゃになりながらも、何とか顔だけ浮かせて、呼吸をすることだけはできた。

それは、見えない誰かが、ずっと支えてくれていたから——。


「ルイス！」

私は自分の声で目覚めた。

すると、見慣れた天井が目に入り、慣れた感触が背中にあった。

「目が覚めたかい、フェリシア」

眼鏡をかけた、ちょっと頼りない顔立ちの男性——父が顔を覗き込む。夢の中よりも、少しばかり老けていた。

「私は……」

目を動かして、辺りを見回す。私は、自室のベッドに寝かされていた。

「玄関で倒れてたんだよ。扉を開けっ放しでね。てっきり、何かに襲われたのかと思って……」

　そこまで言うと、父は言葉に詰まる。真っ赤に腫れた目から、さらに涙がぽろぽろと零《こぼ》れた。娘に情けない姿を見せまいと目を擦《さす》るものの、次から次へと涙が溢れるものだから、あまり効果がない。

「ルイスは……？」

「ルイス？」と父は不思議そうに目を瞬かせる。

　私はゆっくりと上体を起こし、部屋の中を見回す。学校に入学したときに買ってもらった勉強机と、本棚が目に入る。そこには、父からもらった石や、母の遺品である石がゴロゴロと並べられていた。あとは、クローゼットがあるくらいで、私の部屋はいたってシンプルだ。だけど、その部屋の中に、ルイスの姿はなかった。

　夢だったんだろうか。

　そう思った私の右手に、何かが握られているのに気づく。何だろうと思って開いてみると、そこには、真っ二つになったマルカジットがあった。

「えっ、どうして……」

「玄関からここに運ぶまで、ずっと握りしめてたんだよ。もしかしたら、そのお守りがフェリシアを守ったのかもしれないね。君もアリシアさんも、僕には見えないものが見えていたみたいだから、きっと、そいつらからさ……」

　父はしみじみとそう言った。

そうか、そういうことか。

私は瞬時に理解した。闇に隠れてやってきた『こわいの』の指先は、水晶を庇った私の胸を捉えていた。だけど、そこにはこのマルカジットがあったのだ。私の胸が貫かれる代わりに、このマルカジットが壊れた。そして、水晶を故郷に戻すという使命を終えた私は、無事に家に帰されたということなんだろう。

だけど、ルイスがいない。彼はいったい、どこへ行ってしまったんだろう。

いや。

「違う……。とっくに、気づいていたのに……」

手の中の、割れてしまったマルカジットに視線を落とす。それは、母が祖母から受け継ぎ、私に託してくれたものだった。

このマルカジットならば、祖母のことも母のことも知っている。そして、私の傍に常にいた。

「ルイスは、このマルカジットだったんだ……」

真っ二つになってしまったマルカジットに、雫が零れ落ちる。

父のほうを見たが、目を腫らしているものの、もう泣いてはいない。雫は、私の頬をつたっていた。泣いているのは、私だった。

もう、彼には会えないのだろうか。まだ、お礼も言っていないのに。もっと、話したいことがあったのに。

ぽたぽたと涙が滴る。父が心配そうにしていたが、止められなかった。

涙は壊れたマルカジットを濡らし、私の手のひらを濡らし、シーツを濡らす。滝のように涙が流れる頬に、ふと、触れるものがあった。

風だ。優しい風が、涙を拭うように頬を撫でた。

窓は開いていない。扉も、ちゃんと閉ざされていた。

――フェリシア。

耳元でささやく声がした。振り返るものの、そこには誰もいない。白い壁があるだけだ。

――お前が忘れない限り、俺は傍にいる。

私の手に、あの意外と骨太な手が重ねられた気がした。確かなぬくもりが、そこにあるように思えた。

「……うん」

ぐっと歯を食いしばる。涙をこらえ、二つになってしまったマルカジットをぎゅっと抱く。

「絶対忘れない、あなたのこと。だってあなたは、私の大事な家族だもの」

そんな様子を、父は不思議そうな顔で見つめていた。でも、それも数秒のことで、何かを察したように、優しく微笑んでくれたのであった。


それから数年後。

私は風の噂で、石を扱うのに長けている魔法使いがいると聞いた。魔法機構《マギウス・クラフト》の技師をしているそうで、ロンドンのどこかに店を構えているのだという。

「すまないね。僕はそういうことはサッパリで」

父も色々と調べてくれたけれど、なかなかその人物に行き当たらないらしい。

「もしかしたら、特殊な伝《つて》が必要なのかもしれないね」

「まあ、魔法使いって専門職の中の専門職って感じだし、仕方ないよ。でも、ありがとう、お父さん」

玄関先で私を見送ろうとしていた父は、えへへと照れくさそうに笑った。この笑顔が可愛いのだと、母が生前言っていたのだが、私はよく分からない。

「で、また街に行くのかい？」

「うん。また、ネットで気になる噂を見つけたしね。確認しに行こうと思ってさ。連敗中だけど、魔法使いだって人間でしょ？　店は現世に実在するはずだから、絶対に行き着くって」

「そういう根性論で勝負するところ、アリシアさんにそっくりだなぁ」

「それって、褒めてるの？」

父は幸せそうな顔をしてるけど、根性論という単語は、年頃の乙女に似合わない。

「でも、どうして突然、魔法使いに会いたいなんて思ったんだい？」

父の言葉に、私は微笑む。

「会いたい人がいるから」

「会いたい人？」

「そう。あとは、乙女のヒミツ」

「えーっ」

いささかショックを受ける父にウインクをして、私はバッグを肩にかけ直して家を出た。

朝の日差しが眩しい。雲一つなく、空はどこまでも青かった。

涼しげな風が頬を撫でる。バッグの中に確かな重みを感じながら、私は木々と草花が並んだ田舎道を往く。

ずっと貯めていたお小遣いは持った。魔法使いに会ったら、まず、マルカジットを直してもらおう。それが無理なら、再加工をしてもらって、とにかく、身に着けられるようにしてもらおう。お金が足りなかったら、分割払いなんてできるだろうか。

それから、石の声を聞く方法を尋ねてみよう。また、彼と会話ができるように。

期待に胸を膨らませ、私は街へと向かう。すぐ隣に、彼の存在を感じながら。

〈了〉

魔法使いの嫁
The Ancient Magus Bride

# 虹の架かる日、御馳走の日

桜井光

虹が出ている——

森を出て草原に足を踏み入れると、煌《きら》めく七色の彩りが夕暮れの空に架かっていた。

歩く足を止めずに智世《チセ》はそれを見上げる。

そういえば、昼を過ぎた頃の出がけにも同じものを見た気がする。

風に揺れる赤毛の髪を手で押さえたかったけれど、生憎《あいにく》と両手は塞がっている。

丁度《ちょうど》これから帰ろうとしている邸《やしき》の方角に虹はあって、自ずと、虹に向かって歩いていく形になった。森を出て、虹の麓にある家を目指して草原をてくてくと歩く。まるで絵本やお伽噺《とぎばなし》の中にいるみたいです、なんて口にしたらエリアスはどんな反応を返すだろう。そうだね、と返してきそうな気もするし、黙って首を傾げてくるような気もする。

あるいは、暗がりの奥に在る瞳に仄《ほの》かな変化を浮かべるだけ、だろうか？

（……瞳かな）

静かに内心でひとりごちる。

チセは虹を見つめたまま、両手で抱えた籠《かご》の重みを確認する。

イラクサ、ニガヨモギ、クサノオウ。今日の収獲だ。

邸の敷地を出てすぐに広がった草原を少し進んだ先にある森は、そのほんの入口だけであっても多くの草木が日々茂っていて、薬草を摘むのに適している。魔法の勉強のために用いる分がいささか心許なくなってきたので、今日のチセは此処《ここ》までやってきたのだった。

勿論《もちろん》一人きりではない。傍らにはルツがいてくれる。

毛並みの美しい大型犬のような姿をした四つ足の獣、墓守犬《チャーチ・グリム》のルツ。黒妖犬《ブラックドッグ》とも呼ばれるのだとか。多くの人間にとっては認識の外にあるという隣人のひとりで、今ではチセと契約を交わした使い魔《ファミリア》でもある。使い魔を持っている、と一息に述べてしまうとまるで自分が立派な魔法使いだと主張しているように聞こえるかもしれないが、実際は、年の近い兄ができたような印象ではあって。

「チセ、空を見上げたまま歩くのは危ないぞ」

「うん」

腰の高さから掛けてくる声に頷く。

そう、ルツは言葉を使う。見た目通りの犬とは違うのだ。

「綺麗《きれい》だなと思って」

「虹か」つい、と優美に伸びた鼻先をルツは空へと向けて「……虹だな。見たいなら見ていればいいが、森ほどじゃなくとも草原にだって人が躓《つまず》く石はある。荷物は俺が持とう」

「ありがとう。でも、これくらいは私が持つよ。空を見たまま歩いたりもしない」

「そうか」言葉が、犬としての鼻息に交ざりながら響く。

心配してくれてありがとう。

感謝の気持ちを込めてルツへ視線を向ける。と――

自然と、チセは来た道を振り返っていた。気配を感じ取ったのだと意識するよりも、顔を向ける動作が先だった。

森に何かがいる。

隣人。妖精、精霊、人間や動物とは異なるもの。でも嫌なものじゃない。背筋を走るぞっとするような感覚だったなら、振り返ろうとする首と顔を反射的に押さえていただろうし、それに、この独特の雰囲気は以前にも。

ふたつの輝きが見えたように思えたのは、鋭い眼光を感じ取った所為《せい》か。

『殻持ちのところの雛《ひな》か』

重々しく響く声。言葉。

夕暮れの赤に染まりかけた森の入口あたりに影があった。

小柄ではあっても何処《どこ》か力強さを感じる、安定感のある人影だった。大地に深く根を張った大きな岩、巌《いわお》の印象が脳裏に浮かぶのは何故なのだろう。ああ、人影、なんて言い方をしたら彼は気を悪くしてしまうかもしれない。あまり、人間のことが好きではないようだから。でも攻撃的な性質の存在かと問われれば、違う、とチセは思う。

森からこちらを見つめている彼。巌のような彼。

名はスプリガン。

その正体は隣人を守る古い妖精なのだ、と以前エリアスから寝物語に話を聞いた。

「ええと……」

何と声をかけよう？

こうして姿を見せてきたことには理由があるのだと思いはすれど、あまり彼と言葉を交わした記憶はない。大抵、出会う時にはエリアスが傍らにいたし、今日のようにそれなりの余裕がある穏やかな状況ではなかったような。

『サンザシの花が咲く頃だ。西からの流れに乗って、風の精霊たちも佳《よ》く踊っている。更にはああして空に虹が架かりもした』

重々しく彼が言葉を述べる。

人間が唇と喉を使って発する音声とはまるで違う、独特の響きが風に乗って耳へ届く。

何かの歌や詞のようだとさえ感じられて、チセは返答に一瞬遅れてしまう。すると。

「メイフラワーも虹も別に珍しくはないだろう」

『そうだな』

「ふん」

ルツが先に話を始めてしまっていた。しかも、すぐに対話をひとつ終えている。

新しくできたこの黒色の〝兄〟の方がよほど自分より要領が良い。少し、羨ましい。

「すまんチセ。つい言葉が出た」

「ううん、いいの。——あの、何か私たちに用があるんですか？」

それともエリアスに用、とか？

もしかしてと思いながらもスプリガンへ声を掛ける。

やや強く風が吹いていた。赤毛がまた少しだけ乱される。

一秒。二秒。すぐに返答は来なかったが、もう帰ろうと鼻息で示してくるルツの頭を撫《な》でつつ辛抱強く待っていると、十秒後にようやく巌の彼は再び口を開いて告げた。

重々しい響き。

会話ではなく、依然として詞のようにも聞こえる言葉。

『明かりを灯《とも》すものたちよ。花の微笑みをお前たちは見るだろう。それに足るだけの幸運と、結び付きがあればの話だが』

（なんだろう？）

花の微笑み。運。結び付き。

彼が告げた言葉の意味を、その時のチセは読み取れなかった。

†††

虹はすぐに空から姿を消していた。

夕焼けが空のすべてを朱に染める頃には、チセとルツは家に帰っていた。

二階建ての古い邸。こうして外から戻って目にする度《たび》に、何かほっとする。安堵《あんど》と言い切ってしまうには少しだけ抵抗があるものの、日本で過ごしてきた幾つかの家に比べるとやはり、自分は此処に安堵を感じているのだろうか。

「ただいま」

玄関の扉を開くと軽やかな響きがリンと鳴って耳をくすぐる。

いつのまにか彼女が付けていた鈴の音だ。可愛らしい音色。遠慮がちな気性に見える彼女の姿や仕草が音のかたちをとったかのよう。

するり、とチセの足下を滑るようにしてルツも家の中に入ってくる。

「薬草は納屋に置いたままでいいのか？」

「もう暗くなるからね。まだ寒いし、傷んだりはしないと思う」

「そうか」

「うん」

厚めの上着を脱ぎながら家の香りを吸い込む。爽やかで少し苦い、野原のにおい。其処《そこ》に混ざり込んでくるスパイスの芳しさは今夜のディナーのものだろう。少しばかり歩いた先にある森へ行ってきただけなのに、帰ってきた、という実感が強く湧いてくる。

今日のように近場を巡っただけにせよ、ロンドンへ出掛けたにせよ、遠く海を隔てた竜の国への遠出にせよ、こうして帰ってくる度に此処は穏やかに出迎えてくれる。暖かさや優しさと言い換えても取り立てて違和感はないが、それらを内包したふわりとした穏やかさをこそチセは感じ取っていた。

穏やかさ。

それは、そう、彼女が常日頃から纏《まと》うものでもあった。

「――――」

衣擦れの音をわずかに立てながらチセとルツの帰宅を迎えてくれる、彼女だ。

薄紫色の服に身を包む、女性の姿をした隣人。絹女給《シルキー》。薄赤色をした瞳がとても綺麗な、エリアス曰《いわ》く銀の君。銀。実際に彼女が銀色を身に着けている訳ではないのに、何故だかとてもしっくりくる。たとえば誰かに彼女のことを伝えるとしたら、きっと自然に、銀色の花のようだと喩《たと》えるだろう。

シルキーはキッチンからわざわざ出てきてくれたに違いない。もう夕食時も近いから忙しいだろうに、必ず彼女はこうしてくれる。

どんなに長く留守にしていても、此処に帰ってきた時には絶対に。

野原のにおいと一緒にシルキーは出迎えてくれるのだ。

「ん」

囀《さえず》るような一呼吸。

シルキーは言葉を発さないから、大抵は仕草や雰囲気、もしくはこうした僅かな呼吸で意図を伝えてくる。たとえば今のは「おかえりなさい」の類。

「ただいま、シルキー」

いつもの返事をしながら頷いて、上着を持とうかと示してくるシルキーにやんわりと自分でやるからと断って。まずは上着を自室へ運んでしまおうかと思いながら廊下を歩いて、ふと、食卓のあるキッチンを通り掛かった矢先。

「あれ?」

チセは立ち止まっていた。目も少し見開いて。

スパイスの良い香りがするとはさっきから感じていて、プディングやローストビーフ、パイといった英国の郷土料理のみならず欧州各地の料理にも及ぶシルキーのレパートリーのことは既に分かってもいたから、今日も何処かの異国料理が味わえるのかな、程度に考えて、きっとそれはとても美味しいのだろうと期待してもいたのだけれど。

それどころの話ではなかった。

キッチンの様子。お鍋が。お皿が。見るからに普段よりも数多い。

傍らを付いて歩いていたルツも、ふんふんと鼻を鳴らしながらちょこんと前脚を揃《そろ》えてお座りの姿勢になっている。やっぱり驚いて立ち止まってしまったらしい。

「パーティか何かか？」

「お客さんが来るとは聞いてないけど……」

驚いたまま固まっていると、すぐ隣をシルキーが通り過ぎていく。

てきぱきと手際よく、迷ったり戸惑ったりする様子なんて微塵《みじん》もなく、彼女はキッチンで立ち回って料理を仕上げていく。一つ目のお鍋の様子を見ると頷いて、二つ目のお鍋にはパプリカを少々振りかけて、オーブンの様子をちらりと確認してから冷蔵庫を開けて、寝かせたプディングらしきものを取り出して。流れるような自然さで、ひとつひとつ独立した動作のはずなのに全部が繋《つな》がっている風にも思えて、食卓を舞台とした静かな踊りを見ているかのようにさえ。

ところ狭しと食卓に並んでいく、色とりどりの鮮やかな料理たち。

ああ、とても良い香り。

ローストビーフにローストチキン、キドニーパイ、野菜たっぷりのトルコ風スクランブルエッグ、具沢山《だくさん》な深紅のボルシチ、パプリカの香るグヤーシュ、スパイスの匂い漂うインド風ラムチャップの串焼き、他にも色々。少なくともまだ蓋の開いていないお鍋がふたつあるし、既にお皿に盛り付けられているのは焼いた鰆《さわら》だろうか？

シルキーの料理はいつだって美味しくて量もたっぷりあるものの、やはり明らかに、今夜は並べられる品数がやけに多い。シチュー系の煮込み料理だけでも二種以上。オーブンを使ったものにしても、ぱっと見ただけでローストビーフとローストチキンとパイがあるし、その上グラタンまで焼いている？　オーブンはこの邸にひとつきりしかないのに、どうやって二つのオーブン料理を湯気の立ったほかほかの状態で用意できるのだろう。魔法や魔術をチセは連想するも、シルキーがそれらを操っている様子はさすがに想像できない。いつも彼女は手際良く家事全般をこなしているから、この魔法のような料理のさまも同様なのだろうか。

「御馳走《ごちそう》だな」ルツの尻尾が嬉《うれ》しそうに揺れている。

「すごい」

ぽかんと口を開けてしまいそうになる。

御馳走だった。

見たことのないテーブルクロスが広げられた食卓のさまは、まさにそれだ。一度に食べきれる量じゃないかもしれない。でも、冬至でもクリスマスでもなくても、もしかして、今日は自分の知らない何か特別な日だった？

近所にお裾分けしてもなお余りあるくらいの量だった。

ああ、食卓の上には、チセが初めて目にする料理までもが置かれていく――


「おかえり。どうしたんだい」


頭上から響く声に、見上げる形でチセは振り返る。

驚きから来る硬直がみるみるうちに解けていくのは、魔法のそれではないと分かってはいても魔法じみていて感慨深い。

視線の先。眼窩《がんか》めいた暗がりに隠された小さな瞳が、こちらを見ていた。

エリアス・エインズワース。獣の頭蓋のようなもので頭部の多くを覆われた、とても背の高い魔法使い。あの日、あの時、オークションに出された自分を買い取って此処に連れてきてくれた人物。人物とはいっても、正確には彼は人間ではない。ルツやシルキーのような隣人たちとも違う、稀有《けう》な存在であるらしい以上の話をチセは知らない。分かっているのは、彼が多くのことを教えてくれる魔法使いとしての師であることと、新しくできた家族であること。

それから、それから。

きちんと話してはいないけれど、もしかしたら将来の――

「薬草摘み、終わりました。今は納屋に置いてあります。明日処理しますね」

「ご苦労さま」

白い貌《かお》がわずかに動く。

表情筋なんて一本もありようがない硬質の物体が顔面の大半であるため、人間のように表情から感情を読み取るのは難しくても、それでも完全に分からない訳ではない。チセには分かる。今は、特に何もない感じ。普段通り。こちらを観察しているような。

「上着」

「あ、すぐ置いてきますね」

「持ったまま立ち止まっていたけど、どうかしたのかい」

「あ」チセはキッチンの様子をちらりと見て「今日って、何か特別な日なんですか？」

「ああ、もうその時期か」

エリアスもキッチンの方を向く。

視線が捉えているのはシルキーの姿のようだった。

「さっき虹が出ていたろう？」

「はい」はっきり覚えている。草原に架かった七色の弧。今日は二度もそれを見た。

「ああして虹が出た日や風の精霊が遊んだ日になると、銀の君は決まって盛大な料理を作るんだ。細かい事情までは知らないが」

「そうなんですか」

「彼女のやりたいようにするといいし、気にしていなかったけど」

「今日って、何かのお祝いの日だったりしますか？」

決まった日に虹が出る訳ではないだろうから可能性は薄いと思いつつも、自分の知らない祭事や祝い事があるのかもしれない。

「そうだね」

エリアスは、一端《いったん》上を向いて考える仕草。

暦から鑑みて幾つかの可能性を口にしてはくれたものの、古代ローマや中世の戦争にまつわる祭事となると御馳走でお祝いというイメージとは違うような気がしてならず、知識が増えこそすれ、残念ながら目の前の光景の回答には結び付いてくれない。

「気になったなら手伝ってみるとどうだい。分からないことが目の前にあっても、よく観察すれば何か分かるかもしれない」

「はい」

頷いて、チセは廊下から一歩前へ。

上着のことは「俺が運んでおく」と言い出してくれたルツに任せて、キッチンに入ってシルキーに配膳の手伝いを名乗り出てみる。どうあれ見守っているだけのつもりはなくて、何かの形で彼女を手伝いたいと思っていたのだ。

シルキーが盛り付けたお皿を食卓へ運ぶ。

昼間のうちに摘んであったのだろう花も、一緒に飾り付けて食卓に置いて。

「……」

指示通りにお鍋の火を止めて、冷蔵庫からプディングを取り出して。

手伝いながら、チセはシルキーの様子をそっと窺《うかが》ってみる。

表情はいつもの通り。穏やかで、どこか優しさを含んだような綺麗な顔。

はっきりと感情が読み取れるほどの表情は見えなくとも、やはり、今夜の彼女には何か特別なものがあるように思えてならない。機嫌が良いとか、嬉しいとか、そういう言葉が浮かんでは消えていく。それらの表現はぎりぎり近いように思えるだけで、ぴたりと当てはまるという実感にはほど遠かった。

一方、食事の準備は順調に進んでいく。

このままでは何も分からないまま、夕食が始まってしまう。

がっかり、というほどではないまでもささやかな残念さがぽつんと胸に残る。

その時——

「♪」

耳に届いた旋律があった。

小鳥の囀る声。いいえ、少し違う。

鈴虫の鳴く声。いいえ、少し違う。

陽の光を受けてきらきらと輝く、冬の朝露を音色にしたらこんな風だろうか。

シルキーがささやかに鼻歌を唄っている。食器をテーブルに並べるその横顔は、ああ、やっぱりいつもと何も変わらない。


けれど、瞳の色。


いつもの彼女とほんの少しだけ違う。

薄赤色の瞳はどこか楽しげに、きらきらと煌めくかのようで――

†
†
†

昔のこと。

此処にエリアスがやってくるよりも以前。

つまり、チセが二階の角部屋の住人として日々を過ごすようになるよりもずっと前。


家の主人は、数年前に夫を亡くした女性だった。

快活で、絶えず明るい表情を浮かべては冗談を述べて家中を賑《にぎ》わせる人間だった。

実年齢は四十代であるという話だが、外見はもっと若く見える。先週も今週も郵便配達夫に二十代と本気で見間違われた、と誰もいないリビングで満面の笑みを浮かべてみせる、とても朗らかな気性の持ち主だった。

代々この邸で暮らしてきた一族の裔《すえ》である夫に嫁いできた身で、出身地は少し遠いらしい。とはいっても同じイングランドではあって、言葉に別地方の訛《なま》りなどがあったりはせず、暮らしぶりもさして歴代の主人たちと大差なく。

子供は一人。夫の面影をよく残して精悍《せいかん》に育った十代の息子で、かつてはよく泣いて彼女の腰にしがみついてきたものだけれど、今となってはがっしりした骨格と肩幅の広さが自慢の青年に育って、昨年からロンドン郊外の寄宿学校《ボーディングスクール》に見事入学を果たしたのだった。あの子は滅多に帰ってこない。

寂しいだろうに、切ないだろうに、女主人は弱気な言葉を一度も発さなかった。冷え込む日にはあの子が風邪を引いたりしないかと心配を口にするものの、人恋しさに表情を翳《かげ》らせたりは決してしないのだ。

「あー寒い寒い。そうだ、今夜はボルシチでも作ろうかね」

ならば温かな料理でも作ってみよう。

そんな風に考えて、言って、実際にそうしてみせるのだった。

ひとりで暮らすにはやや広すぎるかもしれない家で、日々明かりを絶やさず、いつも暖かさと朗らかさを湛《たた》えさせ続ける女主人。

彼女は一人きりで暮らしていた？

いいえ。違う。

多くの人間には見えなくとも、もうひとりの住人が邸に暮らしていた。

女性自身も、彼女の亡夫も息子も存在に気づいてはいなかったけれど、確かに。

人々のすぐ傍《そば》に息づいている隣人。妖精。

そう――シルキーである。


「今日は天気がいいねえ。うん、洗濯日和だ！」

晴れた日には、笑みを含んだ女主人の声が家中に響き渡るものだった。
・・・
こちらの存在を明確に認識するエリアスのような住人とは異なるから、シルキーとしては家事の全般を行うことはできないまでも、それでもこっそりと気づかれないように彼女をよく手伝った。水洗いした洗濯物の籠を物干し場の近くに運んでおいたり、戸棚《クロゼット》と壁の隙間に落ちたハンカチを拾って洗っておいたり、風に吹かれて飛びそうになった衣類を押さえたり。女主人が洗濯に夢中になるあまり洗い忘れになってしまった食器があれば、わざとらしくない程度の数を洗っておいたり。

細々と。さまざまに。

彼女の亡夫がまだ幼かった頃からそうしてきたのと同じように、当初、シルキーは家事妖精としての在り方のままに彼女との日々を過ごした。住人が小首を傾げる程度のささやかさ、不審なこともあるものだと怪しまれないくらいの規模で、家事を手伝う。

きっと次の世代まで変わらないだろう、とシルキーは思っていたのだけれど。

「ありゃ。あたし、いつのまにお皿まで洗ってたの？」

ある日のことだった。

やはり天気の良い、精霊が風と騒がない程度の穏やかな日。

「妖精のしわざかな。あはは、こりゃありがたいや！」

シルキーの手伝った仕事を目にして、一度首を傾げてから。

女主人はそう言って笑い飛ばしてみせたのである。

「あたしがド忘れしたってコトにはしたくないから、うん、そうしておこう。妖精さんのいい仕事ってことで。という訳で……ありがとね！」

笑みを含んだ、感謝の言葉。家中に響き渡るくらいの大きな声で。

彼女としては二階に向けて言ったぐらいのつもりなのだろう。

この場に見当たらないから二階にいるのかな、と考えたのかもしれない。

けれどその時、シルキーは女主人のすぐ近く――彼女の五フィート先にあるソファの傍らに佇《たたず》んでいたのだった。そして、目を丸くしていた。この主人には自分たち隣人が見えないし、妖精の実在なりを確信して言った訳でもないだろう。それでも、こうして呼び掛けられることは滅多になかったものだから、少し驚いてしまって。

この家に住んでいるのは信心深い家系だとは聞いていたけれど、その血を継いでいるのは今は亡き男性と寄宿学校に通う息子であり、さすがに外から来た嫁であれば勝手が違うことも有り得るだろうに。

「――――」

届くまい。

聞こえないだろうと、分かりつつ。

この日、シルキーは女主人に初めて語り掛けた。どういたしまして、と。

……暖炉の上にたっぷりのクリームが入ったコップを見付けたのは翌朝のことで、こんな風にして貰《もら》えたのは彼女の亡夫の母が存命だった頃以来で、シルキーは今度こそ大いに驚いて幾つかの失敗をしてしまうのだが、それはここでは語るまい。

ちなみに最早《もはや》言うまでもないが、家事を手伝ってくれる妖精へのお礼には、一鉢の牛乳やクリームを用意するのが良い。シルキーもその例外ではない。


「さーて。今日は何を作ろっか」

細かなことを笑い飛ばして気にしないような大雑把さを備えてはいたものの、この女主人は料理上手で、意外なことに適度な繊細さと器用さ、そして好奇心とそれに見合う勤勉さを持ち合わせた名コックでもあった。ローストビーフやパイ、プディングのような地元の郷土料理はもちろん、ソーセージを一から作るドイツ料理、ブイヨンを煮込むところから始めるフランス料理、千差万別のパプリカを組み合わせるハンガリー料理、果ては香辛料を魔法のように駆使するインド料理や中華料理まで。聞いたことのないような国の料理を作ることもあって、キッチンでいったい何をしているのかさえ分からない、とシルキーが感じた回数は一度や二度ではなかった。

女主人は毎日さまざまな料理を作っては楽しんでいた。

おそらく、亡夫の遺産がそれなりにあった故なのだろう。彼女が何らかの労働をしているようには見えなかったし、彼女自身の家系が裕福であったという話をついぞシルキーは耳にしていない。消去法で考えるなら、女主人はそこそこ豊富な時間とお金を料理に費やすと決めていたと考えられる。

郷土料理であればシルキーにも心得はあって、いざともなれば作ることも可能だ。けれど異国のものとなると話は違う。毎日、鼻歌交じりに料理する女主人の傍らで知らない料理の調法を目にして、それにまつわる蘊蓄《うんちく》を耳にした。

たとえば、カレー。

正しくはカリー・アンド・ライスと言うべきか。

「カレーはインド料理だってみんな思ってるけど、ことカリー・アンド・ライスになると話が違うらしいのよね。週末に作ったローストビーフを入れたカレーを作って、これをライスにかけて食べるっていうのは、英国独自のものらしいし」

長い独り言。

数多くのスパイスと共に、ことこと、じっくり大鍋で煮込まれていく刺激的な香りの漂うキッチンのただ中にて。なるほど、とシルキーは彼女の隣で頷いて。

「最近は作られなくなっちゃったそうだから勿体《もったい》ないわよね。まあ、本場インドのカリーがインドの人のお店で食べられるんだから、そうなるのも仕方ないとは思うけど。でも放っておくと文化ってなくなっちゃうと思うのよ、あたし」

こんな風に、料理の蘊蓄になると特に独り言が続くものだった。

「そうそう。本場のカリーって一種類だけじゃ終わらないって話だけど、それも今度試してみなきゃね。向こうの人って、一度の食事で何種類もカリーを用意して、それを自分で好きに混ぜ合わせながら味を変えて楽しむ……だったかしら。チャツネと混ぜたりしても美味しいって話、どこで聞いたんだっけ。それとも本で読んだ？」

聞く人はいなくとも妖精はいて、しかし止める誰かはいない。

だから延々と話は続くのだ。

「ま、今度ね今度。今日はカリー・アンド・ライス！　残ったら寝かせてまた明日！」

ひとりで一気に食べきるには大鍋のサイズはあまりに大きくて、最初からそうするつもりなのだろう。それでもあえて口にするのは単なる癖なのか、こうして隣に佇んでいるシルキーの存在を本能的に理解してなのか。多分前者なのだろう。不思議や奇妙を前にした時、混乱せずに、彼女のように堂々と妖精に呼び掛けてみせるくらいの信心を持った人間であったとしても、まったくもって目に見えないという事実はあまりに強固な現実だ。そう簡単に飛び越えられるものではないし、飛び越えたなら飛び越えたで、人間社会で生き難《にく》くもなってしまう。

だから、シルキーは物音を立てず。静かに。

なるべく気づかれないように、気のせいや物忘れ程度で収まる程度に、陰ながら彼女の家事を手伝い続ける。この家に棲《す》み着いた時からしているのと同じに、こうして、食卓の上に彼女が出し忘れていた食器の幾つかをそっと配膳して。

「うん、いい香り。そろそろいい頃合いかしら？」

女主人の満足そうな言葉に、相づちを打つようにして音もなく頷いて――

時間はたっぷりある。

その事実を体現するかの如《ごと》く、女主人はたまに家を数日から数週間ほど留守にした。

さすがに何かしらの仕事でも始めたのだろうか、出稼ぎの類とか。はじめのうち、シルキーはそう考えて納得していたものの、実際には違っていた。

帰ってくる度に彼女がキッチンで作り上げる料理の種類が増えていったのだ。

つまるところ、この女主人は快活なだけではなく実は行動的な人間であり、家を出て旅する毎《ごと》にレパートリーを増やしていたのである。きっと旅先の土地で新たな料理を味わったり、勉強したりしているのだろう。誰もいない家で留守の番を続けるという一見寂しげな時間も、こうなると彼女の帰りを楽しみに待つという楽しげなものへと変わる。

「――――」

女主人が旅立っている間。

不自然さがあまり目立たないように、シルキーは家の中を掃除して過ごした。

本当なら埃《ほこり》のひとつも残らないくらいに綺麗にしておきたいが、我慢して、帰宅した彼女が面倒さに目を回してしまわない程度に抑えつつ。埃はあっても、指で拭うとたっぷり収獲できないレベルに。これが何とも難しい。帰宅時に丁度いい具合になるように、掃除をしたりしなかったりして維持をする。

そんな日々を過ごすさなか。

稀《まれ》に、珍しい客が来てくれることもあった。

決まって夕暮れ時に。

普段は人馬《セントール》の郵便配達夫を介して手紙を寄越してくれる彼が、女主人が旅をしている間に限って、たまに姿を見せてくれるのだ。何者をも通さない頑強極まる巌のような存在でありながら、いつも花を贈ってくれる、優しい防人。スプリガン。大抵はいつのまにか裏庭から少し離れた場所に佇んでいて。

彼は、決して邸の中に入ろうとはしない。

それどころか裏庭や前庭といった敷地にさえ足を踏み入れはしない。草原の端、人間たちの暮らす里の境目に立って、落ち着いた眼差しを投げ掛けてくるばかり。シルキーとしても無理に家へ入れと言ったりはしない。

その日もそうだった。やはり風上の、草原の端に彼は立っていて。

『また、主人は留守か』

「ん」

軽く頷くと息が漏れた。

暫《しば》しの静寂。丘から草原へと下りてくる風の音色だけが響く。

多くの言葉は要らない。

防人と自分との間にあるものを、人間の言葉でどのように喩えるべきかをシルキーは知らないし、積極的に知ろうともしなければ考えたりもしない。元は泣き女《バンシー》であった自分を――住処を失った隣人として彷徨《さまよ》いかけていた自分を救ってくれた存在である、巌の彼。

たまに手紙をくれる彼。

花をくれる彼。

そして、時にはこうして様子を見にきてもくれている。

『住み心地は悪くないか』

まっすぐに頷く。大丈夫。良い家でス。

勿論、女主人もその亡夫も息子も、先代の家族たちさえ彼の存在を知らない。シルキーと同じように、彼もまた普通の人間の目に映るものではないから。まさか目に見えない妖精が、自分たちの意図とはまったく関係なく棲む棲まないのやり取りをしているとは思いも依《よ》らないだろう。

「――――」

もう一度頷いて、シルキーは用意していた籠を彼に手渡す。

ビスケット。そろそろ来る頃合いだろうと感じて、今朝、作っておいたものだ。女主人の留守中にオーブンを使うのは気が引けるものの、この頃にはもう、決まってミルクを飲みきらずに旅行へ出掛けてしまう彼女の小さな失敗を補うために自分はお菓子を作るのだ、とシルキーは考えるようにしていた。

とはいえ、毎度ビスケットというのも何だか不満ではあって。

もう少しだけ彼がいてくれるのなら、手の込んだものを作って渡すのに――

『里に長居するつもりはないのだ。すまんな。これは有り難く戴《いただ》こう。お前の作るものは佳い精気に満ちている』

「――――」

遠慮がちに頷きを返す。

あまり多くを語らない丘の防人にとって、今の言葉は最高の賛辞に違いなかった。

それから数日後の出来事だった。

午前中に帰宅した女主人は、やけに慌てているように見えた。見るからにあたふたとして、それでいて頬は紅潮して、瞳には強い意志が籠もっているようで。何があったのだろう、尋ねる誰かがいなくても自分から喋《しゃべ》り出す人だから、きっと口にしてくれるはず、と当初こそシルキーは普段通りに観察していたものの。

彼女は何も言わなかった。

慌てながら、焦りながら、重そうな旅行鞄《かばん》を開きもせずにキッチンへ向かって。

小麦粉や調味料の在庫を確認すると、とって返して再び外へ。鍵も掛けずに。しばらくすると食料品のたっぷり詰まった紙袋を両手いっぱいに抱えて戻ってきて……。

「さあ！　作るよ！」

やる気に満ちた一声を響かせて。

そして、女主人は多様な料理を、大量に、休む暇もなく次々と作り始めたのだった。

ローストビーフにローストチキン、キドニーパイ、大量に作ったハギスはパイだけでは飽き足らずピザにまで。トルコ風らしきトマトや玉葱《たまねぎ》や獅子唐《ししとう》の入ったスクランブルエッグ、煮込みに煮込んだとろとろのボルシチ、外国で買い込んできたらしい多様なパプリカの瓶をこれでもかと使ったグヤーシュ、大蒜《にんにく》に玉葱に青唐辛子にベイリーフにカルダモンにクローブにシナモンにターメリックにクミンにカイエンペッパーを用いたインド風であろうラムチャップの串焼き、更にはプディングも作り始めて……ひとりきりが一日だけでは到底食べきれない量なのは間違いない。

さすがに、これは無理がある。

食べる以上に作りきるのさえ困難なのは明白だった。

ただでさえ旅行帰りでへとへとに疲労しているところに、単身食材の買い出しを済ませて、キッチンでいざ数時間にわたる格闘にも等しい調理の数々。

「…………うう、さすがに、疲れる」

無理もない。

夕焼けが空を覆う頃には、彼女は力尽きて食卓に突っ伏してしまっていた。二秒と経たずに静かな寝息が聞こえてくる。本人としては無念極まりないだろうが、何事が起きているのか分からずにただ見守りながら作業の取りこぼしを拾うに専念し続けていたシルキーとしては、ほっと息を吐《つ》いてしまう。

火に掛けたままの鍋は頃合いを見て下ろして、オーブンで焼き上がったチキンは焦げる前に出しておきつつ。

疲れ切ってしまった女主人の肩にケープを掛ける。

「――――」

言葉はない。

ただ、労《ねぎら》う感情だけを込めながら。

この寝息。この疲労。彼女が目を覚ますのはまず夜中になるだろう。普段であれば、焦げ付きや火事の危険を取り除きはした以上、このまま見守っておくに留めておくところだけれど。理由は分からずともこれだけ女主人が頑張ろうとした事実をシルキーとしても無碍《むげ》にしたくはないし、それに、ここまで困憊《こんぱい》した状態なら、多少の奇妙や不思議があったとしても大袈裟《おおげさ》に驚かずに受け入れて貰えるかもしれない。

だから。

ここから先は。

家事妖精の腕の見せどころ——ということにしてしまおう。そう考えて。

家人が眠っている間に仕事を済ませてくれる親切な妖精。

それは本来、靴屋に棲む隣人として童話に語られるものであるのだろうけれど。

果たして、やけに大きく響いた時計の針の音に目を覚ました女主人の視界に入ってきたものは、微睡《まどろ》みにいるうちに作り上げられた料理の数々。熱々の湯気を立てて、食欲を誘う芳しい香りを漂わせた御馳走だった。作りかけたままだったはずのオーブン料理も、煮込み料理も、焦げ付いて煙を上げるどころか見事に完成していた。

出した記憶のまるでないとっておきのお皿が食卓に並んで。

「すごい……」

最初に出てきたのは感嘆の声だった。

拒絶や混乱でなくて良かった、と傍らに立つシルキーは密かに安堵する。

言葉が少なくとも理解できる。防人の彼と同じだ。女主人の表情は目の前にある出来事への驚きに満ちているけれど、その瞳に浮かぶ感情は驚き一色ではなくて、この状況を喜び、楽しむものであるのはすぐに分かった。

「やっぱり我が家には家の妖精《ブラウニー》がいたんだね。すごい。だって、あたし一人でこれだけ完璧にできる訳ないもの。何品かは取りこぼすかな、って思いながら作っていたんだし」

なるほど。

そういうことは先に言っておいて欲しい。

ともあれ、女主人は次の瞬間には表情からすとんと驚愕《きようがく》の感情を落として、

「また、暖炉の上にたっぷりのクリームを置いておかなきゃね」

満面の笑みを浮かべながら、そう言っていた。

こくんと頷くシルキーである。

「それじゃあ、いただいちゃおうかな。美味しそう！　余ったら明日また食べればいいし、ご近所にもお裾分けはするし！」

食器棚の奥に仕舞い込んでいたグラスをふたつ、女主人は取り出していた。

──グラス。ふたつ。

まさか自分の姿が見えたのだろうか？

シルキーは首を傾げる。そんなはずはない。彼女には隣人たちの姿は見えない。彼女に見える郵便配達夫は人間のものだけで、人馬の彼に気づいたことは一度もないし、春にあちこちを

飛ぶふわふわとした綿蟲《わたむし》も、風に踊る精霊も、何よりこの自分に視線を合わせたことがない。

わずかに混乱していると、女主人はふたつのグラスにワインを注いでいた。

「ひとつは、あたしの分。もうひとつは、あのひとの分」

「――――」

ああ。そうか。

そういうことか。

ふっ、と俄《にわか》に張り詰めかけたシルキーの緊張の糸が緩む。

結婚記念のグラス。そのうちひとつは女主人の伴侶、今は亡き夫のものなのだ。幼い頃の彼の顔を覚えている。彼女と結婚した頃の幸せな顔も。相次いで両親を病で失ってしまって哀しみにくれる顔や、息子を得て再びの幸せを嚙《か》み締めている顔も。

この大量に作られた料理の山。

女主人は、自分自身が食べるためだけに作ったのではないのだろう。

すなわち。

「大成功。約・束・の・御・馳・走・の・日。急に思い付いちゃったけど、なんとかやりきれてよかった。うん、それは妖精さんのお陰かな。あのひと言ってたもんね、我が家は古いから妖精のひとりやふたりはいるだろうね、って」

——約束。御馳走の日。忘れはしない。シルキーもそれを覚えている。

かつて女主人は夫に約束したのだった。

あなたの次の誕生日には、そう、食べたことのないような凄い御馳走を用意するわ、と。重い病を患っていた彼はその日を迎えることなく逝ってしまったけれど、女主人はそれでも約束を守って、彼の誕生日になると必ず、彼の知らないだろうレパートリーを用いた御馳走を作り続けて。

でも。不思議なことがある。

だって、違うのだ。今日ではない。彼の誕生日は半年も先のはずなのに。

「今日、別に誕生日じゃないけどね」

疑問への回答はすぐに彼女が言ってくれていた。

シルキーは思わず、彼女の横顔を覗《のぞ》き込む。

「でもさ、いいよね。いいじゃない？」

彼女はグラスを掲げて、もう一方のグラスにチンと合わせつつ。

「朝、此処に帰ってきた時にね。この家を見た瞬間、ああ、今日にしようって決めたの。あのね、だって、とてもいい風が吹いて——」

†††

だって、とてもいい風が吹いて――

それにね。

草原に七色の虹が架かっていたのよ。

ついでに言うと、帰り道にはサンザシの花まで咲いていた。

どれもこれも好きなもの。あたしもそうだし、あなたも大好きだったでしょう？

虹も、風も、サンザシの花も。

だから今日は腕を振るって、とっておきの料理を作るんだ。そう決めたの。

一年に一度きり、あなたの誕生日だけが特別な日ってのはあんまり寂しいじゃない？

前々から思ってはいたの。今日のはいい切っ掛け。

ちょっと無理しすぎちゃったから、次からはきちんと気をつけます。はい。

ねえ、でも、いいわよね。風が軽やかに踊る日や、丘の向こうに虹が架かった日にだって特別な日にするの。暦で決まる訳じゃないから、結構ドキドキするわ。

今日はどうかな、明日はどうかしら、って。

今回の料理。

きっとあたしだけじゃなくてこの家の妖精も手伝ってくれた料理たち。

美味しいと、あなたは言ってくれるかしら。

それとも、やっぱり毎朝食べ慣れたポーチドエッグが一番美味しいとか言ってしまうのかしらね。ああ、あなたってば後者かもしれないけどさ。

でもいいわ。それはそれで。

あたしは、料理を作るのが好き。あなたのために。あたしのために。それにできれば、ちっとも家に帰ってこようとしない育ち盛りのあの子のためにも。

幸せってそういうコトでしょう？


ともかく乾杯！

ああ美味しい。料理も冷めちゃう前にいただきましょう。

これが最後じゃないんだもの、力をつけなきゃ。

次の御馳走の日のために、また、レパートリーを増やさなくちゃね！

†††

以後も女主人は多くの料理を作り続けた。

自然、傍らにいて陰ながら手伝い続けたシルキーはレシピを覚えることになって。

しかし。これらの知識の多くが日の目を見る機会はしばらく訪れなかった。

年経た後に住人が代替わりして、やがて隣人の姿を捉えられるエリアスが邸の主人となったことで、シルキーは遂《つい》にキッチンと食卓で腕を振るいはじめ、エリアスからは女主人とさえ称されるまでに至ったものの。当初のシルキーは、選んで英国の郷土料理ばかりを振る舞った。

何分、エリアスの素性はおろか出身が何処かも分からない。

味の好みも、苦手なものさえ知りようがない以上、まずは地元の料理を作るのがよろしいでしょうカ、とシルキーなりに考えてのことだったのだが……。


ある日、世界中の料理のレシピ本がこっそり台所の一角に置いておかれる、というささやかな出来事があった。当然エリアスの仕業である。彼が人間の姿に変化できるとはいっても、本人がわざわざ買い集めてこられたかどうかは大分《だいぶ》怪しいので、おそらくはサイモン神父あたりの密かな協力があったのだろう。

ともあれ。

ならば望みの通りにしましょウ、とシルキーは決めたのだった。

自分の料理を口にして、反応を表情や言葉で明確に示してくれる奥様――

チセが新たな住人となるのは、更にそれから幾らかの日々が過ぎた後のことである。

†††

「じゃあチセ、いただこうか」

「はい」

エリアスに促されて、チセは食卓に向き直る。

正面には食卓を挟んでエリアスの姿があって、隣にはルツがいる。シルキーは静かに立っている――彼女はクリームやミルクを飲む以外に食事らしい食事をしないため、食事時には何かしらキッチンの周りで食器を運んだり料理を運んだり、何かあればすぐに動けるように佇んでいるのが普段通りの姿ではあった。

立ったままの彼女を見上げると、どうぞめしあがれ、と言葉なく仕草だけでそっとこちらへ示してくる。

「いただきます」

まずは、彼女が切り分けてくれたローストチキンを一口。

香ばしくて、歯応えはあるのに柔らかくて。

美味しい。とても。

味の感想を言おうと、チセは顔を上げかけて――

ふと、何かを感じて動作を止めていた。何だろう。口の中や鼻腔《びこう》だけではない、全身に伝わる不思議な感触があった。料理に魔法でも掛けられていた？　違うと思う。味覚とか作用とか、そういったものとは根本的に異なる、喩えて言うならもっとずっと深くにあるもの。イメージでしか浮かびそうにないのに、それさえ明確な形になってくれない。

ほんのりと暖かくて、心地よいもの。

それは食卓に並んだ数多くの料理に込められたものだろうか。

多分、そうだ。そうだと思う。

けれど、それだけではないようにも思えて。

（ああ、やっぱり……）

特別なのだ。

これらの料理なのか、虹が出て精霊が踊った今日という日なのか、あるいはその両方なのかもしれない。何にせよシルキーにとっては特別で、大切なものに違いない。

二口、三口。料理を味わいながらチセは感じ取っていた。エリアスに尋ねるべき事柄なのか、自分が夜の愛し仔《スレイ・ベガ》であるからこそ得ているものなのかははっきりしない。

——ただ、分かる。

——ほんのりと。ささやかに。


何かがきっと込められているのだろう。

不思議と納得の感情が浮かんでくる。詳しい話を、理由を知りたいという気持ちは確かに胸の何処かに残ってはいるけれど、別に、それを掘り起こす必要はないのだと。

だって、此処にはエリアスがいて、ルツがいて、シルキーがいる。自分も。そして美味しい料理があって、皆で一緒に食べている。

うん。これでいいのだ。

無理に、言葉にしなくてもいい。

彼女に尋ねなくてもいい。そういうこともあるのだろう。

ああ。でも、折角だから口にしたい。しておくべきことが一つだけあった。

「シルキー。とっても美味しい、ありがとう」

気持ちを言葉として述べる。

次の瞬間。

「――――」


銀の君がこちらを向いて頷いていた。

遠慮がちに咲いた小さな花が、煌めく朝露に濡れながら首を傾げるかのように。

その口元に、ささやかな笑みを見たような気がして、チセはまぶたをそっと擦《こす》る。

直後に水のおかわりを注文するエリアスへと向いたシルキーの顔は、いつもと同じ、穏やかさと優しさが仄見える程度の静かなものではあったのだけれど。


〈了〉

魔法使いの嫁
The Ancient Magus Bride

守護者とトネリコ
佐藤さくら

じっとりと湿気を含んだ空気は重く、濡れた草地に足を踏み出すたびに大地にのめりこみそうな圧力を感じた。手でかき分けられそうなほど濃密な空気だ。あたりに漂うすえた臭いに胸が悪くなる。

沼の周囲の木々はやせ細っているのに、わずかな陽光さえ見えない。森へ入る前は重苦しい曇天だったはずだが……。

緊張のせいで杖《つえ》を握る手が汗ばむ。鼓動が早くなる。

「アシュレイ」

目眩《めまい》を感じた瞬間、名を呼ばれてはっとした。振り返ると、こんな暗い森には似つかわしくない洒落《しゃれ》た格好の青年が、寒そうに首を縮こまらせながらこちらを見ていた。長めのウエーブがかった髪をうしろで束ね、ファー付きのパーカーを着たその姿は、ロンドンの町中を歩いていても何ら違和感がない。

濡れた黒曜石のような瞳に見つめられ、不思議な響きを持つよく通る声に名を呼ばれると、それだけで徐々に気持ちが落ち着き始めた。

大丈夫か、と問いたげな相棒に、ひとつうなずいて見せると、トネリコの杖を握りなおして深呼吸する。大丈夫、口の中で小さく呟《つぶや》いて、アシュレイは沼に向き直った。

＊

すっきりと晴れた秋の昼下がり、人けのない牧草地の外れを歩いていく人影に気づき、ガンコナーはふかしていたパイプを消して足をそちらへ向けた。遠目でもシルエットでそれが女性だとわかった。

このあたりで人間の娘に会うのは久しぶりだ。最近人間の男が人間の娘を襲う事件が続いているとかで、人けのない草原や森のなかを出歩く娘がさっぱりいなくなってしまった。人間の娘をたぶらかすのが性《さが》であるガンコナーにとっては、人間風にいえば商売あがったりといったところだ。

近づいていくと、歩いていたのは少女だった。十代半ばから後半といったところだろうか。これ幸いと、早速とびきりの甘い声で声をかける。

「お嬢さん、ひとりでどこへ行くのかな？　この辺は何かと物騒だよ」

彼女の身を案じる素振りでついていき、人けのない森にでも誘ってしまおう、そんなガンコナーの思考は冬の風のような低く響く笑い声に遮られた。

「はは、ガンコナーか。初めて見るな」

マントのフードを目深に被ったまま少女は振り返った。その口調は落ち着きはらっている。ここへきてガンコナーはようやく気づいた。

時代錯誤な古びたリュックからぶら下がる、これまた年季の入った光香炉、同じくリュックに縛りつけられた杖、彼女を守るように取り巻く様々な薬草《ハーブ》の香り。

「げっ。魔法使いか……」

気づいてみれば、目の前の少女からは魔力を感じた。まったく、なぜ声をかける前に気づかなかったのか。

狼狽《ろうばい》した相手の反応に、魔法使いの少女はもう一度小さく笑った。

「気づかなかったのか。女性をたぶらかして死に至らしめるなんて物騒だと思っていたが、案外間が抜けているんだな」

一瞬馬鹿にされているのかと怒りかけたが、それにしては少女の声はどこか邪気がない。

「それにしてもわたしのようなのに声をかけるなんて、さすがは妖精、人間の美醜など関係ないというわけか」

自嘲するようにいいながら、少女が自分より背の高いガンコナーを見上げる。すると、それまでフードの陰に隠れていた少女の顔がようやく見えた。

顔立ちは悪くない。しかし、右目から右耳にかけて火傷の痕だろうか、皮膚が赤黒く変色し、引きつれていた。まだ若そうに見えるのだが、フードの隙間からこぼれる黒髪にはだいぶ白いものがまじっている。人間ならば、年頃の少女が可哀そうにと憐《あわ》れむか、嫌悪を示すかもしれない。だが、ガンコナーが目を奪われたのは傷痕ではなかった。

少女は不思議な目をしていた。色は平凡な黒だ。しかし、何ともいえない……嵐のあとの暗い海のような、穏やかでどこかぞっとする、虚無を孕《はら》んだような目だった。見ていると吸い込まれ、どこまでも落ちていくような気がした。

目が離せなくなりそうで、ガンコナーは慌てて首を振って目をそらした。

「魔法使いがこんなところで何をしている？　この先には人間もおれたちも近寄らない森と沼地しかないぜ」

この土地にずっと古くから存在する、人間が呪われた場所といって忌み嫌う沼地だ。

「ああ、わたしはそこへ向かっている」

答えを聞いて驚いた。改めて少女の頭のてっぺんからつま先までをまじまじと眺めまわす。魔法使いであるのは確かだが、どう見ても熟達しているようには見えなかった。何百年という経験を持つ魔法使いもいるが、彼女の経験年数はおそらく数年……十年は超えていないだろう。沼地ははるか昔から危険とされてきた場所だ。彼女のような駆け出しの魔法使いが単独で挑むなど、自殺行為に等しい。彼女ときたら、使い魔《ファミリア》すら連れていないのだ。

彼女の虚空をのんだような瞳には危険を冒して名を上げようという野心の光などなく、なぜあんな危険な場所に向かおうとしているのか、その理由はまるで見当がつかなかった。

「……あんたぐらいの実力で、あそこに挑むのは死にに行くようなものに思えるがな」

妖精にとって魔法使いは近しい存在だが、かといって彼らの行動に特別興味を持っているわけでもない。止める理由も権利もないにもかかわらず、なぜだか気になって遠回しに忠告するようなことをいってしまう。少女はそんなガンコナーに声を上げて笑ってみせた。

「意外だ。案外、ガンコナーというのはお節介焼きなんだな」

やめておけ、という言外の意図をくみ取ったようだが、それでも笑っている。自信があるのか、あるいは……。

「あの場所の恐ろしさはよく知っているよ。わたしも前に来たことがあるから」

これには驚いた。いまよりも未熟な時分に、無謀にも挑んだというのか？　それとも、そのときは師の伴《とも》でもしていたのか。とにかく、何をいっても彼女は意志を曲げそうにない。ならばそれまでだ。忠告してやっただけでも、じゅうぶんに親切というものである。ガンコナーは肩をすくめた。

「じゃあ、好きにしろよ」

「ああ。忠告をありがとう」

素直に礼を飛べて、魔法使いの少女はそのまま歩み始めた。遠ざかっていくにつれ、背負っている荷物の大きさばかりが目につく。まるでリュックが歩いているようだ。なぜだか立ち去りがたくて、ガンコナーは歩くリュックが森のなかへ消えるまでじっと眺めていた。

基本的に放浪生活を送っているアレックスの財産は、古びたリュックと肩掛けの麻袋に詰め込んである。リュックの重さときたら相当なもので、肩紐《かたひも》は常に肩に食い込んでいた。長年背負っていれば重さにも慣れるが、慣れたところで重いことには変わりがない。

それに加え、森のなかの空気は独特な重さをもっていた。じっとりと粘つくような不快な重さだ。まだ太陽は高い位置にあるはずなのに、森に入ったとたん陽が暮れたかのように暗くなった。あいかわらず陰鬱な印象の場所だ。

緊張のあまり冷え切った指先で、いつのまにか滴っていた額の汗をぬぐう。指先も足も若干震えていたが、以前来たときは森に入ったとたんに身がすくんで動けなくなってしまったことを考えれば、ましだろう。

この森に来たのはずいぶんと前だ。まだ家を飛び出し、独学で魔法を学びながら旅を始めて一年か二年したころだった。自分にも何かできると思いたくて、才能がないわけではないと自分自身に証明したくて、呪われた地として知られていたこの森の沼地に挑もうとしたのだ。

この森には様々な伝説がある。

森の奥の沼地には人の魂を食らう化け物がいるのだとか、死にまつわる妖精たちの集まる場所で、疫病や戦争などの凶事が起こる際には森全体が泣くのだとか。最も古い話では、遥か昔に人々が古き神に生贄《いけにえ》を捧げた場所といわれる。沼地の化け物はその古き神のなれの果てだ、とも。

多くの者が森に近づくだけで体調に異変をきたし、なかには夜に森の周辺で不気味な、人ではない何かの影を見たという者もいる。呪われた森といえば、ケント州のデリング・ウッズやルーマニアのホィア・バキューフォレストなど世界的に有名な場所は多くある。ここはそれほどまで有名というわけではないが、地元の住民には恐れられ、人々は夜間どころか昼間でもできるだけ森に近づこうとはしなかった。

一方で、毎年何人かは、自ら森に足を踏み入れ命を落とす。たいていは自ら死を望む者たちだ。きっと森は死に魅入られた者を引き寄せる魔力を持っているのだろうと人々は噂《うわさ》し、いっそう気味悪く思っていた。

沼地で死んだ人の魂は、永遠に周辺をさまよいながら同じように死に魅入られた仲間を呼ぶのだとも、化け物に食われてその身の一部になるのだともいう。なんにせよ、駆け出しの、ひよっ子魔法使いがかかわってただで済むようなものではない。

我ながら浅はかだったと思う。

結果として、アレックスは沼地にたどり着くこともできず、森のなかをほんの数十メートル進んだだけで逃げ帰ってしまった。ここはとても自分のような未熟者が太刀打ちできるものではないと思い知り、口惜しさと情けなさに打ちのめされて。

あれからだいぶ時を経て再び訪れて、それでもまだ自分の力には余ると痛感した。今回は逃げ帰るつもりはないけれど。

（どうして、アシュレイはこんな恐ろしい場所に挑もうとしたんだ）

彼女の実力にも不釣り合いの場所で、アレックスと違ってきちんとした魔法使いの師についていた妹ならそんなことはわかっていたはずなのに。

（あんなくだらない手紙ひとつで……）

アレックスは木々が開けた場所を見つけ、その場に荷物を下ろした。金を節約するためにここへ来るまでのほとんどの行程を歩いてきて、さすがに疲れている。沼地に挑むのは万全の態勢を整えるべきだ。今日はここで夜を明かし、明日沼地へ赴く準備を進めよう。

アレックスはできるだけ乾いた枝を集め、リュックから紙くずとマッチを取り出して火をつけた。さらに小さな麻袋をいくつか取り出し、緑のリボンのかかった袋を選んで残りを仕舞った。なかには魔除けの力を持つセントジョーンズワートを乾燥させたものが入っている。やがて大きくなった火に魔除け草をくべた。

今回のために用意した薬草はそれぞれしかるべき曜日の、それも月夜の晩を選んで摘み集めている。節約したお金をつぎ込んで、魔力の多く含んだ高価な鉱石もできる限り買い込んだ。初めて魔法機構《マギウス・クラフト》の技師に特注の品を頼むことまでしたのだ。

自分の魔法使いとしての実力が未熟もいいところなのはわかっている。そもそもまともな師についたこともなく、ほぼ我流といってもいい。以前、偶然パブで出会った魔法使いからは、そのままでは早死にするとはっきりいわれた。だが、そんな彼もアレックスを弟子にしようとはいわなかった。

誰かに師事することを嫌っているわけではない。これまで何人かの魔法使いと出会い、ほんのひと時教えを請うことはあったが、長くともにいたことは一度もなかった。アレックスは弟子にしたいほど才能のある魔法使いではないと自分でもわかっているから弟子にしてくれとはいいだせない。これ以上選ばれない悔しさ、情けなさ、悲しさを味わうのはごめんだ。

火のそばに座り、町で買い求めたパンをほおばりながら、焚火《たきび》の向こうに広がる闇に目を凝らした。あいかわらず冷たく、時に生ぬるく、重苦しい空気が覆い被さってくる。下からは大地に引きずり込もうとする意思が漂ってくるように思えた。

あたりを覆いつくす恐怖に、使い込んで微かに亀裂の入った杖を撫《な》でながら耐え、気がつくと朝だった。眠っていたのはそれほど長い時間ではなかったらしく、焚火の火はまだ残っていた。

朝でも暗い森だが、夜中よりは断然ましだ。気分も少し明るくなって、アレックスは立ち上がって手足を動かした。睡眠時間は短かったが、そんなことは慣れている。疲労感はだいぶ取れていた。

昨日の残りのパンを食べて力をつけると、火を消し、衣類などのかさばる荷物は置いて、必要なものだけを麻袋に入れて肩にかけた。そしてアレックスは、杖を握りしめて森の奥へと歩き出した。

方角を探ろうと磁石を取り出してみたが、磁場が狂っているのかまともに針が定まらないので、途中で見るのをやめた。よりこの不快な空気の濃さが増す方向へ、逃げ出したいと泣き言をいう体を無理やり向かわせた。

どこまで行っても景色は変わらず、奇妙に変形した木がこちらをおびやかすようにそびえるばかりだ。森全体に靄《もや》がかっていて、数十メートル先に何があるのかよく見えない。変わるのは空気の重さだけ。

一時間ほど歩いただろうか。いよいよ空気の重さに吐き気を覚え始めたころ、急に周囲の木々の様子が変わった。やせ細り、ほとんど葉もつけておらず、まるで悪魔のやりのように地面から突き出すだけになっている。その先に、沼地が見えた。

光があまりささないせいか、沼全体が黒っぽく、しかも粘度を持っているように見えた。あたりに立ち込める臭いは何かを腐らせたような気分の悪いもので、沼の縁まで行くだけでも何度も自分を叱咤《しった》しなければならなかった。

沼の縁に立った瞬間、アレックスはかすれた悲鳴を上げて半歩後ずさってしまった。

アレックスの〈視《み》る力〉は強いほうではない。昨日会ったガンコナーのように、人間に接触することを目的としている妖精ならともかく、隠れている妖精たちの姿を見つけることは不得意だ。その代わり、〈聴く力〉はそれなりに強かった。

沼のなかを見通すことはできなかったし、この場に人でない何かがいたとしても、アレックスには見えない。だが、沼から何かが聞こえた。大きな虫が這《は》いずるような轟《とどろ》く音、多くの呻《うめ》くような声、怨嗟《えんさ》の響き。

何かはわからない。しかし、人々が昔から語り伝えてきたように、この沼地には何かがいる。確実に、何か途方もなく恐ろしいものが。そして、おそらく〝それ〟に死者の魂は囚われさまよっている――。

思わず踵《きびす》を返して逃げ出したくなったが、その衝動をぐっとこらえる。冷汗があとからあとから滴り落ちた。ここで逃げ帰るわけにはいかない。そう決意を新たにし、杖を握りしめた瞬間、背後に確かな気配を感じてアレックスはとっさに身をひねりながら振り返った。その先に何がいるか確認する前に左肩に熱さを感じた。

はっと杖を握った右手を放して左肩を押さえると、べっとりと血がついた。自分の手を見て言葉を失うアレックスに、謎の襲撃者はさらに迫る。視界を鈍く光る刃が通り過ぎていく。

頭が真っ白になって、相手が誰かじっくり見る余裕などなかった。ただ、人間の……おそらく男であることはわかった。がむしゃらに繰り出されるナイフの切っ先から必死で逃げながら、アレックスは杖を相手に向かって突きつけた。

「…………っ⁉」

意識を集中させ呪文を唱えようとしたそのとき、ビキ、という嫌な音とこれまでに感じたことのない奇妙な違和感を覚えてとっさに口をつぐんだ。その瞬間、アレックスの手のなかで自分の体の一部のように感じるほど使い込んできた杖が粉々に砕け散った。

折れる、というのならまだわかる。だが、そんな生易しいものではなかった。文字どおり粉々だった。破片は五ペンス硬貨ほどの大きさしかない。右手からぽろぽろとその破片が湿った地面にこぼれていった。

アレックスは言葉をなくし、ただ茫然《ぼうぜん》としたまま木くずのついた右手と黒い破片の散った地面を見つめた。我に返ったのは、腹部を広範囲にわたって斬り裂かれてからだ。

左肩よりも広く深く斬られ血があふれてくる。右手で止血しようとするが、とても追いつかない。しかも、相手はまだあきらめていなかった。大きく後退し、膝をついたアレックスめがけてナイフを振りかざす。

人とは思えない叫び声をあげながら襲ってくる男を見て、アレックスはとっさに麻袋に手を突っ込んだ。荷物のなかで一番高価な祭祀《さいし》用の銀の装飾ナイフを指先の感触だけでつかみ出し、口で革の鞘《さや》を払うと迫りくる男めがけて思いきり投げつけた。

眉間は外したが、ナイフは男の鎖骨のあたりに深々と刺さり、獣のような悲鳴をあげた男は体を折り曲げて刺さったナイフをつかんだ。そのまま引き抜こうとしたようだが果たせず、痛みのあまり呻き声をあげながら足を引きずるようによたよたと歩いて森の奥へ消えていった。

ひとまず危険が去ったと知りほっとすると同時に、激しい痛みがアレックスに襲いかかってきた。腹部の出血が止まらない。止血をしようと痛みをこらえて麻袋に手をかけるが、まるでアレックスが弱ったことを知っているかのように、沼の不快な空気がいっそう濃くなった。のみ込まれてしまいそうなほどに。

慌ててアレックスは痛む傷を押さえながら、沼から遠ざかろうと歩き出した。もっと安全な場所で手当てしなくては。

死ぬわけにはいかない。いまはまだ。

だが、やせ細った木々の間を通り抜ける前に、アレックスの意識は遠のいていった。


「あんた、うっかり魔法使いにいい寄ろうとしたんですって?」

暖かな日差しを浴びながら、草原をふらふらしていたガンコナーは、川辺に座っていた詩人の恋人《リャナン・シー》に声をかけられ足を止めた。

「間抜けね」

人間の男にいい寄る性の女妖精は、そういってあざ笑った。

昨日の失態をからかわれるのは、今朝からもう三度目だ。ここのところこのあたりに人間が近寄らないせいか、妖精たちは人間の噂話に飢えているのかもしれない。

それにしても、昨日の今日でいったいどこまで広がっているのか。

からかってくる妖精たちにも腹立つが、何より腹が立つのは自分自身だ。まったくどうして、あんなに近づくまであの少女が魔法使いだと気づかなかったのか。

「人間に会うのが久しぶりすぎて、勘が鈍ってるんじゃない？」

「かもな」

怒りを抑えて答えると、リャナン・シーはそれ以上突っ込まず、したり顔でうなずいた。

「最近、ひとり歩きする人間の女なんて本当に見かけないものね。同じ人間同士のくせに、女を殺しまわってる男がいるんでしょ？　あたし、そういう男は愛する気にならないわあ……芸術性の欠片《かけら》も持ってなさそう」

彼女の愛するとは、殺すと同意だ。命と引き換えに芸術の才能を与える妖精はそういってため息をついた。

「森のほうで妙な人間を見たって子がいたわよ」

「森？」

「あそこよ。あたしたちだって近寄りたくないのに、人間の男がうろついてる……住んでるみたいなんだって。例のやつかもね。なんだってあんな場所をねぐらにしようと考えるのかしら。やっぱり、感性が鈍いのよ。そういう人間が近くにいるってだけでうんざりしちゃう……ちょっと、聞いてんの？」

延々と愚痴を並べ始めたリャナン・シーの言葉は、途中から耳に入ってこなくなった。ガンコナーは視線を森の方向へ向け、じっと耳を澄ました。

「なあ、いま声が聞こえなかったか？」

「声？　鳥の？」

「違う、人間の」

「聞こえるわけないでしょ。ここにはあたしとあんたしかいないんだから」

リャナン・シーのいうとおりだ。声の届く範囲には自分たちしかいない。だが、声が聞こえたのだ。そう思った瞬間、ガンコナーは駆け出していた。

「ちょっと、なんなのよ！」

後ろで騒ぐリャナン・シーを無視し、全力で森へ向かう。本来なら、ガンコナーとて近寄りたくない場所だ。森が近づくにつれ、雲ひとつない晴天が、なぜだか暗くなってくる。森に入ると不快な寒気に襲われた。実際に寒いわけではない。まるで周囲を大嫌いな鉄で囲まれたような、体の芯が冷えきるような感覚だ。

よほどの用がなければ、こんな思いをするのはごめんなのだが、なぜかガンコナーは追い立てられるようにひたすら気分の悪くなる薄暗い森のなかを突き進んでいった。どこに向かっているのかは、自分でもわからない。だが、何か確信めいたものに突き動かされていた。

やがて、最も近寄りたくない場所、森の中心地である沼が近づいてきたとき、ガンコナーは自分が何に呼ばれたのか知った。

「魔法使い！」

昨日出会った魔法使いの少女が、腹部から血を流して地面に倒れ伏していて、彼女の周囲にはよくないモノが集まりつつあった。

急いで血に濡れた少女の体を抱き上げると、寄ってきたモノたちを追い払うような勢いで、少しでも安全な場所目指して再び駆け出した。


魔法使いに出会ったのは、五歳の秋だ。庭先で妹と遊んでいたとき、ふと視線を感じて顔を上げると、垣根の向こうに見知らぬ女性が立って、姉妹をじっと見つめていた。

『あらまあ、あなたたちには才能があるのね。あの子にはさっぱりだったのに！』

真っ赤な唇の派手な化粧、年齢のわからない派手な衣装を着たその女性は、なぜだか初めて会ったはずの姉妹に親しげに近づき、魔法を教えてあげようといった。そして言葉どおり、その日からちょくちょく庭先に現れては、姉妹に魔法の基礎を教えてくれるようになった。ふたりはすぐにこの秘密の授業の虜となり、女性の訪れを心待ちにした。

女性の正体を知ったのはある日、娘を呼びに母が庭へ出てきたときだった。

娘のそばにいる女性に気づいた母は、浮かべていた笑顔をさっと引っ込め、青ざめた顔で怒鳴った。

『何をしているの、ドリス！　うちの子に近づかないで！』

母は鬼のような形相で飛び出してくると、娘たちを自分の後ろに隠して派手な女性と対峙《たいじ》した。怒りと警戒心をあらわにする母に対し、相手はただ肩をすくめただけだった。

『だってソフィー、その子たちには才能があるのよ。あなたと違ってね。もったいないわ』

一瞬、母は驚愕《きょうがく》の表情で姉妹を振り返ったが、すぐに向き直り、強い調子でいい放った。

『いい加減にしてちょうだい、母さん！　あなたに振り回されるのはもうたくさん！　わたしは普通の暮らしがしたいの、幸せになりたいの！　金輪際、うちには近づかないでっ』

そして、引きずるように娘たちを家のなかに連れて、激しく扉を閉めた。

母は昔から魔法や魔法使いといったものを、異常なほど嫌っていた。魔女が出てくる子ども向けの絵本すら、娘たちの周りから排除していた。その理由をアレックスたちが理解したのは、二人がドリスの指南を受け始めてからだ。

自由奔放な性格のドリスは、自分の娘、つまりアレックスたちの母ソフィーが小さいころから気の向くままに家を出て、忘れたころに帰ってきては家のなかをかき回していたらしい。ソフィーは、父と二人で生きてきたようなものだった。ソフィーが伴侶を得て、アレックスが生まれてからもドリスの自分勝手はいっこうに治らなかったようで、今度は娘夫婦の元へふらりとやってきては好き放題する、ということをやっていたらしい。結局、魔法使いを自称する、いつまでも見た目の変わらない自分勝手な姑《しゅうと》に嫌悪感を持った夫とは、二人目の娘が生まれる直前に破局した。

最後にドリスがソフィーの元を訪れた折に激しい口論の末に別れてから数年が経ち、ソフィーも再婚した。もうあの母がやってくることなどないと思っていたのに、来ただけではなく、娘たちに余計なことを吹き込もうとしている。とうてい許せることではなかった。

姉妹は母から決してあの女のいうことに耳を貸すな、二度と口をきくな、と強くいわれた。母のあまりの剣幕に思わず約束してしまったものの……もう遅かった。アレックスもアシュレイも、いままで聞いたこともない、触れたこともない不可思議な世界の虜になっていたのだ。

それ以降もドリスはこっそり姉妹に会いに訪れ、そのたびに魔法の基礎を教えていった。孫が文字を読めるようになると、大人にも難しいような魔導書や薬草の育成指南書をよこした。姉妹は必死にそれらを読み解き、覚え、実践していった。あのころ、アレックスたちは魔導書を読むために学校の勉強を頑張っていたし、荒れていた庭の一画を自分たちの手で整地してドリスからもらった苗を植えたりもした。

ソフィーはとうの昔に気づいていた。娘たちがまだ魔法なんてくだらないものを、ドリスから学んでいることに。何度か魔導書を燃やしたり、育ちかけた苗を抜いたりしたが、それでも娘たちが諦めないことを知ると、自分のほうが諦めることにしたようだった。いつのころからか、姉妹は母からも、義父からも、異父弟たちからも、いない者のように扱われるようになっていった。だが、それでもかまわなかった。姉妹にとって何より大切だったのは、新しい知識、より洗練された技を身につけることだったのだ。

だが、ドリスの身勝手は何十年経ったところで治るものではなかった。アレックスが十歳、アシュレイが九歳になったころから祖母の来訪はぱたりとやみ、それまで少なくとも半年に一回、多いときは毎月来ていたのに、一年経っても二年経っても、ドリスはやってこなかった。

アレックスたちは、手持ちの指南書を背表紙が裂けるまで読み込み、薬草の世話を続けた。それでもドリスが来る気配はなく、二人はただ知識に飢えていた。

ドリスが来なくなってから三年経ったある晩秋の昼下がり、いつものように薬草の収穫をしていた姉妹は庭の外に気配を感じて、期待を込めて顔を上げた。しかしかつてドリスが現れたまさにその場所に立っていたのは、ドリスとは似ても似つかない黒ずくめの女性だった。

昔の貴婦人が着るような喪服を着た女性は、ころころと表情が変わるドリスとは違い、眉ひとつ動かさずに冷たい目で二人の少女を見下ろしていた。そして、憎々しげに呟いた。

『ドリスめ、中途半端なことをする』

喪服の貴婦人もまた、魔法使いであることはわかった。しかしドリスと違って、冷気をまとっているかのような冷たい態度になんとなく恐怖を覚え、姉妹は互いを守るように身を寄せ合った。

『あ、あなたは、ドリスの友だちですか』

喪服の貴婦人はかすれた声で尋ねたアレックスに顔をしかめた。

『〝お友だち〟だなんてとんでもないね……まったく身勝手な妹弟子を持つと苦労する！』

彼女は本当にいらだっている様子で吐き捨てるようにいった。

『……だがまあ、おまえたちの才能は本物らしい。望むなら、わたしの弟子にしよう。だが弟子になったら、もう二度と家族の元へ戻れぬ。普通の人間の暮らしにもだ』

脅すような言葉は、姉妹には何の効力もなかった。学べる、新しい知識を得られる、そう思った瞬間、二人は同時に大きくうなずいていたのだ。その様子に初めて喪服の貴婦人は眉をひそめた。

『いや……やはり、二人は面倒だ。どちらかひとり……』

値踏みするような目でじっと姉と妹を見定めると、やがて喪服の貴婦人は細く長い人差し指を突きつけた。

『おまえにしよう。望むのなら、おいで』

その声に誘われるように、アシュレイがふらりと足を踏み出した。そのまま、振り返ることなくよどみない足取りで喪服の貴婦人のそばへ歩いていく。

隣で動く気配を感じ、アレックスは声をかけようとした、妹を止めようとした。しかし、何かに縛られたかのように体は動かず、のどが押さえられたかのように声が出なかった。

『騒がれておまえたちの母に気づかれると厄介だ。わたしたちが出ていくまで、おまえはしばらくそうしておいで』

アレックスは棒のように突っ立ったまま、一番の親友で、相棒で、たったひとりの仲間である妹が去っていくのを、涙のあふれる視界の向こうに見ているしかできなかった。

二人が去ってだいぶ経って、母に妹が去ったことを告げると、母は興味がない様子で適当な相槌《あいづち》を打ったあとでいった。『どうしておまえは行かなかったの』と。

行けるものなら行きたかった。学びたかった。だが、アレックスは選ばれなかったのだ！

悔しさと情けなさ、あっさりと姉を置いていった妹への怒り、妬み、憎しみ……様々な感情が爆発して、その日アレックスは小さな薬草園を根から引き抜き、踏み荒らし、完全に破壊した。

どうしてアシュレイが選ばれた？　どうして自分は選ばれなかった？　あの子が綺麗《きれい》な赤毛だったたから？　愛らしい顔をしていたから？　頭がよかったから？　薬草を育てるのがうまかったから？

どうして、誰よりも優しかった妹は、あの瞬間アレックスのことなんか振り向きもしないで見捨てたの？　最初から、こんなデキの悪い姉なんかいらなかったの⁉

アシュレイがいなくなって、アレックスは完全にひとりぼっちになってしまった。家族はこれまで同様まるでアレックスなどいないかのように扱い、学校でも似たようなものだった。普通の少女が興味を持つことなど、アレックスは何ひとつ知らなかったのだから。

そしてアシュレイのいない冬を越え、ぽつぽつとブルーベルが咲き始めたころ、アレックスはぼろぼろになった教科書と、わずかに残っていた薬草の種を持って家を出た。行く当ても目的も何もない旅に。


目を覚ますと自分が何か柔らかいものの上に寝かされていることに気づいた。目に映るのはあいかわらず陰気な木の梢《こずえ》ばかりだ。近くで火の爆ぜる音がした。

「気づいたか」

聞き覚えのある声に話しかけられて、わずかに上体を起こした。そのとたん、腹部に激しい痛みが走った。そうだった、正体不明の男に斬りつけられたのだったと思い出す。

「無理はしないほうがいいぜ。そうとう血が出てたから」

そういってのぞき込んでくる顔を見て、驚く。

「ガンコナー、おまえが助けてくれたのか?」

「……たまたまだよ。たまたま、通りかかったら、あんたが血まみれで倒れてたから」

なぜかふてくされた様子でガンコナーは答えた。

あんな場所に通りかかるなんてことがあるのだろうか? しかし、彼は妖精だ。人間には見当もつかない理由があるのかもしれない。

「あんたの荷物を見つけたから、適当に血止めはしたけど」

見ると、なけなしの衣類が傷口に巻き付けてあった。これで服はいま着ている一着になってしまったわけだが……まあ、これから必要になることもないのだから、かまうまい。

「普通の人間なら、死んでるけがだぞ」

「知らないのか？　魔法使いは殺したって死なないんだ」

冗談で返すと、リュックのなかに切り傷用の薬草を入れていたことを思い出し、目で探した。リュックは離れたところに置いてある。

「あのなかから、掌くらいの小さな麻袋を取ってくれないか。赤いリボンがかけてある」

ガンコナーは腰を浮かしかけて、眉をひそめた。

「おれはあんたの使い魔《ファミリア》じゃないぜ。なんであんたの命令をきかなきゃならない？」

それもそうだ。なぜか、彼に頼むのが当たり前のような気がして、自然と頼んでしまった。悪かったと謝りながら、アレックスは痛む腹部をかばいながらそろそろと這ってリュックに近づき、目当ての薬草を取り出した。そんなアレックスを、ガンコナーはどことなくそわそわしながら見つめている。まるで見張っているかのようだ。

妙な妖精だ。なんだって、自分のような外れ者の魔法使いを助けてくれたのだろう？

「あんたのその体、無茶苦茶だな」

不機嫌そうにいわれて、体を見られたことを知った。傷の手当てをするときだろう。とくに恥ずかしくはない。むしろ、見た者のほうが不快だったろうから、気の毒に思った。

「師匠がいないものでね、魔法の使い方はほとんど失敗して加減を覚えた」

顔の火傷の痕も、一部色素が抜けた髪も、結晶化した皮膚も、すべてそのせいだ。腕や体の皮膚の変化は服で隠せるが、顔と髪はどうしようもない。アレックスを見た人間の反応はだいたい二通りだ。気味の悪いものを見てしまったと慌てて目をそらすか、女の子が可哀そうにと憐れみの目を向けるか。それが嫌で、できる限り人とかかわらないようにしてきた。

「そんな実力で、よくここの沼地に挑もうと思ったな」

呆《あき》れたようなガンコナーの声に、アレックスはただ肩をすくめた。反論の余地はない。

「さっそくその大けがじゃ、先が思いやられる」

「いっておくけど、このけがは沼地とは関係ない。変な男が急に斬りつけてきて……」

そういえば、あの男はなぜあそこにいたのだろう。この辺は人間など近づかないはずなのに。

その疑問には、意外なことにガンコナーが答えてくれた。

「このあたりで、しばらく前から人間の女をナイフで襲う男がうろついているんだ。どうやらこの森に住み着いているらしいから、あんたは運悪く出会ってしまったんだろう」

それを聞いて、アレックスは近くの町でそんな噂を聞いたことを思い出した。もう何人もの被害者を出しているのに、警察は犯人の居所すらつかめていないという。犯人の隠れ場所がこの森だというのなら、納得がいく。もっとも、こんな場所に隠れようとした男の心理はまったく理解できないが。

その男は、なぜこの場所にいて平気なのか。圧し潰されそうに不快な空気が渦巻いている場所なのに……いや、彼もまた「死に魅入られた者」なのか？　沼地の魔力に惹《ひ》かれやってきて……そして、正気を失ってしまったのかもしれない。アレックスを襲ってきたときも、叫び声が半分人語ではなくなっていた。

「町に戻るというなら、近くまで送っていってやってもいい」

思ってもみない申し出に、アレックスは目を瞬かせた。思わず相手の目をじっと見つめる。濡れた黒曜石のような不思議な光を持つ目は、見ていると目が離せなくなりそうだった。

「……それも口説き妖精の手のうちか？」

「昨日のあれはちょっと間違えただけで……魔法使いを標的にするほど、馬鹿じゃねぇ。あんたは惑わされちゃくれないだろう」

ならば、彼が自分を助けるメリットはどこにある？

「ガンコナーは怠け者と聞いていたが……こんなにお節介焼きとは知らなかった」

「うるせぇな！」

「どちらにしろ、町には戻らないから必要ない。だが、気持ちはもらっておく。ありがとう」

この答えに、今度はガンコナーが驚いたように目を瞬いた。

「戻らない？　じゃあどうする……まさか、このまま沼地に行くのか⁉」

「そうだ」

「馬鹿な！　ただでさえ死にに行くようなものなのに、そんな体でうまくいくわけない」

「かもな。まあ、わたしひとり分の命で、ひとり分の魂くらいはなんとか救ってみるさ。いま何時だ？」

ひとり分の命？　彼女は最初から死ぬつもりだというのだろうか？　そんなことをあっさりいわれて、なぜかガンコナーは急に腹が立ってきた。せっかく、助けてやったというのに！

「おれが知るか！」

思わず怒鳴ると、それもそうだとうなずいて、魔法使いは自分の斬り裂かれたマントの内側から懐中時計を取り出して蓋を開けた。「え、もう夜が明けたのか」と驚いたように呟く。

「わたしは寝るよ。もう少し休めば、体も回復するだろうから」

そういい終わるや否や、すぐに小さな寝息を立て始めた。いくら魔法使いが普通の人間より頑健とはいえ、数時間の休息であれだけの傷が回復するはずもない。だが、それでも彼女は目が覚めたら再び行くのだろう。そして、二度と沼から戻ってこないのだ。

そんなことはガンコナーには関係ない話だ。そもそもガンコナーは人間の女性を殺す妖精で、逆ではないのだ。獲物にならない魔法使いなど放って、こんな吐き気のするような場所からさっさとおさらばすればいい。

頭ではそう思うのに、暗く湿った地面に横たわる少女の頼りない姿を見ると、どうしても足が動かなくて、結局ガンコナーはそのままじっとゆらゆらと燃える焚火を見つめて過ごした。

目覚めたアレックスは、火の前にまだ妖精が座っているのを見て驚いた。てっきり彼は自分の居場所に戻ったものと思い込んでいたのだ。おそるおそる声をかけてみると、不機嫌そうな声が返ってきた。

「傷の具合はどうだ」

「大丈夫だよ」

本気で心配されているのだろうか。それとも、何か裏があるのか。何せ彼は人間の女性を惑わし殺す妖精だ。アレックスは人間とも妖精ともあまりかかわってこなかったから、他者の意図や真意を汲《く》み取るのが苦手である。

腹部の傷はひと眠りして塞がっていた……というわけにはいかない。かつては癒しの力を持つ魔法使いもいたというが、最近では減ったし、アレックスにはそんな力はない。いまほど癒しの力が欲しいと思ったことはないが。それでも少なくとも血は止まっていたし、きつく包帯を巻けば動くこともできそうだ。たっぷり睡眠をとったおかげで、体力は回復している。

残っていた缶詰で簡単なスープを作り、それで腹を満たすと荷の確認を始めた。まず一番に杖を探し、粉々に砕けてしまったことを思い出してさっそく暗澹《あんたん》たる気持ちになってしまった。杖は魔法使いにとって鍵だ。それを一番に失うとは、幸先が悪いにもほどがある。

あんなふうに突然砕けてしまうなんて思ってもみなかった。作り方が悪かったのか、使い方が悪かったのか、その両方なのか……。杖は自分で作るものとは知っていたが、普通は師匠や先達が仕上げをしてくれるらしい。しかし、アレックスにはそんなものいなかったから、しょうがなく見様見真似で自分で仕上げて使っていた。使い方だってちゃんとわかっていたかどうか。

ため息をついて荷物の確認を再開する。麻袋のなかは無事で、魔力のこもった宝石も魔除けの薬草もちゃんと残っていた。ただ、あの銀のナイフは惜しいことをした。あれは柄の部分に水晶とラピスラズリを埋め込み、刀身を月光で清めた雪解け水で研ぎ上げてあった。魔法機構《マギウス・クラフト》の技師に依頼して作ってもらったものでそうとう高かったし、今回の目的を果たす要となる道具でもあった。それを失ったのは、杖同様かなり痛い。……しかし、なくしたものをいまさら惜しんでもしょうがない。やれることをやるまでだ。

必要なものをもう一度確認すると、麻袋に詰めなおす。懐中時計を見ると、午後五時を回ったところだ。いまから向かえば、月がのぼり始めるころには沼にたどり着ける。火を消すと、アレックスは立ち上がった。歩き出しかけて、何か礼をしたほうがいいだろうか——妖精が喜ぶものなどほとんど持ち合わせていないのだが——と振り返って再び驚いた。立ち上がったガンコナーが、少し離れた後ろに立っていた。その様子はいままさに歩き出そうとしたところのように見える。アレックス同様に。

「わたしはもう行くけど……」

おそるおそる切り出すと、「あっそ」とあいかわらず不機嫌な声で素っけない返事が返ってきた。だが、アレックスが歩き出すと、案の定、彼は一定の距離を置いて後ろからついてきた。傷をかばいながら、一歩一歩進んでいく。そのたびに、ずっ、ずっ、と湿った大地が鳴った。背後からは何の音も聞こえてこないが、ちらりと振り返ればそこにはあいかわらずガンコナーの姿があった。

陽が傾き始めると、急に暗さが増した。それと一緒に、不快で濃密な空気もいっそう濃くなった気がして、アレックスは身震いした。光香炉に火を入れると、仄《ほの》かな光が行く手の見えない暗い木々の間を照らし、薬草の香りがあたりに漂った。少しほっとする。

「あんたが、自分の命と引き換えにしてまで救おうとしているのは、誰の魂だ？」

それまで一言も発さなかったのに、とつぜんずばり問われてアレックスは驚いて振り返った。背後には闇に紛れかけていたガンコナーが、明かりに引き寄せられたように近づいていた。

自分が誰かの魂を救おうとしていることを彼に話しただろうか、と驚いたが、普通、自分の命と引き換えにして救おうという相手が、見ず知らずの人間という可能性は低いだろう。少し考えれば誰でもわかる話だ。

アレックスは少しためらったが、苦笑して肩の力を抜いた。光香炉の明かりが揺れる。

「妹だ。わたしが殺した」

その答えに、相手が眉をひそめたのが見えた。言葉そのままを信じているふうではない。が、信じていないわけでもない。言葉の裏を読み取ろうとしているようだ。

「まったく、ばかげた話だよ」

アレックスは明かりを進行方向に戻し、ゆっくりと歩き出した。不快さも恐怖も、昨日となんら変わっていないのに、不思議と落ち着いていられるのはなぜだろう。ひとりではないという心強さだろうか。

「わたしには妹がいて、彼女は才能があって、きちんと師にもついていた」

家を出たアレックスは、ひとところに留まらず放浪を続けた。目的などなく、出会った魔法使いに弟子にしてくれと頼む勇気もなく、ただドリスから得た知識を反芻《はんすう》し、独学で学び続けながらあてのない旅を続けた。その途中で、妹たちの住処を見つけた。妹を連れていった魔法使いは、アレックスが感じた印象どおりの〝ブラック・ウィドウ〟という通り名で呼ばれており、そこそこ名の通った魔法使いらしかった。

だが、一度も会いに行ったことはない。どんな顔をして会いに行けばいいというのだろう。妹はとっくに姉のことなんか忘れているかもしれないし、魔法使いには選ばれもしないのにのこのこやってくるなんてと邪険にされるかもしれない。いつも遠くから家の明かりを見つめるだけで、妹の姿さえ見なかった。かといって、彼女たちの噂話も聞こえないほど遠くに行ってしまうこともできず、旅に出てはまた妹の近くに立ち寄るといった生活を続けていた。

そんななかで、アレックスは古くからあるという呪われた森の沼地の話を耳にし、例の愚行に走った。いまの自分にどこまで太刀打ちできるか試したくて。

結果は散々だった。

悔しくて、少しでも己の力を過信したことが恥ずかしくて、ちゃんと師匠についていれば違うのかもしれないと思うと情けなかった。

以来、沼地に挑もうなどというばかげた考えは捨てたが、別のばかげた考えが浮かんできた。

自分には太刀打ちできなかった。だが、アシュレイならどうだろう？　順風満帆に修行を続けている彼女にも、できないのではないか？

あの子も自分の無力さを感じればいい。たとえ選ばれた者であっても、できないこともあるのだと思い知ればいい。

そんな暗い感情が生まれ、徐々に膨らんでいき、ついにアレックスはある日妹に手紙を出した。沼地に身を投げて死んだ姉を持つ妹を装い、どうか沼地に囚われたままの姉の魂を解放してほしい、と懇願したのだ。

手紙を受け取ったアシュレイがどんな選択をしたのかは、そのときは知らなかった。まったく取り合わないかもしれないし、そもそも師匠である魔法使いに手紙の存在がばれれば、一発で嘘《うそ》とわかるだろう。だから偽の手紙を出すだけ出して、アレックスは逃げるように旅に出たのだ。どうにでもなれという気持ちで。

しかしアレックスの予想に反して、妹は手紙を真に受けてひとり沼地へ赴き……そのまま帰らなかった。

事実を淡々と語りながら、アレックスは光の向こうに闇に目を凝らす。

「妹が死んだことは、妹の師からの手紙で知った。旅先に使いの小鳥がやってきて、妹が死んだと」

『アシュレイは死んだ。薄汚い妹殺しめ』

紙面から冷気が立ち上ってくるような感覚を覚えるほど、短い文章は衝撃だった。

あの黒衣の魔法使いはすべてを見通している、手紙を受け取ってそう感じた。アレックスが妬みから偽の手紙を送ったこと、そのせいで弟子が命を落としたことを見通して、アレックスを糾弾していた。以来、毎年命日が近づくたびに、あの魔法使いはほとんど同じ文面の手紙を送ってよこす。『いつまで妹の魂をあんな場所に縛りつけておくのか』と。

「自分はなんてばかで恐ろしいことをしてしまったのだろうと後悔したよ。……でも」

手紙を受け取ったアレックスは泣きじゃくり、死なせるつもりじゃなかったと、誰かにいいわけするように叫んだ。だがそれは嘘だ。

「妹が死んだと知って、わたしは悲しむと同時に、ほっとしたんだ。あの子も成功させることができなかったんだって。とんだ人でなしだろう？」

たぶん、アレックスの心のどこかには、妹が失敗して死んでしまえばいいという思いが――ほんのわずかだと信じたいが――あった。もしかしたら、アレックスが一番衝撃を受けたのは、そんな気持ちが自分の心にあることを知ってしまったという事実だったのかもしれない。

「自分のせいで死んだから、自分の命と引き換えに魂を救う？　人間は面倒なことをする」

どこか呆れたようにガンコナーはいった。

「ああ、そうか。贖罪《しょくざい》とかいうやつか？　理解できないな」

「おまえたちは人間の女性をたぶらかして死に至らせるんだろう。そのことについて、何も思わないのか？」

ガンコナーは何を問われているのかわからず、小首を傾げた。ちらりとこちらを振り返った魔法使いは、焦れたようにいった。

「罪悪感はないのか？　罪もない者を死なせることに」

ようやく、彼女が何を聞きたいのかを理解して、ガンコナーはさらに首を傾げた。

「人間は腹が減っていても食べ物を食べないのか？　目の前にあっても？　肉や野菜に罪がないから？　息をするのは罪だといわれたら、おまえたちは呼吸をやめるのか？」

生気と希望、若さにあふれた少女たち。彼女たちを見ると、自然と体が動く。彼女たちが気に入るように、彼女たちを虜にできるように、声は甘く響き笑顔は輝く。ガンコナーとはそういう存在だ。やがて彼女たちが彼に恋い焦がれ、果たせぬ思いに身を焦がし、命の灯を細くしていく様を見る。それが、ガンコナーだ。

「おれたちはそういうもので、それがおれたちの性だ」

魔法使いは一瞬だけ眉をひそめたが、すぐに首を振って前を向いた。

「性か……じゃあ、人は悔いて償いたがる性を持つのだろう」

まるで人ごとのようにいう魔法使いに、ガンコナーはため息をつきたくなった。

「実力が足りないなら、せめて使い魔《ファミリア》ぐらい連れてこいよ」

いくら未熟者でも、使い魔《ファミリア》を持つことはできるはずだ。しかし、魔法使いは一瞬だけ立ち止まって振り返った。その顔は笑っているようにも見えた。

「見てのとおり、わたしはまともな魔法使いじゃない。こんなやつと一緒にいたら、命がいくつあっても足りないよ。嫉妬なんてばかな感情から実の妹を死なせてしまったような人間に、誰かに一緒に死んでくれという権利があるとでも？」

その瞬間、ガンコナーの全身に雷にでも打たれたかのような衝撃が走った。

少女は自らを断罪するようなものいいをしたが、その声は初めて会ったときに感じたように冬の風を思わせた。寂しげで物悲しく、どこか空疎《くうそ》だ。

おそらく彼女は、孤独に苦しみ他者のぬくもりに飢えながら、妹の命を奪った己への罰に孤独を貫こうとしている。最期の瞬間に独りであることに怯《おび》えながら、それすらも罰だと思っているのだろう。死すらともにしてくれる誰かを渇望しながらも。

自分で自分を罰するなんて、本当に人間は愚かだ。理解に苦しむ。だが、ガンコナーに返す言葉はなかった。どんな言葉も、この少女には届かないような気がしたのだ。

互いに無言のまま闇に呑《の》まれた森のなかを歩いていき、やがて沼地にたどり着いた。空は靄がかっていたが、靄の向こうにおぼろに月が見えていた。

風もないのに、どろりとした水面がさざ波立つように微かに揺らぐ。その様子を古びた光香炉の頼りない光が照らしていた。周囲には腐ったような臭いが漂い、鼻につく。森に入ってからずっと感じている不快感はいっそう強まっており、まるですぐそばで鉄をぎりぎりと打ち鳴らされているようで、ガンコナーは思わず逃げ帰りたくなった。だが、自分がそうできないのは、わかっていた。死者の魂がこの沼地に縛りつけられているのと同じように、ガンコナーもまた魔法使いに縛りつけられているような気がした。

（ばかな。使い魔《ファミリア》じゃあるまいし）

逃げたければ逃げればいい。そう、危なくなったら、ひとりでとっとと逃げればいいだけなのだ……首を振ってそう自分にいい聞かせた瞬間、ガンコナーは水面にごぼ、と泡が立ったのに気づいた。

「魔法使い！」

沼の縁に近づこうとしていた少女に声をかけたがすでに遅く、水面から現れた二本の腕が少女の細い足首をつかんだと思うや否や、大きな水音を立てて瞬く間に体ごと引きずり込んでしまった。とっさにガンコナーが伸ばした手は、虚しく宙をかいただけだった。

ガンコナーの眼前には、何事もなかったかのように静まりかえった沼が広がっていた。

思いがけず強い力で引きずられて、アレックスは為す術もなく沼のなかへと沈んだ。水の透明度は低く相手の顔はよく見えなかったが、胸から突き出た見覚えのあるナイフから例の男だとわかった。あれほどの大けがを負っていながら、よくこんなことができたものだと驚く。

男は渾身《こんしん》の力でアレックスを押さえつけていた。まるで水底に縫いとめようとしているかのように。空気を求めて喘《あえ》ぐうちに、吐き気のするような水を大量に飲み込んでしまい、次第にアレックスの意識は朦朧《もうろう》とし始めた。

『愛してくれないなら、一緒に死ぬしかないじゃないか』

嗚咽《おえつ》とともに悔やみ苦悩する男の声がそばを通り過ぎていった。

『死にたくない、死にたくない死にたくないっ』

『誰か助けて！』

泣き叫ぶ女性たちの声が周囲にこだまする。

そうか、とアレックスは納得した。この声は自分を襲った男と、あの男に殺された女性たちの魂の叫びだ。死への恐怖、自分を殺した相手への憎悪、そういったものが沼のなかを渦巻き凝《こご》っていた。

頭のなかをいくつかの場面が一瞬だけ浮かんでは消え、浮かんでは消えていく。困惑した表情で首を振る女性——男は自分の愛が拒まれたことに失望するとともに憎しみを芽生えさせた。暗いなか、恐怖に顔を引きつらせ、大きく口を開ける女性——男はそんな彼女に何度もナイフを突き刺した。大量の血溜《ちだ》まりのなか、ぴくりとも動かず倒れ伏す女性——男は己のしたことへの恐怖から泣き、叫び、逃げ出した。

そうして彼は、地元の者が誰も近づこうとしない森のなかの沼にたどり着いた。そこからあとの記憶は曖昧で、支離滅裂だ。

（……記憶……あの男の？　……でも、わたしは〈視る力〉には恵まれていないはず）

おかしいと感じた瞬間、耳に甲高い少女のような声が飛び込んできた。

『ねえ、やめようよ！』

気がつくと、アレックスは夜の森に立っていた。まだ沼にたどり着く前の、木々が生い茂っているところだ。

『無理だよ、アシュレイっ』

その名に弾かれたように顔を上げ、周囲を見回した。少し離れたところに、ゆらゆらと頼りなげに進んでいく光があった。アレックスはその光に引き寄せられるかのように足を踏み出した。一歩近づくごとに、声はより大きく、鮮明に聞こえる。懐かしい、声が。

『……わかってる、わたしにとってもあの沼はまだ手に余るわ』

『だったら……っ』

『でも、なんとかひとりくらいの魂は、救えると思うの。危険かもしれないけど、でも』

『どうして、手紙をよこした人は、ぜんぜん知らない人でしょ⁉』

何とかアシュレイを止めようとしているのは、彼女の腰までくらいしか身長のない小さな少女だ。おそらくアシュレイの使い魔《ファミリア》だろう。彼女は必死に主人を止めようとしていたが、とうの主人は険しいまなざしをただまっすぐに前だけへ向けていた。

『……そうね、知らない人だわ。でも、わかるのよ、姉さんを助けられなかったって、姉さんに何もしてあげられなかったって、悔いる気持ちが……わたしは自分の姉を捨ててしまったから』

『捨ててなんかないよ。たまたま、アシュレイだけ弟子になっただけでしょ』

『違うわ。あのとき、アレックスと一緒に残る方法もあった。でも、わたしはそうしなかった。なぜだかわかる？　飢えていたからよ、知識に。わたしは学びたかった、もっといろんなことを。それが叶《かな》うと思った瞬間、わたしの頭から姉さんのことは消えてしまった……最低だわ。アレックスはいつだってわたしを守ってくれていたのよ。いじめられたときには矢面に立ってくれて、危険な実験をするときはいつも自分が先にやってくれて……目先の欲に駆られて、わたしはそんな姉さんを捨てたの』

妹の声は震えていた。自分への怒りと情けなさだろうか、声を震えさせているのは。

『……でも、手紙の人のお姉さんの魂を救ったって、アシュレイのお姉さんを助けたことにはならないよ』

『そうね。ただの自己満足ね。それでもわたしは、いつかアレックスに会いに行くときまでに、せめて何かしておきたいの。そうじゃないと、会いに行く勇気も持てそうにないから。それに、手紙をくれた人の気持ちがわかるから、放ってもおけないしね』

『だったら、せめてお師匠様に相談しようよ。あの手紙のこと、秘密にしたまま出てくることなかったでしょ』

アシュレイは力なく首を横に振った。

『だめよ。師匠は浄化の類は不得手だといっていたし、かかわるなっていうに決まってるわ。かかわらなくていいものにはかかわらない、それが魔法使いというものだと、普段から散々いわれてるじゃない。最悪、わたしが勝手に出ていかないよう、閉じ込められるかもしれない。だから知られるわけにはいかないのよ』

への字に口を曲げ泣きそうになる使い魔《ファミリア》を見て、アシュレイは小さく笑った。

『大丈夫。もしわたしに万が一のことがあったら……そのときは、ちゃんと師匠にも事情が伝わるように細工をしてきたから』

そこまでいわれて、どうあっても意思を曲げることはないと悟ったのか、使い魔《ファミリア》の妖精は諦めたように渋々アシュレイのあとについていった。

妹も無力さを思い知ればいい、失敗してしまえばいい、そう思ってアレックスが偽の手紙を出したとき、本当はそれとは別の思いがもうひとつあった。

いつだって優しくて、けがをしたいじめっ子の心配までしていたアシュレイが、見ず知らずであろうが〝姉を失った妹〟を見捨てるはずがなかった。そんなことはわかっていた。でも、確かめたかったのだ。妹が昔と変わっていないことを。姉であるアレックスを、いまでも想ってくれていることを。だから、あんなばかげた手紙を送ってしまった。アシュレイの気持ちを試したくて。その結果——

「アシュレイ!」

気がつくとアレックスは走り出していた。遠ざかっていく二人の背中に向かって。

「だめ、行っちゃだめ!」

頭のどこかで、これはただの記憶、記憶のなかの妹を止めたところで何も変わらないとわかっていた。それでも、このままただ見ているだけなんてできなかった。

「お願い、行かないで!!」

飛びつくように妹の腕をつかんだ瞬間、確かにアレックスの手には感触があった。しかし、同時に周囲に広がっていた夜の森は掻《か》き消え、代わって冷たい水の感触と、燃えるような呼吸の苦しさが襲いかかってきた。意識が遠のきかけたとき、アレックスは何かにつかまれぐいと力強く引っ張られた。水面へと。

水面に何かが浮かんできたのに気づいて、ガンコナーは慌てて引っ張り上げた。しかし、それは思っていたのとは違い、見知らぬ男だった。胸のあたりに深々と銀のナイフが突き刺さっていて、やけに重たく動かないと思っていたら、すでにこと切れていた。

この男が魔法使いの少女を襲い、沼に引きずり込んだのだろう。しかし、襲撃者が死んだにもかかわらず、彼女はまだ上がってこない。

(なんでだ……まさか泳げないとか？　それとも、なかで何かあったとか……)

沼のなかは濁ってとても見通せず、沼の周辺を覆う以上に禍々《まがまが》しさを放っていた。

本来なら近づくことなど決してしなかっただろうに、そんな沼にガンコナーは腕を突っ込み少しでもなかの状況が見えないかと探っていた。途中で、急に腹が立ってきた。

(なんでおれがこんな思いをしなくちゃならないんだ)

彼女が無事かわからないだけで、なぜこんなにも……息をするのも苦しいような思いをしなくてはならないのか。彼女が死んでいたらと考えるだけで、いてもたってもいられなくなるのか。

唐突に、これまで自分が惑わし死に至らしめてきた少女たちのことを思い出した。ガンコナーの魔力で自分に恋をし、その想いが遂げられずに恋い焦がれながら衰弱して死んでいった少女たち。彼女たちの気持ちを、唐突に理解した気がしたのだ。

「ば、かばかしいっ……」

そんなことがあるはずがない。そんなばかな話が、あるはずがない。そもそも、妖精であるガンコナーに理解できる感情なのかもわからない。

だが、一番ばかばかしいのは、こんな場所から逃げることもせず、ただ沼の縁で右往左往している自分自身だ。

そう気づいた瞬間、ガンコナーは腹をくくった。そして、何も考えずに先の見えない暗く澱《よど》んだ水面めがけて飛び込んだ。


「おい、大丈夫か！」

水を吐き、咳《せき》込みながら酸素を求めて喘ぐ。そんなアレックスの左腕をつかんだガンコナーが叫ぶように聞いてきた。

呼吸が落ち着いてきてから彼を見ると、アレックス同様、頭のてっぺんからつま先までずぶ濡れだ。どうやら彼が沼に飛び込んで自分を引っ張りあげてくれたらしい。答えようとしたとき、アレックスは自分が右手で何かをつかみ、抱きしめていつことに気づいた。

それはトネリコの杖だった。

白く仕上げられ、持ち手の先端に持ち主の髪を思わせる綺麗な赤い石がはめ込まれている。自分の名の由来となった木を使った、アシュレイの杖だ。記憶を垣間見たときも、彼女が持っていた彼女の杖。杖の白さは、暗い沼地でも淡く輝いているように見えた。

アレックスは声にならない叫び声を上げ、杖を強く抱きしめた。

〈視る力〉の弱い自分が、なぜああも鮮明に記憶を見ることができたのか。それはきっと、この杖が、アシュレイの魂が見せてくれたのだ。

アシュレイもまた、後悔をしていた。姉を見捨てていったことを。後悔して、償いたいと思っていたのだ。

むせび泣くアレックスの肩をガンコナーが切迫した様子で揺らした。

「おい、まずいぜ！」

その声に我に返ると、周囲の不穏な気配に気づいた。沼を覆う禍々しい空気が、自分たちを取り込もうと静かに迫っていた。地面を揺らすように響く声も聞こえてくる。沼のなかで聞いた、あの男に殺された女性たちのものと……得体の知れない何かの這いずる音。

「とにかく逃げるぞ」

ガンコナーがアレックスの腕をつかんで引っ張りあげるようにして立たせた。しかし、アレックスはもう一度杖を抱きしめた。アシュレイが与えてくれた杖は、まるでこの哀れな女性たちを助けてくれといっているような気がした。自分がにはもうできないから、代わりに。

アレックスの視界の端に、倒れて動かない男の体が映った。男の胸に刺さったままのあのナイフも。

「いいや、それはできない」

「はあ⁉」

「彼女たちを助けないと」

男の体へ向かって走り出すと、腹部に激しい痛みが走った。水に濡れたせいで傷が開いたようだ。しかしいまは痛がっている場合ではない。痛みを無視して男に駆け寄り、その体からナイフを引き抜く。簡単な作業ではなかったが、荒い息をつきながらなんとかやってのけた。

そのまま沼の縁にとって返し、ナイフについた血をぬぐい取ってから地面に突き立てた。その瞬間、不思議なことに沼を覆っていた靄がわずかに晴れ、その合間から月の光が柄に埋め込まれた水晶とラピスラズリめがけて、降り注いだ。まるで光の道標のように。

アレックスはトネリコの杖を強く握りしめ、体の前に突き出した。

「〝銀よ、くびきを断て〟」

体内を魔力が駆け巡ってゆく。それが傷にさわったのか、激痛とともに頭を殴られたような衝撃を感じた。ぐらりと体が揺らぎ、取り巻いていた禍々しい気配が色めき立つように迫ってきた。歯を食いしばって踏ん張ろうとしたとき、横から支えるかのように手が伸びてきて、杖を握るアレックスの手を包み込んだ。そのとたん、痛みが和らぎ力が湧いた。

驚いて傍らを振り仰ぐと、ガンコナーは黙ってこちらを見下ろしていた。まるでアレックスを勇気づけるかのように。どうしてか理由はわからないが、力を貸してくれる気らしい。彼の存在に力を得て、アレックスはもう一度杖を握る手に力を込めなおした。

「〝悪しきを祓《はら》い、道を示せ〟」

ナイフの柄に埋め込まれた石が閃《ひらめ》くと同時に、周囲の気配がじりじりと退き始めた。

「〝あるべき場所へ導け、銀の光！〟」

高らかに叫び、魔力を解放する。その瞬間、ナイフに降り注いでいた月光が、靄を貫く勢いで輝いた。あたりは一瞬目も眩《くら》むような光に包まれ、アレックスは思わず目を閉じた。しかし、光が輝いたのは本当に一瞬のことで、すぐに沼地は暗さ、陰気さを取り戻した。

アレックスがおそるおそる目を開くと、元どおり上空には靄がかかり、月の光はおぼろげにしか見えなかった。視線を沼の縁に下げると、地面に突き立てていた銀のナイフは、まるで長いこと放置されたかのように黒ずみ、刃の部分がぼろぼろになっていた。水晶とラピスラズリだけが、暗いなかでかすかに輝いている。

漂う空気は、先ほどよりもわずかだが清浄さを帯びているように感じた。耳をすませば沼の奥底から、あの得体の知れない何かが這うような音が聞こえたが、しかしもう嘆き苦しむ女性たちの声は聞こえなかった。

うまくいったのだろうか、信じられないような気持ちでアレックスは静かな水面を見つめた。まさか、命を落とすことなしに、自分に成し遂げられるとは思っていなかった。

夢見心地でいたアレックスの目に、握りしめた白く艶やかなトネリコの杖が目に入る。それを見て瞬時に悟った。これはきっと自分ひとりの力ではない。

（アシュレイが、助けてくれたんだ）

自分にはわかる。妹の魂はまだこの暗く澱んだ沼地に縛りつけられたままだ。彼女は自分が救われることよりも、殺された女性たちを救うことを優先した。

（力が足りない）

アレックスは痛感した。覚悟も足りないのだ、自分には。

自分の命と引き換えに妹を救えれば、自分がこの苦しみから解放されると思っていた。毎年妹の師から送られてくる断罪の手紙から。己の罪から。

（わたしはどこまでも卑怯《ひきよう》で、自分勝手だ……）

「行くぞ」

自己嫌悪と疲労から一歩も動けなくなっていたアレックスは、声をかけられるとともにとつぜん抱き上げられて悲鳴を上げた。

「な、なんだ⁉」

アレックスを抱き上げたガンコナーは、険しい顔で足早に沼地をあとにする。

「こんなとこ、もう一秒だっていたくない。いやだといってもきかねぇぞ。どうせあんた、ろくに歩けやしないだろう」

確かに、疲労のせいなのか先ほどから手足が小刻みに震えて力が入らなかった。厚意に甘えることにして、アレックスは口を閉じた。

それにしても、と思う。なぜこの妖精は自分のような身勝手で未熟な魔法使いを助けてくれたのだろう？　傷を負ったところを助けてくれただけでなく、沼地まで付き合い、沼に落ちた自分を引き上げてくれ、あまつさえ魂を救う手助けをしてくれた。そんなことをしてもらえるようなことを、彼にした覚えはない。

使い魔《ファミリア》を持たないアレックスは、使い魔《ファミリア》がいたらこんな感じなのだろうかと思った。危機に陥ったときに助けてくれ、苦しいときに支えてくれる——ともにいて心が落ち着く存在だ。自分のような者には分不相応だけれど。

湿った土を踏みしめる音だけが夜の闇に響く。ガンコナーはまっすぐに森の外を目指しているらしく、徐々にあの息をするのも苦しいような不快な空気は薄らぎ、靄も晴れていった。虫の声まで聞こえ始めたと思ったら、暗い木々の間を抜けていた。夜空には煌々《こうこう》と満月が輝いている。靄のなかではあんなに頼りなかったのに、こんなに明るく輝いていたのかと驚いた。

「ガンコナー、もう大丈夫だ。ありがとう」

しばらく休めたうえに森を抜けたせいか、四肢に活力が戻ってきていた。地面に下ろしてもらい、自分の足で乾いた土を踏みしめる。腹部が痛んだが、歯を食いしばって白い杖を抱きしめ耐えた。

じっと自分を見下ろしているガンコナーに、何か報いることはできないかと必死で考える。あいにくと麻袋は沼のなかに落としてきてしまったし、あとはポケットのなかに小銭がいくらかあるくらいで、ほとんど文無しに近い——何せ生きて戻るつもりはなかったのだ。

「あんたの妹の魂は、まだあそこに囚われたままなんだろ？」

「え……ああ、そうだな……助けられなかった」

「なら、あんたのことだから、このまま終わる気はねぇんだろ。またあそこへ行くんだな？」

考えていたことをずばり当てられて目を見開き困惑する。

「ああ……といっても、いまじゃない。わたしにはまだ力が足りない。……ちょっとやそっと勉強したくらいじゃだめかもしれない、でも、何年……何十年かかったとしても、わたしは妹の魂を救う」

命尽きるまで。それこそが自分の役目なのかもしれない、とふと思った。

アレックスの言葉に、ガンコナーはそうか、とうなずいた。そして、黒曜石の瞳がまっすぐにアレックスを射た。

「なら、おれを連れていけ」

「……え？」

何をいわれているかとっさに理解できないアレックスに対し、ガンコナーは諦めにも似た、しかし清々しい気持ちになっていた。彼女に届く唯一の言葉を思いついたから。

「おれがあんたと一緒に死んでやる。だから、おれを連れていけ」

『誰かに一緒に死んでくれという権利があるとでも？』

孤独は自分で自分に課した罰だ。

どんなにつらくても、寂しくても、独りで死ぬのが怖くても、愚かな感情から妹を死に至らしめたアレックスに、誰かとともに過ごす安らかなときを、誰かの温かな熱を求める権利はない。妹を冷たい沼の底に追いやった自分に。

ぬくもりが欲しくないわけない。傍らを歩いてくれる誰かが欲しくないわけがない。

（でも、わたしにそんなもの許されるはずがない）

傷つき倒れた自分を助けてくれる誰かがいるということは、なんと安心できることだろう。恐怖と緊張に押し潰されそうなときに、誰かがそばにいてくれるというのは、なんと心強いことだろう。今夜はまるで自分のなかの空虚が埋められたような充足感があった。だが、それは一夜限りのものでなければならないはずだ。

「ほら」

ガンコナーが手を差し出す。思わず拒絶するように杖を抱く手にいっそう力を込めてしまったが、彼はそんなことはおかまいなしだった。

「いっとくけどな、おれたちがこうと決めたら、人間なんぞにその意志は覆せねえ。あんたがどんなに嫌だといっても、おれはついていくから覚悟しろ」

『この出会いは運命だ』『君こそ運命の人だ』……そんなのは口説きの常套句《じょうとうく》で、ガンコナーにとって意味などほとんどない、紙のように薄っぺらいもののはずだった。まさか、自分が本当に言葉どおりに感じる日がくるなど、思ってもみなかった。

だが、出会ってしまったのならしょうがない。虚無をのんだような瞳を、冬の風のような寂しさを、埋めたいと思ってしまったのだから。

不機嫌そうな声で脅すようにいわれて、アレックスは思わず口元をほころばせた。なんだか立場が逆だ。

（アシュレイ、わたしは必ずお前を救いに行く。力尽きるまで）

アレックスはおずおずと右手を杖から離した。

（だから、いまこの手をとってもいいだろうか）

そのとき、月の光に照らされて、胸に抱いた杖が一瞬だけ輝いた気がした。アレックスの想いに応えるように。それが妹からの許しのように感じたのは、アレックスの身勝手な解釈だろうか……。

ふたりの手がそっと重なると、静かな声が月明かりの下で響いた。

〝いざや結べ　断たれた緒
欠けた月が満ちるように　空の杯を満たすように
枝と枝とを結び円を成せ　消して壊れぬように守れモミよ
循環《めぐり》の大樹が枯れぬ限り〟

自分のなかに何かが満ちていく。これまでになかった、確かなものが。アレックスは目を閉じ、その何かをゆっくりとかみしめた。しばらくすると、「ところで」と声がした。

「おれは使い魔《ファミリア》としての新しい名前をもらうわけだが、最初にいっとくけどかっこ悪い名前は却下だ」

ガンコナーのこれだけは譲れないというような口調に、アレックスは困ってしまった。自分にそんなセンスはない。しばらく迷い、抱いた杖を見つめたあげく、ようやく決心した。

「……〝アレックス〟」

ガンコナーは、確かめるように新しい名を口の中で何度か呟いた。

「〝守護する者〟？　……まあ、悪くはないな」

守るべき大事な妹を、愚かにも死に追いやってしまった者は守護者失格だ。もはや名乗る資格などない。この名は、人を死に至らしめる妖精のくせに、出会ったばかりの魔法使いのために体を張ってくれた彼のような者にこそふさわしい。

「じゃあ、とりあえず近くの町に行くとするか。あんたのそのけがの手当てと、着替えを調達しないとな。なんだって仮にも女のくせに、そんなぼろっちい服を着てるんだか」

ほやほやの使い魔《ファミリア》はさっそく主人にケチをつけながら、それでもけがを慮《おもんばか》って抱き上げようと手を伸ばした。そして――

「……ああ、そういえば、まだあんたの名前を聞いてなかった」

彼とはずいぶん長いこと一緒にいるような気がしたが、まだたったの数日しかともに過ごしていない。名さえ名乗っていなかった。そのことに驚きながら、もう一度決意を込めて魔法使いは名を名乗った。

「アシュレイだ」

＊

この沼地に来るのは何度目のことだろう。

新たに解放された魂が還っていくのを見つめながら、ぼんやりと考える。もう、数えてもいない。何度やってきても新たな死者の魂が囚われている。埃《ほこり》が積もるように。その新しい魂を解放するのが精いっぱいで、妹の魂はいまなおこの地に繫《つな》ぎとめられたままだ。この場所は一向に良くなる気配がない。だが、元々ここはそういう場所で、だからこそ安易に手を出してはいけないのだ。

それでも、自分はやり続けなくてはならない。それが自分の贖罪であり、役目だから。

何があろうとも、命尽きるまでこの場所と――自分の罪と向き合う。そう決めた日から、妹の師から手紙は届かなくなった。彼女がなぜあんな手紙を送り続けたのかはわからない。だがもしかしたら、自分の代わりに弟子を救ってほしかったのかもしれないと思う。通り名から察するに、妹の師の本性はおそらく浄化には向かないもの……死やそれに近いものだ。

彼女自身、弟子を死なせてしまった己を責めていたのかもしれない、救えない自分を嘆いたのかもしれない。だからあんな形で、弟子の姉に救うよう告げたのかもしれない……もちろんすべては想像だ。確かめようにも、あの喪服の貴婦人はいつのまにか家を引き払い、どこかに姿を消してしまった。

「ほら、今回はこれで終わり！　とっとと帰るぞ」

あいかわらずこの場所の不快さについて文句ばかりいっていた使い魔《ファミリア》が、思考を遮るように声をかけてきた。疲れた声で返事をすると、歩き出したところでぐいと肩を支えられた。少し足元がふらつくと思っていたところだ。

「町に帰ったら、今日くらいは贅沢をする。絶対だ。だいたい、あんたはケチすぎる！　貯め込むだけ貯め込んで、魔法に関することだけに景気よく使いやがって……もっとだな、美味い飯とか綺麗な服とか、そういうのに興味を持つ心の余裕ってもんを持たねえと……」

とうとうと始まった小言に、アシュレイは思わず声を上げて笑った。あの日からこの妖精は少しも変わらない。ずっと変わらずそばに居続けてくれている。たまに口うるさいけれど。

「アレックス、ありがとう」

そういうと、彼は顔をしかめた。

「おれ、説教してるんだけど」

不服そうにいうので、その顔と声にさらに笑いが込み上げてきてしまった。小言など聞き流すように笑い声を上げる。

「おいこら、アシュレイ！」

少し怒ったように使い魔《ファミリア》が名を呼んだ。

この名を呼ばれるたび、誰かにこの名を名乗るたび、己の罪が蘇《よみがえ》る。魂に刻みつけられる。決して消えぬように。……だがそれと同時に、奮い立たせてもくれるのだ。妹はまだ自分とともにいる、自分は彼女とともに生きていく。

だからこの名は罪の証であり、呪縛であり——祝福だ。


〈了〉

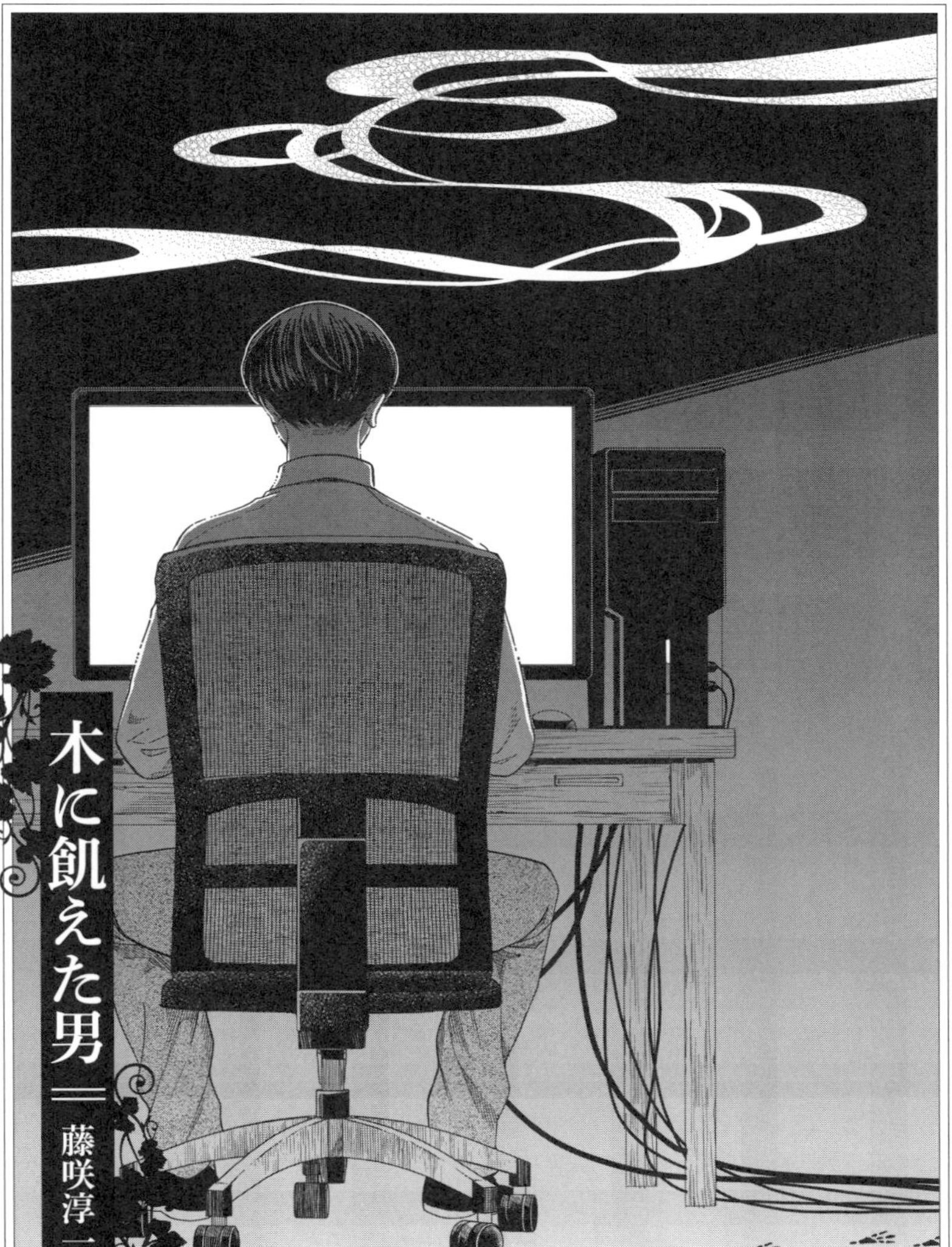

# 木に飢えた男

藤咲淳一

「違うよ。育ててるんだ、……木を……育ててるんだ」

＊

ポール・アンダーソンが消えた。

いわゆる失踪事件というやつだった。

ポール・アンダーソン、四九歳、男性。職業ゲームプログラマ。

ちょっとした天才だ。

そのポールがなにか残してないか、フラットを探してこいというのが、僕に課せられた会社からの命令だった。

僕？

失礼。自己紹介がまだだったね。

僕はアラン。アラン・柊《ひいらぎ》。半分は日本人。半分はヨーロッパのいろんなところの血が混じってるらしい。親や祖母に聞いた話で、ちゃんと調べてはいない。僕を作る系譜をたどればなにがどう枝分かれしてるかがわかるとは思うんだけどね。

そんな僕だけれど、今はポールが契約していた会社でアシスタントディレクターをやってる。上司のジョックが考えたプランを書類にしたり、モーションキャプチャーの収録の手配とか、バグの洗い出しとか、あとはデザイナーやプログラマのタスク管理が主業務なんだけど、実際はそのどれもがうまくできなくていつも呆《あき》れられてばかりなんだ。だから、ジョックからは都合のいいように使われ、雑用ばかりをやらされてるのが現状だった。

そして最近は、会社にとってなくてはならないポール・アンダーソンの身の回りの世話をするという、究極の雑務を命令されていた。

ポールは僕たちのチームのなかでも特殊なプログラムの担当者だった。

ほかのプログラマたちがC＃のような高級言語でプログラムを構築してるっていうのに、彼だけは昔ながらのハードを叩《たた》くアセンブラでプログラムを組むことをやめなかった。だから、ハードウエアに負荷をかけたりするような特殊なプログラム・エンジンを作ることを一任されてたんだ。

でもポールが作ったエンジンがなければそれぞれのプログラマが作った華々しいキャラクターのアクションも、エフェクトもゲームでは花咲かない、その花を咲かせるためにハードから必要な情報を持ってくる根を作っていたようなものと言えばいいのかもしれない。

　とても地味で、けっして人の目には触れない仕事だ。地味なだけじゃなく、現場から無茶な注文はくるし、トライ&エラーの繰り返しばかりの、出口の見えない作業だ。そのエンジンが完成したとしてもメーカーの都合でプラットフォームの仕様変更があれば、それが使えなくなることだってある。でもポールはそれらのことを嫌がることなく、喜々として受けいれていた。

　一歩も外に出ることなく、このフラットに閉じこもってモニタの前から動かない。そして思い出したようにキーボードを叩いては、モニタを眺めていた。

　それ以外のことにまったく興味なんてないみたいだった。

　だからそんなポールを誰も理解できないでいた。

　理解できないのはポールの性格だけじゃない。そのコーディングもだ。

　普通なら記述されてるはずのコメントがファイルのなかに一行も書かれてないからなんだ。これを読み解こうとするならば命令をひたすら追いかけて、この膨大なファイルの構造を解析するしかない。動くかどうかさえ不安だ。

　そんなわけのわからないプログラムなのに、ポールが作ったものを実装するとちゃんと動く。それも効率的に、求められる以上の成果をあげてだ。

　みんな、それを『魔法』って呼んでた。

　でも、そんな魔法使いは、もう、ここにはいない。

僕が世話を焼いていたポールは消えてしまったのだ。

この古い、エディンバラにあるフラットから。

忽然《こつぜん》と。


エディンバラというところは、イギリスであってイギリスではない。

スコットランドの首都にして、見えるものはそびえ立つキャッスル・ロックの上にある要塞、エディンバラ城。そして古い町並みのなかにどかんと存在感を示すホリールード・パークの小高い丘といった地形だ。

それら景色を背後にして建つ古風なフラットがここだ。似たような外観の建物が道の両側に立ち並び、四階建ての古いフラットのひとつにポールが使っていた部屋があった。

会社が彼専用の部屋を会社近くのもっと条件のよさそうなフラットに用意したんだけど、彼はこのフラットがお気に入りらしく、長年住み慣れたここを離れなかった。

裏には小川が走り、小さな共用の庭が窓から見える。庭の納屋のような建物もそうした古きよきエディンバラの景観に一役かっているようでもあった。そこにはどこからかやってくる野良猫がよく昼寝をしていた。丸々と太ってるから、この辺りの住人が餌を与えているのかもしれない。足を引きずりながら歩いていた猫で、足を骨折かなにかで怪我したことがあるのだろう。最近来なくなったのは、飼い主が見つかったからなのか、捕まったからなのか。

そういえばポールは手を止めて、この窓から見える景色に顔を向けていたことがよくあった。お世辞にも広いとは言えない部屋のなかに見るべきものはなにひとつないからだろうけど。

間取りはベッドルームにシャワールーム、そして仕事部屋でもあるリビングを兼ねたダイニングキッチンがあるだけの簡素なもので、備え付けられてた家具は所狭しと並べられたPCのラックと、開発用のエミュレーターの置き場と化していて、冷蔵庫とキッチンがなんとか使えるようにしてあるくらい。

といっても、冷蔵庫は僕が買ってきたレトルト食品を保管するだけのストッカーと化していたし、キッチンといってもそのレトルトを温める電子レンジがあるだけだ。

これだけのPCを使ってるためか、ちょっとした手をいれて、電源回りだけは充実するように変電装置まで増設してあった。そのために電気代はバカにならないものだったけれど、これも全部会社が負担していたらしい。

それだけ失っちゃならない人材だったんだろう。

替えの利く、僕のような存在と違って。

そんな僕の心を見透かしたように、ポケットのなかのスマートフォンが震えた。

「はい——」

《アラン。回収作業は終わったか？》

「……ジョック。いえ、まだこれからです」

電話の相手は上司のジョックからだった。過去にヒット作のファンタジーＲＰＧを作ったことのある会社の看板ディレクターだけれど、この男の思いつきひとつで、企画がひっくり返ることもたびたびあって、正直な話、現場からは嫌われてる。とても。

ただ彼はポールの『腕』をとても買っていた。無理な仕様変更があっても、喜々として「また作れる」なんて笑うプログラマなんてそうそういないからだ。

《ポールが隠し持ってるはずのプログラムのオリジナル、ちゃんと探し出せよ。終わるまで帰ってくるな。いいな》

「わかってます」

《お前は、ポールあってのお前なんだからな》

「……それも、わかってます」

ため息交じりに通話をオフにすると、僕はポールがよく座っていた聖域を見つめた。

ポールの失踪後、ここにあったＰＣのハードディスクは完全にコピーして会社に持っていった。ＰＣごと回収したら、ポールが戻ってきたときにへそを曲げると思ったからだ。自分のハードに触れられるのをほんと嫌がっていたから。

だから僕はそこだけは触れないようにしていたんだ。

ずっと。

僕が日用品を持ってきたときも、たいてい彼はいつものデスクの前に陣取り、僕はその背中ばかりを見ていた気がする。そして時折、庭を見つめる横顔も。

話しかけても「ああ」とか「いや」くらいしか言わない。

彼にとって僕はただのメッセンジャーのチャットの一行くらいの存在でしかない。だから僕がいてもいなくても、彼の机の周りの聖域に踏み込まない限り、彼が声を荒げるようなことはなかった。

でも一度だけ――

気分転換に庭に出て、なにげなく納屋の扉に手をかけたとき、フラットのほうから、

「お隣さんに触るな！」

――って声が僕に投げられたことだけは覚えてる。

そしてあんな顔を真っ赤にして怒ったポールの顔を見たのも、あれが最初で最後だったかもしれない。

あのあとも、僕が庭を離れて部屋に戻ると、いつもの背中と横顔に戻っていたし。

お隣さんってなんだろうとは思ったけど、もしかしたらあの納屋はフラットの隣の部屋のものなんだろうか。

「さ。仕事しないと帰れないぞ」

ポールが使っていたPCを僕は魔法の鍵で起動する。

「っていっても、会社の管理者権限パスワードだけどね」

PCは個人が使っていても、それは管理者権限の下に紐付けられたユーザーとして与えられているにすぎない。もちろんポールは管理者と同様の権限を持って使用していたので、好き勝手できたことに間違いはないけれど。

そもそもポールはセキュリティなんてものに興味はなかったんだろう。

彼が書くコードそのものが、誰も理解できないものなんだから。

結局データの構造なんてものは、大きな木の幹から伸びる枝葉の関係に似ていて、それぞれにあてがわれた枝の部分でだけいろいろと動いているだけなのだ。ただ共通して使われる大切な部分は木の幹にお伺いを立てなきゃならない。

これは会社の構造と同じかもしれない。

というか、社会ってものがこれで成り立っているような気もする。

今、僕がしているのは、その木の枝に生えている葉っぱのひとつひとつの葉脈についた虫を探してるようなものだ。どれを見ても同じに見えてくる。

たいていのプログラムがその働きに合わせてファイルごとに管理されていて、必要になったらそのファイルを呼び出して——の繰り返しだった。

メインルーチンとサブルーチンの関係なんだけど、命令系統があって、その命令を管轄する役割のプログラムがあって――みたいな感じだ。

「しいていうなら僕のメインルーチンは、ジョックってわけか」

あれやれ、これやれと言うだけでいいんだからな。まったく。

たぶんすべてを管轄してるプログラムがメインで、それを探し当てるのが一番手っ取り早い。

けれど普通はあるはずのコメントが書かれていないのがポールのコードの特徴だ。

これを読み解くのはある程度の知識が必要になるし、結果、ジャンプ先でなにが行われているかを解析しなくてはならない。

手元に真っ白なメモをおいて、ファイルとファイルの関連性を線で繋《つな》いで図式化するしかできない僕には、到底理解不可能な世界だ。

魔法使いとまで称された天才プログラマは、これが頭のなかにあったのだろう。

それを凡庸な僕が解析するなんて、とても気の遠くなる作業だ。

そして、気の遠くなる作業には眠りの魔法のトラップが必ずといっていいほど仕掛けられているものだ。

もちろん、今の僕はすでにトラップに引っ掛かっていた。

「アラン、君には才能がない」

ポールが冷めた目で僕を見ていた。

「やめておけばよかったんだ」

ああ、これは夢だ。

すぐにわかった。

しかも先月あったこと。その記憶の再現だ。

珍しくポールのほうから話しかけてきたんだ。

「私がなにをしているのかわからないだろ？」

僕はこのとき、なんて言ったんだろう？

なにか言った気もするけれど、反論じゃなかったような。

「育ててるんだ、……を……」

そうだ。

なにかを育ててると言っていた。

そしてポールは庭へと顔を向けたんだ。

その横顔は珍しく笑顔だったな。


サワ……。

そのとき、腕になにかが触れた。

その感触で、僕は目を覚ます。

部屋のなかはモニタの液晶の光で照らされ、部屋の隅は暗がりが腰をおろしたままだった。

窓の外は暗く、頼りない街灯の光だけが部屋に忍び込んでいた。

眠ってしまったのだ。

そしてあの感触で目が覚めた。

なにかが触れたのは間違いない。今もその生々しい感触が残っていた。

あれは、毛の感触だ。

「ネズミ？」

古いフラットだ。

ネズミがいても不思議じゃない。野良猫が庭に来ていたころは、ネズミの姿を見たことがなかった。あの猫がいなくなったから、また現れ始めたのかもしれない。

まだどこかでこちらの気配をうかがっているかもしれない。

ネズミが病原菌などの媒介者である可能性もある。そしてなによりも電源ケーブルをかじられ、マシントラブルとなるのが厄介だった。

「明日、ネズミ避《よ》け、買ってこないと」

いつしか眠り込んでしまうぐらいなら、ちゃんと寝て明るくなってから作業するほうが効率はいいだろう。

　僕には徹夜は向いてないのだ。

　朝になり、眠気覚ましのついでに近くの雑貨店までネズミ退治の道具を買いにでかけることにした。

　ただし、僕はネズミ取りというものを一度も買ったことがない。

　考えてみればそんなものと無縁の生活をこれまでおくってきていた。

　市のカウンシルに連絡をとれば、駆除対象の生物として処理してくれるだろうけど、今、あのフラットにうちの会社以外の人間が立ち入ることは、ジョックが許さないだろう。

　だから店に並んでいた昔ながらのぜんまい仕掛けのネズミ取りから、謎の薬品の類まで、わけもわからないままに一通り買ってしまい、その袋の重さに辟易《へきえき》しながらフラットに戻る途中、ベンチに腰をおろしてエディンバラの灰色の空を仰いでいた。

「エールも買い足さないとな」

　いつ終わるのかわからないような仕事だ。

　快適な暮らしもセットで考えていかないと、一歩も前に進めない気がするのだ。

　なにをするにも栄養は必要不可欠だ。

「触られたね？」

背後から投げかけられた暗い声が、僕の肩を摑《つか》んだ。

振り返ると二歩先のところに黒いコートをまとった少年が立っていた。整った顔立ちをしているが、その目は暗い闇を宿し、それが観察するかのように僕のことをじっと見つめていた。

「君は？」

「僕の名前は……なんだったかな。まあ、そんなことはどうでもいいや。それよりさ、あの場所から離れたほうがいいよ。やつらは勤勉だから」

やつら――？

「なにか知っているのか？」

「今ならまだ間に合うよ。言ったからね」

間に合う？――、いったいどういう意味だ？

ふと意識がその言葉にいったわずかの間に、その少年は影も形も消えていた。

幻でも見ていたのだろうか。

確かに寝不足なのは事実だった。あの腕に感じた変な感触のあと、ベッドに入っても眠ることができなかったのだ。

なにかがいたからだ。

ネズミに触ったことはないから、あの毛のような感触がネズミだったのかはわからない。

ただその感触はネズミよりも柔らかい――

あの感触が腕に蘇《よみがえ》ってくる。
「大丈夫。トラップならたくさん用意してるし」
袋のなかのネズミ取りが頼もしいナイトのようにさえ思えてくる。
ただ、
離れろ——
そう言ったあの名前も知らない少年のことが、少しだけ気にはなった。
やつらとはやはりネズミのことなのだろうか。
けれどネズミが勤勉ってどういう意味なのか、僕にはさっぱりだった。

フラットに戻ると、早速部屋のネズミがいそうなところ、出そうな家具の裏などにトラップを仕掛け、食べ物のほとんどを冷蔵庫のなかへと移した。冷蔵庫の重い扉を開けられるネズミはたぶんいないだろうし。

念のために窓や扉にも隙間がないかを確認する。

窓に隙間はない。

ドアの下にも数ミリの隙間があるだけだ。

たぶんこれならネズミは入ってこられない。

一通りの対策を施したところで、僕はポールのＰＣの前に陣取った。

またファイルのジャンプ先を追いかける退屈な時間の始まりだ。

もしかするとポールが失踪したことに謎なんてないのかもしれない。

我慢の限界がきただけという説はどうなのだろう。

失踪は時間の問題だっただけなのかもしれないのだ。

事実、僕はもう逃げ出したい気持ちでいっぱいだ。

この部屋のこの場所で、見えるものはモニタと窓の外の庭だけ。

プログラムの気分転換に、別のプログラムを書くようなことをしていた人間が、ある日突然失踪を遂げたとしても、ただその時がきただけだと考えるのが普通なのかもしれない。

でも、本当にメモひとつ残さずにこんな完璧なコーディングなんてできるんだろうか。

僕だって今、こうしてファイルを見ながら、リストにチェックをいれているし、まるで蜘蛛《くも》の巣のようなファイルの構造を図形化してる。

そしてその多くが、レジスタからレジスタへ、情報の格納と開放を繰り返すだけのプログラムの複合的な繰り返しばかりだ。

そうした点の集合がひとつの線となり、ものの形を作り上げていってるのだ。

具体的に目に見えるものではないけれど、これらの情報の動きというものが確実にひとつの形を成していく下地を作っている。

点と点のプログラムが線で繋がった図形を見ながら、いつしか僕は、そこになにかの絵を見出そうとしていた。

「ポールは、なにを作りたかったんだろう」

今まで浮かんできたこともないような考えだった。

ポールがハードと対話するようなゲームエンジンのプログラムを書いている様子を見ている限り、そんなことを思うことはなかった。彼がそれを作るのが当たり前のことだと思っていたし、彼のサポートをするように命じられて以来、そう教えられてきたからだ。

この退屈な場所で、退屈な瞬間の繰り返しに直面することで初めて、ポールのマインドセットの一部に触れたのかもしれない。もちろん、これがポールのすべてというわけではないけれど、彼自身がなんらかの目的を持っていなければ、こんな場所よりももっと広い世界が外にあることを知っているわけだし、そこに出ることなんてドアを開けばいいだけの話。

簡単なことなのだ。

実際に僕たちは彼を閉じ込めてはいない。

鍵だって開けられるようにしてあったわけだし。

実際は僕たちの知らないところで、エスコートクラブの女の子を呼び出していたかもしれないのだ。

まあ、そんな事実はあくまでも可能性のひとつでしかないのだけれど。

もっともそんなことがあったら一度はその女の子の顔くらい見ているだろうし、痕跡だって見つけていただろう。

でも、ポールはそれをしなかった。

するつもりもなかっただろう。

通常、僕たちなら、こうした仕事が好きだったとしてもそれ以外の目的が必ずある。

お金のため。

家族のため。

成功のため。

最終的に残るのは自己満足って言葉なんだろうけど、なんだかポールのものはそれですらないように思えるのだ。

まるで彼自身が、なにかを行うプログラムの一部のような気がしてならなかった。

そんなことを考えながら図形化してきたメモは一見、ぐちゃぐちゃになっていてなんだかわからない暗号のようになっていた。

書き直したメモ。繋いだ線が無意味に二重になっていたり、線で消したり――

書いた僕には記憶の補完があるけれど、他人が見たらなんだかわけのわからない暗号に見えるだろう。

「ポールのプログラムとまったく逆だな。わけがわからないってところだけは一緒だけど」

ため息をつきながら新しいメモを取り出し、図形を整理していく。

今のうちに清書しておかないと大変なことになることは、過去の仕事で何度も学習ずみだった。

「ジョックにもよく怒られたしね」

清書作業はきらいじゃない。

これまで頭のなかでぐちゃっとしていた物事からひとつの形が生まれてくる瞬間だからだ。

清書といっても、余計なものを省いた複製作業のようなものだけれど。

ただこの整理整頓、取捨選択で情報は無駄のないひとつの形と生まれ変わっていく。

「……といってもまだ途中経過なんだけどね」

きれいになった図形には無駄がない。

余計なメモも、書き損じも――

「まるでポールのプログラム……、？」

そこまで言ってモニタに映るポールのプログラムコードを見つめる。

無駄のないコードだけの記述。

もしここからコメントを意図的に排除していたのだとしたら――

大本のソースがどこかにあるに違いない。

けれどその大本の情報は目の前のＰＣのなかに存在していない。

ならば考えられることはふたつ。

ひとつはメモがどこかに存在する。

もうひとつは、コメント付きのプログラムコードがどこかに存在するかもしれないということだ。

でも、どこに？

このフラットのなかの、どこになにがあるかのすべてを僕は把握していた。

してないとすればこの聖域ぐらいのものだ。

けれどPCのようなものを置くスペースは存在していない。

外部メモリ？

案ずるより産むが易し。

僕は家探しを始めた。


その一時間後――

部屋は整理整頓されたけれど、僕が一番見つけたいものは見つからなかった。

引き出しのなかに外付けのハードディスクや、USBメモリといったもののもなく、もちろん手書きのメモのようなものすら残されていない。

引き出しの裏も、壁の隙間も見つけようとはしてみたけれど、なにも見つからなかった。

ポールは本当に天才で、魔法使いだったのかもしれない。

だから目の前にあるものがすべてなのだろう。

ジョックの言ってるようなオリジナルなんてものは、端《はな》から存在していないに違いない。

修正や仕様変更があったとしても、ポールの記憶のなかに刻まれたコメントがすべてを可能にしてしまうのだ。

途方に暮れた僕ができることといえば、窓の外を見ることぐらいのものだった。

ポールがしていたように。

納屋——？

視線の先には庭にある納屋のような建物があった。

お隣さん。

ポールはそんな名前で呼んでいたはずだ。

僕があれを開こうとしたとき、はじめて感情露な表情を僕に見せたのだ。

僕は階段を駆け、庭へと転がり出た。

そして納屋の扉に手をかけ強く揺さぶってみる。

鍵だ。

ダイヤル式の鍵が掛けられている。

0から9までの4桁の数字をいれていくやつだ。

なにか思い当たる数列は――

「……そんなのわかるわけない！」

0000から9999まで、手当たり次第試していけばいいだけの話だ。

この手の鍵は、単純にシリンダーが鍵の凹みと合えば少しずつ動くようになっている。それを手がかりに、ダイヤルの一番遠いところから一桁ずつ合わせてはシリンダーが動くかどうかを試していけばいいのだ。

これならすぐに終わる。

そして運がいいことに、0123というシンプルな数で鍵はあっさりと開いた。

ポールの性格がよく表れていた。

こうしたセキュリティといったことに無頓着なのだ。

それでも、0000にしておかなかっただけ、ポールにしては常識的だったのかもしれない。

「見られたくないものに、鍵をかけてる時点で常識的か」

鍵を取り外し、錆《さ》びついた蝶番《ちようつがい》を軋《きし》ませながら、そっとドアを開けていく。

なかに入ると、むっとした空気と甘い匂いと眩《まぶ》しさとが僕の顔を包み込む。

そして最初に目に入ったのが大量の緑だった。

鉢に植えられた植物。それも僕の背丈ほどもあるものが、納屋のなかに大量に置かれていた。そして太陽のような眩しさの照明装置と水やりの装置とが、この空気と熱の原因かもしれない。

細長く尖《とが》った葉が手を広げたように茎から伸び、葉脈も規則正しく並んでいた。

「……これ、カナビスだ」

ポールが育てていたものだろうか。

大量のカナビスがここで育てられていた。

カナビス。つまり、大麻だ。吸引すれば人によってはちょっとした酩酊感《めいていかん》と高揚感を得られる、いわば麻薬と同じジャンルのものだ。

ポールはそれを育てていたのだ。

プログラムという集中力を必要とされる仕事だ。とくにポールのように頭のなかに設計図があるような天才が、カナビスをそのブースターとして使っていたとしても僕は不思議に思わなかった。

それにしてもあの部屋のなかで、このカナビスの煙が放つ独特の香りがしたことはない。

ならばサイドビジネスとしてこれを売っていたのだろうか？

「いや、ポールは余るほど、お金を持ってる……」

実際にポールの身の回りのサポートをするようになって、ある程度、彼の資産管理のサポートもするようになっていた。たぶん僕のような小心者が大それたことをするはずがないと見抜いていたからだろう。

実際に、彼の金に手をつけたことはない。つける理由もないし、そんなこと、僕の良心が許さないからだ。

でも、それなら、なんのために——

むせるようなカナビスの香りと熱気に顔を歪《ゆが》めながら、どこかぼんやりとしてくる頭で僕は納屋のなかを見渡す。

大量のカナビスの鉢植えの緑の奥の床に平たい岩盤が置かれ、その上にカナビスの葉を燃やした跡があった。

奇妙なのはその燃え跡がぐるっとした環状になっていたことだった。

そしてその中央は黒い染みのようなものが床に染み跡として残されていた。

まるで、暗い穴のようにも見える、染み跡が。

じっとそれを見ていると、そこになにか別の世界が見えるような気がしてくる——

「う……、頭が……」

ぼーっとしてくる頭を振り、僕は納屋の外へとよろめきながら転がり出る。

エディンバラのどこか古びた空気を肺いっぱい吸い込んで深呼吸を繰り返し、なんとか頭のなかが元に戻ってくる。

僕は納屋のなかを振り返った。

緑の奥に見える黒い染みが僕をじっと見つめているような気がしたからだ。

その視線を遮るように、僕は納屋の戸をそっと閉めた。


ジョックにこのことを告げるべきか――

部屋に戻った僕が最初に思ったことだった。

報告したところで、ジョックはこの事実を捻《ひね》り潰すだけだろう。雇用していた天才プログラマがジャンキーだったとしても、彼の作るものは本物だ。

なにかあったとしてもポール自身が独自の判断でやっていたこと――として処理するだろう。

もしかしたらこの失踪もアレ絡みなのかもしれない。

「……いや」

思わず否定の言葉が口を突く。

もし売人が絡んだ失踪だとしても、それならあれだけのカナビスを放っておくとは思えない。

可能性としては、ここを工場のひとつとしてキープしてる可能性もあったが、そんな人間がここに出入りしていたり、ポールに接触していれば僕のような鈍い男でもわかるはずだ。

それにあの場所に、僕が探しているものがあるとは思えなかった。

あったのは大量のカナビスの鉢植えと、謎の焦げ跡と染みだけだ。

メモの類も、ＰＣも存在してはいない。

目の前についたままになっているモニタを見つめると、文字が踊りだすような感覚が僕を襲う。

まだ頭がぼんやりしている。

カナビスの影響がまだ残っているのかもしれない。

「……一度、仮眠しよう」

僕はベッドルームへと入り、ベッドの上に寝転がった。


「アラン、君には才能がない」

ああ。またこの夢か。

「やめておけばよかったんだ」

ポールの声がどこか遠くから聞こえてくるようだった。

僕の身体は横になったまま、死体のように動いてはいない。

「私がなにをしているのかわからないだろ？」

「わかりますよ。プログラムを作ってるんでしょう」

「違うよ。育ててるんだ、……木を……育ててるんだ」

木とは、あのカナビスのことなのか。

それがポールのプログラムの鍵なのか――？


「！」

不意に僕の全身に触れる、あの小さなざわつくような感触があった。

どれぐらい眠っていたのだろう。

窓の外はまだじゅうぶんに明るく、そして通りからも時折、通る車の音などが聞こえてくる。

またあの夢を見たのだ。

けれど前よりも鮮明になっているような気がしていた。そしてあの感触も。

部屋のなかを見渡してもなにもいない。

まだカナビスの影響が残っているのかもしれない。

「……仕事、続けなきゃ」

ポールがなにをしていたのか。

いろいろと脇道にそれたけれど、地道にプログラムのコードを追い続けて、全容を摑むのが近道のような気がしていた。

確かに気の遠くなる作業かもしれない。

でもジョックは僕にこの仕事以外を与えるつもりはないだろう。

ポールの世話をさせていたのも、僕が基本的にほかの仕事ではなにひとつ使えない人間だと判断したからなのだ。

　僕はやさしく素直な人間だとよく言われていた。

　けれど仕事となると人との連絡も段取り悪く相手を怒らせてしまうし、書類の作成も遅くて要点がまとまってない――

　クビにされないのが不思議なくらいだったけれど、こういう面倒な雑用を任せるには最適な人間だったと思われているのだろう。会社という大樹から見たらいつでも落とせる小枝のようなものであっても、なにか利用価値があったのだろう。

　人の嫌がる仕事を押し付けられるという役割が。

「実際、そのとおりだし」

　それでも認められるには目の前の仕事をこなすしかない。

　わかっていても、それでいいと思ってしまう自分がいた。

　それすら嫌にならない自分が。

　だから、今の僕の居場所はここにしかない。

　綺麗《きれい》なオフィスのデスクよりも、この古びたフラットの一室のほうがどこよりも落ち着くのだ。

　そして今は僕がこのフラットの主のようなものだ。

　いなくなった主の代わりに僕がここに収まった。

それだけなのだ。

「うん。仕事をしよう」

言葉に出さなければ動けない気がしていた。

ベッドを抜け出し、ポールの仕事部屋だったリビングへと戻り、コーヒーを淹《い》れてからＰＣの前に戻る。

「続きをしなくちゃ――」

そう言ってモニタを見つめて、僕の視線がそこに釘付《くぎづ》けになった。

「……なに、これ」

目の前には未知のプログラムが書かれたファイルが開いていた。

思い過ごしだろうか。

いや――

新しいファイルは開いていないはずだ。

思わず背後を振り返る。

ポールが戻ってきたのか。

けれどここにいるのは確かに僕ひとりだ。

納屋に行っている間に誰かが忍び込んだのか。

だとしても、新しいプログラムコードを書いていなくなるなんてありえないことだ。

「わ！」

僕は突然声をあげた。

呆然《ぼうぜん》としている僕の足をすっとなにかが掠《かす》めていく感触があったのだ。

机の下を覗《のぞ》き込んでもなにもいない。

「ネズミ……？」

息を呑《の》んであたりの気配を探る。

けれど生き物がいる気配はない。

僕が鈍くてそれを感じ取れないだけなのか。

部屋に仕掛けたネズミ取りのトラップをひとつひとつ調べなおしてみても、仕掛けたときと同じ状態を留めているだけだった。


トン。


「うあ！」

なにかが僕の足にぶつかる軽い衝撃があった。

けれど視線を向けてもそこにはなにもいなかった。

息を殺して気配を探る——

なにも見えない。
なにも聞こえない。
けれど――

さわ。

今度は腕だ。腕になにかが触ってきたのだ。
いや。
今も触れ続けている。
軽い。
そして小さな手のようなものが触れているかのような、そんな感覚だ。
それは腕を這《は》いながら、肘から肩へと上ってきている――
「来るな！」
思わず見えないそれを手で払った。
手に触れるそれの感触があった。
それは手にあたり、どこかに飛んでいった。

けれど壁にあたったのか、それとも床を転がっているのか、その音は聞こえてこない。いる。

けれど、見えないし、聞こえない。そして匂いもしない。

ピ、とかすかな電子音が鳴った。

ＰＣのほうからだった。

ファイルが開く音。

見れば、モニタの上にエディタのウィンドウがいくつも開いては閉じ、そして真っ白なエディタの上に文字列が走っていく。

アセンブラのプログラムコードだ。

ポールが書いていたコードと同じような、無駄のないプログラムコード——

「誰が？」

この状況を前にして、僕はまだ誰かの仕業であると思いたかった。

遠隔操作でＰＣを操作することなんて容易《たやす》い。

けれど、僕は管理者権限でこのＰＣを開き、これに遠隔操作の設定をしていないことも知っている。

キーボードは動いていないのに、エディタの上でプログラムコードだけが書かれていく。

まるでそれは手練のプログラマが書くように無駄もなく、そしてミスもない。

開いては閉じ、開いては閉じ。

ファイルの数が増えていく。

「なにが、書いてるんだ？」

僕はようやくそこに思い至る。

見えないなにかが、聞こえないなにかが、プログラムを記述してる。

ピと音が鳴って、ようやくプログラムの記述が止まった。

恐る恐るＰＣへと近づき、キーボードの周りに手をかざし、左右へと動かして探っていく。

手に触れるものはなかった。


ここには、もう、なにもいない。


不意に膝から力がぬけ、僕はその場にへたりこんでしまった。

「なんだったんだ、あれ……」

そう。

あれとしか形容のできないものだった。

感触だけの、なにか。

それがここにいる。

そして、それが、プログラムを書いていた。

僕たちが魔法使いだと称していた天才のポールではなく、あれが。

あれの正体はまったくわからない。

ただこの土地に伝わる伝承の類から言葉を借りてくるならば、ゴブリンとかってやつなんだろうか。

それともフェアリー？　エルフ？

僕はジョックと違ってそっちは明るくない。

だから小人とか妖精とかってものはよくわからない。

ただ、あれが僕たちの世界にいる普通のものじゃないことぐらいは容易に想像がついた。

つい数分ほど前まではその存在すら信じちゃいないものだったけれど、今はそれを認めるしかない。

認めないと、僕の気が変になりそうだった。

もしかすると納屋で吸い込んだカナビスが見せる幻影かも――

そう思いたかったけれど、今の僕の頭はかなり正常に動いてる。

ロイヤルブリテンの家系図を遡れる程度にはまともな感じに戻ってきてる。たぶん、僕の親の名前も祖父母の名前もちゃんと言えるはずだ。誕生日は忘れちゃってるけど。

まずは僕が落ち着くことだ。

やつらはなにか。

──それは考えてもわからない。

じゃあやつらがしていることは？

──プログラムを書いている。しかもポールが書いていたものと同等のものを。

そしてやつらは僕になにかをしたのか。

──それはまだわからない。今のところ驚きはしたけど、直接的な被害はない。きっと。

僕は見えない妖精たちが書いたプログラムを見つめた。

もし、ここでずっとポールがこいつらにプログラムを書かせ、自分はその振りをした──という仮説はどうだろう。

うまくやれば僕がポールになり変わることだってできるかもしれない。

実際、やつらが書いたプログラムが動くものかどうかは謎のままだ。

だったら──

僕はスマートフォンのコールボタンを押した。

《いま会議中だ》

「ジョック。ポールが書いた未発見のプログラムがあったよ」

《……ほんとうか？》

ほらみろ。やっぱりジョックは食いついた。

「もう少し探してみるよ。だから僕はしばらくここにいてもいいかな。仕事として」

《もちろんだ。それがお前の今やるべきことだ。期待してるぞ》

それを聞いて僕の口角があがる。

今、僕は必要とされている。

僕がいなけりゃ、ジョックはポールの書いたプログラム——、いや、やつらの書いたプログラムを手にすることはできない。

この秘密を知ってるのは僕だけだ。

僕は意気揚々とこのプログラムを会社にサーバーに送った。

そしてその返事は一時間と待たずにやってきた。

《アラン。もっとほかにないのか？　これは素晴らしいコードだってほかのプログラマたちが騒いでる》

「探してみます」

《人手を増やそうか》

「……いえ。ポールが戻ってきたとき、きっと嫌がるんじゃないですか」

《なに？》

「すみません」

《いや、そうかもしれないな。よし、お前に任せる》

「はい。ありがとうございます」

これで僕の居場所ができたことになる。

ポールはいないけれど、やつらがいれば、僕にだって——

ただ問題はあった。

今はポールがなにかを指示した仕様に従ってやつらはプログラムをコードしているに違いない。

ただ無意味にコードを書き続けるだけでは、またジョックからも価値のない人間だと見下されてしまう。

これは武器だ。

やっと手にいれた、僕の武器なんだ。

その武器をうまく使うために、その手段を見つけなくちゃならない。

きっと秘密がある。

その日の夜、僕はこの見えず、聞こえずの妖精たちの行動を探りはじめた。

わかるのは、プログラムを打ち込んでいる時間は昼と真夜中の数分間。一日二回、いくつかのコードを完成させていなくなる。

そしてもうひとつ。

やつらは食べ物を食べていく。

僕が自分のために用意しといた食材に小さな歯型が残されていた。人間の歯型を親指ほどの大きさにしたものだ。扉の閉まった冷蔵庫《ストッカー》であってもお構いなしなのだ。

主にチーズや魚といった動物性蛋白質《たんぱくしつ》に興味があるようだった。野菜には虫食いの跡はあっても、やつらの歯型はなかったからだ。

そして僕は、ネットで妖精やこうした世界の生き物について調べ始めていくと、ここにいるのはブラウニーという妖精の一種なのではないかと思い始めるようになった。

ブラウニーは住み着いた家で、家の持ち主が留守の間に仕事をしていくという一説がある。

「じゃあ、ブラウニーと呼ぶことにしよう。ようこそ、ブラウニー」

その呼びかけに反応があったかどうか、僕にはわからない。

ただ真夜中になったとき、またPCのモニタ上で勝手にプログラムが作られていったことから、ブラウニーたちは今もポールのために仕事をし続けているのだろう。

僕がいても仕事をしているということは、きっと僕を新しい主人だと認めていないからに違いない。

ブラウニーたちに僕が主人だと認めさせない限り、きっと僕のための仕事をしてはくれないだろう。

早く秘密を手にいれて、ブラウニーたちを武器にしなくては——

僕は窓の外へと視線を向けた。

「……あの納屋だ」

納屋の奥にあった奇妙な焦げ跡と、黒い染み。

あれが気になっていたのだ。

カナビスを燻《いぶ》したというなら焦げ跡があるのはわかる。ただ環状に焦がし、その内側にあった黒い染み。

あのなかに僕は恐ろしいものを見たような気がしたのだ。

それが気のせいでないのだとすれば——

僕は納屋へと向かい、あの焦げ跡の前へと向かう。

緑色のカナビスは少し大きく成長しているような気がした。むせ返るような匂いにやられないように、今度はハンカチでしっかりと口を塞ぎ、息をできるだけ堪《こら》えながら緑の列を縫うように進み、鉢植えからいくつかのカナビスの葉を摘み取り、それを焦げ跡の上に環状に並べていく。

「きっとこれでなにかが起こる……」

僕はカナビスに火をつけた。

独特の甘い香りが漂い、僕の頭が少しくらっとし始める。

頭を振って意識の濁りを振り払う。

しっかり観察しないと――

すると変化があった。

あの黒い染み、その中央から真っ黒い芽のようなものがむくりと生えてきたのだ。

芽の生えている下にあるのは土ではない。古そうな岩盤だ。

その芽に軽く手で触れてみると、そこからはなんともいえない、ぬるりとした感触が伝わってきた。

そして戻した指を見ると糸を引くような粘液がそこについている。

「……なんだ、これ……」

匂いを嗅いでみると、腐臭のようなものを混ぜ込んで作った土の匂いが鼻を突き、その不快さに思わず顔をそむけ、ちょうどそこにあったプランターのひとつに胃の奥底から苦い液体をぶちまけていた。

咳《せ》き込みながら、吐瀉物《としゃぶつ》が染み込んだ黒い鉢植えの土を見つめると、その奥に白くて細いなにかが土の間から覗いているが見えた。

「これ、なんだろう……」

僕が唾を飲み込みながら、そのプランターの土を少し堀ると、その白いものには根が絡みついていた。僕は伸びている茎を摑むと思い切り引き抜いた。

抜けた根にまとわりついた土の塊が砕けながら落ち、そしてその根が絡みつくように残された白くて細いものがあった。

「……骨」

それは小さな動物の骨だった。

おそらくネズミのものだろう。

そしてそれを引き抜いた鉢のなかに、小さな紙片が落ちていた。

土に埋もれ、湿気にやられてインクが滲《にじ》み、なにが書かれていたかは判読不能の状態だった。

僕は、そっと僕を取り囲むように伸びたほかのプランターから伸びる緑の茎たちを見つめていく。

「……これ全部が？」

そう思うなり、僕は手近なところの茎を引き抜く。

骨だ。

カナビスの根が絡みついた小動物の骨が、そして紙片がそこにもあった。

僕は次々と茎を引き抜き、そして根に絡みついた骨との対面を繰り返した。

二十体ほどの小動物の骨との対面を果たしたところでその手を止めた。

ここにあるすべての鉢植えがそうなのだ。

理由はわからない。

ただ、これらの小動物を贄《にえ》として育ったカナビスの葉を燻し、ここでなにかが行われていた。

紙片に書かれたなんらかの願いを叶《かな》えるためにだ。

これがあのブラウニーたちにプログラムを書かせているシステムなのだとしたら――

僕はフラットの部屋へと急いで戻った。

するとPCのモニタ上に新たなプログラムコードが表示されていたのだ。

あの鉢植えから生えたカナビスの葉を燻すことで、ブラウニーたちが仕事をするのだ。

ポールがいなくいなったあとも、仕事を続けてきたのは、ポールが残してきた指示が継続されていたからだろう。

そして今、僕はそれを上書きした。

あのカナビスの鉢植えひとつひとつがサブルーチンであり、ポールの残した巨大なアーカイブなのだ。

ならば新しい贄をブラウニーたちに与えれば、僕の命令も届くかもしれない。

そうなればあれはポールのものではなく、僕のものになる。

「……試してみるしかないよな」

そう思った翌日、幸運なことに、仕掛けておいたネズミ用の毒餌のトラップに一匹のネズミがひっかかり、虫の息となっていた。

僕は躊躇《ちゆうちよ》することなく、そのネズミを鉢植えのなかにいれ、試しに「HELLO　WORLD」をモニタに表示させるという初歩的なプログラムを作るよう指示した紙片を一緒に埋めて土を被せ、そしてそこに発芽させたカナビスの種子を埋めた。

これでなにが起こるのかを待つだけだった。

けれどその効果は思ったよりも早く現れたのだ。

種子を埋めて三日後に、カナビスが不自然なほどの早さで成長し、周囲のカナビスと同じ背丈まで伸びていたのだ。

そのカナビスの葉を摘み取り、僕はあの納屋の奥で環状に並べて火をともした。

カナビスの独特の香りが僕の頭を刺激したけど、かまっちゃいられない。

そしてその日の真夜中、PCのモニタに「HELLO　WORLD」の文字が表示されていたのだ。

僕が武器を手にいれた瞬間だった。

もしかすると、エクスカリバーを引き抜いた伝説の王もこんな気分だったのかもしれない。

その気分のままに僕はジョックに連絡をいれた。

「ジョックさん、今ほしいコードってどんなものですか？」

ジョックははじめ驚いていたようだったけど、僕のほうでポールのプログラムの癖のようなものを見つけたとか、そんな嘘《うそ》をついてリクエストを引き出した。

新たな描画の高速化に関するコードと、メモリ管理を効率化するような類のものだった。

僕がそんなものを作れるわけがない。

ブラウニーたちが作るのだ。

僕はまたもやトラップにかかったネズミたちと願いを綴《つづ》った紙片を鉢へと埋め込み、そこに発芽した種子を植えた。

あとは待つだけだ。

ポールのように、あの窓から納屋のなかでカナビスが育つのを想像しながら――


「なんで駄目なんだ？　なにがいけない⁉」

僕は枯れたカナビスの芽を見下ろして、言葉を漏らすしかなかった。

贄をいれ、願いを綴った紙片をいれる。

そして発芽した種子をいれるところまでは一緒だったはずだ。

僕はその枯れた鉢植えをひっくり返してみると、根だけが異様に伸び、完全に白骨化したネズミを包み込んだカナビスがそこにはあった。そして紙片を見ると、頭の数文字だけが滲み、残りは埋めたときと同じように読み取れる文字が書かれていた。

贄は受けいれられた。

けれど願いは消化されない。

「贄が足りないのか？」

そう思った僕は、愚かなネズミを捕らえるためのトラップを増やし、部屋のなかだけでなくこの庭にもしかけた。

その効果は大きく、一晩でこれまでの倍のネズミがかかっていた。

僕はそのネズミたちと新たな紙片を鉢へと埋め込み、発芽した種子を植えた。


「やった」

狙いどおり、僕の考えは的中していたのだ。

ネズミたちは木の根によって消化され、見事な白骨と化していた。

そして紙片の文字も同じように判読不能な形で滲んでいる。

そのカナビスの葉を摘み取り、あの場所で再び燻し始めた。

すると、黒い染みのなかから顔を出していたあの粘液に包まれた芽が、目の前で大きくなったのだ。

これはネズミ一匹のときには見られない兆候だった。

贄の量を増やすとこれが育つのだろうか。そしてこれが育ちきったときに、なにが起こるのだろう――

そんな疑問を抱えたまま部屋に戻ると、モニタには、すでに新しいプログラムコードが映し出されていた。

コードを追ってもそれが働くかどうかはわからない。ひとまずそれを送ってジョックの連絡を待っていると、うまくいったという返事がすぐ戻ってきたのだ。

僕のなかで、あの納屋のシステムが構築されていく。そのなかで次の疑問が持ち上がってきたのだ。

贄を大きくしたらどうなるのだろう——と。

そう思った僕はふと、あの庭にやってきていた猫のことが頭を過《よ》ぎった。

「……まさか」

僕は納屋へと走った。

そしてネズミをいれていた鉢よりも大きな鉢の茎を抜き取ると、そこにはネズミの骨とは違う、あきらかに一回り大きな小動物の白骨が根に包まれていた。

その足の部分は骨折の跡があった。

やはりあの太った野良猫だ。

どこかに行ったのではなく、おそらくポールが贄にしたのだろう。

なにかを成し遂げるために。

僕はあの猫がいなくなった日のことに記憶を巡らせた。

「たしかあのころはハードの仕様変更に合わせたカスタマイズがあったはずだ」

ジョックから慌てた連絡がきたことを覚えていた。

あのとき、あの野良猫を見なくなったのだ。

そしてあのときは——

「君には才能がない」

そう僕にポールが告げた日のことでもあった。

「……ポール。大丈夫だよ。僕に才能がなくても、僕はそのかわりを手にいれたから」

贄次第でポールを超えることができるなら——

そのときスマートフォンが鳴った。

「ハイ、ジョック」

《アラン、問題が起きた》

「なんです？　なんでも言ってください」

《コンシューマの新しいプラットホームの仕様が流れてきた。これにポールの書いてる高速化のプログラムを合わせたいんだが、見つかるか》

「大仕事ですね。探してみます」

《助かる。頼りにしてるぞ》

スマートフォンを切るなり僕はなにを贄にすればいいのかを考え始める。

ジョックの話を聞いた限り、猫でも足りないような気がしていた。仕様変更の騒ぎが猫一匹で収まったとするならば、今回のほうがあのとき以上に新しいプログラムが必要とされるだろう。

猫以上の贄。

犬か。

それとも羊か。

いや――

それより大きいとなると、馬とか牛とか？

だがそんなものをどうやって手にいれたらいいのか僕にはわからなかった。

犬ならどうにかならないこともない。だがこのあたりに野良犬はいなかった。だから野良猫が横行できるのだ。

ならばそれ以上――

この街に大量にいる生き物――

「……いた」

そう、人間だ。

僕は僕の影を見つめて言った。

だがそんな贄を埋められる場所がここにあるだろうか。

緑の茎の伸びた鉢やプランターを見渡すと、部屋の隅に茎がじか植えとなって何本か生えている場所があるのを見つけた。

「まさか――」

ポールはその一線まで超えていたというのだろうか。

ならばなんの目的で――？

僕はその場所に生えていた茎をそっと引き抜いてみた。

地面のなかから長い根が姿を表し、そしてそれが作った穴のなかに土塊がぽろぽろと溢《あふ》れていく。その先に、手が覗いて見えた。

人間の白骨化した手だった。

「……やっぱり……」

ポールは踏み込んではならない領域に踏み込んでいたのだ。

自らの願いを叶えるために、もっとも願いが叶えられるであろう生き物を贄にしていたのだ。

僕はそこに生えたカナビスの葉を摘み取り、それを環状に並べていく。

これだけの贄を使った願いはいったいなんだったのか。それが知りたかったのだ。

並べられたカナビスの葉はかなりの数になった。

僕はそれに火をつける。

上からそれを覗き込んでいた僕を、むせ返るような甘い匂いが襲ってくる。

くらりと頭がぶれていく。

同時に黒い染みから生えた芽がぐうぐんと成長を始めていった。

これがなんなのかわかればポールの秘密がすべてわかるような気がしていた。

納屋に隠されたカナビスの鉢植えと贄、そしてブラウニーとの関係が。

「やめておけばよかったのに」

耳元でポールの声が聞こえてきた。

きっと幻聴だ。

カナビスのせいでハイになってるだけだ。

いやストーンドって状態かもしれない。そして文字どおり、僕はその場から動けなくなっていた。

カナビスのせいもある。

そして目の前の芽の成長を見届けたい好奇心のためでもあった。

けれど頭の片隅に残った僕自身の理性が叫んでいた。

逃げろ――、って。

「誰が逃げるもんか」

これはやっと手にいれた僕の武器を完全にものにするための試練だ。

ポールから武器を奪い取るための儀式なのだ。

見届けるんだ。

きっとポールもこれをしてきたはずだ。

目の前の粘液に包まれた黒い芽はぐんぐんと伸び、向日葵《ひまわり》のような形の花を付け、いつの間にか僕が見上げるほどの大きさになっていた。

上を向いていた向日葵の花が大きくなり、その重みのためにぐるんと僕を見下ろした。

「……ポール」

思わず僕はその名を呼んだ。

向日葵の花の中央に、ポールの顔があったからだ。

そしてそのポールは眠りから覚めるように目を開き、僕を見つめた。

僕はそこから目を逸らそうとした。

けれど僕の視線はそこに縫い付けられたように動かすことができなかった。

そんな僕に向日葵のなかのポールが言った。

「ようこそ、アラン」

僕のなかのちっぽけな理性が身体を突き動かす。

鈍くなった足が納屋の地面を蹴り、尻をついたまま僕は手足をばたつかせた無様な格好で、向日葵のポールから必死に遠ざかろうとする。
その手にさわっとなにかが触れた。
見えない、聞こえない、ブラウニーたちだ。
そのブラウニーたちが僕の腕に、脚に触れる感触が増えていく。
そしてブラウニーたちの手が僕を持ち上げ、どこかへ運ぼうと動き出していた。
「やめろ！」
僕が叫んでも、ブラウニーは止まらなかった。
どこかへ運ばれようとする僕に向けてポールが言った。
「これで僕はあちらに行ける。次は君がこの木を育てていくんだ」
あちらって——
僕の身体を支えていたブラウニーの感触が不意に掻《か》き消える。
身体が落下し始める。
どすっと背中に衝撃が走った。思わず息が詰まり、目に涙が浮かぶ。
その涙で霞《かす》む視界のなかで、それがトンネルの奥にいるような錯覚に囚われる。
ここはどこだ。
身体がすっぽりと収まる感覚だった。
手に伝わる感触——、これは土だ。

つまり僕は穴のなかにいるのだ。

深さにして五〇センチほどの浅い穴のなかに寝そべっているのだ。

混乱する頭のなかで状況を整理し始める。こんなとき、慌てたら負けだ。

慌てたら――

そんな僕に見えない、聞こえない連中が土を被せてくる。

この穴を埋めようとしているのだ。

「おい！」

呼びかけても穴の上から土は降り続ける。

身体を起こそうとしても穴のなかにぴったりとはまるように落ちていて、身体を起こすことができない。

そうこうしてるうちにブラウニーたちが土を振りかけてくるのだ。

口のなかに土がはいった。

味はない。ただ不快感だけがそこにはあった。

逃げなくては――

けれどもがけばもがくほど、上からかけられる土に自由を奪われていく。

そこでふとポールの言葉が頭を過ぎった。

「やめておけばよかったのに」

そのとおりだ。
僕はなにもできないと、正直にジョックに話すべきだった。
背伸びして、仕事ができる振りをして、結果的にはなにひとつできてない。
そんな僕のほしかったものは、きっと人からの「ありがとう」の言葉だったんだろう。
でもそれを聞くことは、もうないのかもしれない。
土のなかに埋もれながら、僕は悟った。
ここにあるカナビスを統べるルーチンの一部になっていくのだ。
鉢植えのサブルーチンを統べるツリーに。
薄れゆく視界のなかでポールの向日葵が僕を覗き込んだ。
彼はもう向日葵ではない。
僕がよく知るポールの姿で僕を覗き込んでいるのだ。
その顔も、身体もどこかぬるりとした光沢が残されていた。
まるであの芽だ。
もしかするとあの黒い芽がポール自身だったのだろうか。
「そのとおり。君は僕の古い身体の代わりに、贄に選ばれたんだ」
そこまで言ってポールの笑顔が僕に向けられた。
「アラン。君は木の一部になった。私の作り上げたジャングルからは逃れられないよ」

いやだ！

抗おうとした。

けれど身体のほとんどを覆い始めた土塊がどんどんと増えていく。

僕を覗き込んでいたポールが土塊の重みで動けなくなった僕の頭の上に発芽した種を置いた。

「木になれたら、お隣さんのいる側に来られるよ」

その声と同時に、頭の上に乗せられた発芽した種子から根が伸び始め、僕の身体に絡んでいく。

絡まれた部分から僕が消えていく感覚があった。その代わりに新しい僕が、カナビスの茎となって生まれ変わっていく感触があった。

ああ、僕はこの世界の一部になっていくのだ。

世界を作るプログラムの一部に——

＊

暗がりから、フラットの納屋を見つめる暗い目があった。

「あーあ、やっぱりそうなっちゃったか。せっかく忠告してあげたのに。……この実験はお気に入りだったけど、こう何人も失踪すると邪魔が入りそうだなぁ。面倒だけど、はやいうちに回収しなきゃ……」

その声は静かに闇へと溶けていった。

〈了〉

魔法使いの嫁
The Ancient Magus Bride

太陽と死んだ魔術師
三輪清宗

明るい日差しが目に届く。

「……まぶしいな」

イギリスの日差しは、意外に鋭い。なかでも夏の日差しは、それなりに緯度が高いはずなのに、まるで刺すように降ってくる。

しかしほとんど地下の自室から出ない生活をしている私にとっては、そうした鋭い日差しも久しぶりの楽しみのようなものだった。この身体の都合上、日常的に日の光を浴びることはできないが、たまにであれば楽しむ余裕もある。

実際、太陽の下に出るなどいったいどれぐらいぶりのことだろう？

二カ月？　三カ月？　いや、二年？　三年？

記憶は非常に曖昧だ。

ここ数年、部屋から出なかったような気もすれば、つい数日前に儀式のためにある山の頂上に赴いたような気もする。

だがまぁ、そうたいしたことではない。外出の記憶などに気を取られることよりも、今はこの景色を楽しむとしよう。

視界に、陽光を弾くみずみずしい緑の草々や咲き誇る色とりどりの夏の花々の姿が映る。

ああ、この季節は本当に命に溢《あふ》れている。

特に緯度の高いイギリスの夏は恵みの季節だ。

いくら同じ緯度帯にある多くの国々に比べて温暖とはいえ、それでもイギリスの冬は厳しく強い寒気に覆われる。また、温暖な気候と引き替えに雨が多いことも特徴で、天気は非常に不安定だ。数分前まで晴れていたのに、いきなり土砂降りに見舞われることも多い。

しかし夏の季節だけはそうした雨も減り、自然は生を謳歌《おうか》する。

緑は萌え栄え、虫たちはそんな緑のなかで花から花へと舞い踊る。

そしてそうした生命のダンスの脇で、〝彼ら〟もまた思い思いに舞い飛んでいた。

「…………」

私は〝彼ら〟の気配に気づき、視線を送る。

「あれ？　いる？」

「いる。見てる」

「見てる。嫌な奴」

「嫌な奴。ひどい匂い」

すると、同じように〝彼ら〟も私に気づいたのだろう。あからさまな嫌悪とわずかな恐怖に似た感情が伝わってきた。

仕方ない。

〝彼ら〟——妖精たちからすれば、私は相容れない敵のようなものだ。

そうした対応をされるのには慣れている。

だが。

仕方ないからといって、そうした対応をされて、不愉快に感じないわけでもない。

「……………………」

私は自分を遠巻きにして見つめる嫌悪の視線に、自ら〝目の焦点〟を合わせる。

びくりと〝彼ら〟が震えるのがわかった。嫌悪と恐怖の割合が逆転する。

「……『鉄錆《てつさび》』だ。『鉄錆』が来たぞ！」

「『鉄錆』！」

「逃げろ。ぎゅうぎゅう巻きにされて食べられるぞ！」

「腐った泥より嫌な匂いのする『鉄錆』が来たぞ！」

まるで蜘蛛《くも》の子を散らすように、〝彼ら〟は退散していく。

なかには、引きつけを起こしたように痙攣《けいれん》して、ほかの妖精に引っ張られて逃げる者もいた。

……よくないな。少し目に力を込め過ぎた。

すでに邪眼と化し、見るだけで相手に災いをもたらすようになっている我が目に、少しだけ不自由を感じる。これがあるから、相手に焦点を合わせないようにしてるのだが……。

少々、大人げなかったろうか？

「よくないな。……彼の縄張りで乱暴を働いてしまったろうか？」

かすかな悔やみが心中に生まれる。

これは叱られてしまうかもしれないな。

もう呼吸しない口から、嘆息を漏らす。やる必要のない動作ではあるが、あえてそうすることで自分の心理を整理する。

「まぁ、いい」

叱られるとしても、それはそれだ。

今は早く彼に会いたい。

彼——魔法使いエリアス・エインズワースと……、その弟子にして伴侶たる少女に。

＊

「どちら様でしょうか？」

呼び鈴の鳴る音に応じ、扉を開けた少女はそう私に問いかけた。

赤みがかった枯れ葉のような色の髪に、空のように蒼《あお》い瞳を持つ華奢《きゃしゃ》な少女だった。

おそらく、目でしか物を見ない者は彼女をか弱い者と見るだろう。

だが私の目には、その内には強い意志としなやかなたくましさが宿っていることがわかる。

自然、私は目を細めた。

ああ、確かにこの少女は〝夜の愛し仔《スレイ・ベガ》〟だ。

人ならざるものを見て、人ならざるものに好かれ、天地自然を友としてその力を自らのものとする希有の才能だ。

「……」

私は、湧き上がった衝動を抑える。

葛藤があった。

……覚悟はしていたつもりだったのだがな。

「あの……？」

気遣うような声。心配する眼差しが私に向けられている。

少女は黙り込む私の様子を憂えてくれたのだろう。突然、調子を崩したように見えたのかもしれない。どうやら彼女の態度を見るに、私の〝本性〟は見えていないようだ。

「いや、すまない……」

私は取り繕うように声を上げる。

そこで私は、ふと彼女の足下に大きな黒い犬がいることに気づいた。かすかな唸《うな》りを上げて、私に警戒の思念を送ってくる。

……ボディガード？　エリアスのものではない。すると、彼女の使い魔か。

私は主を守ろうと警戒の色を隠しもしない使い魔に、少し嬉《うれ》しい気分になった。なるほど、彼女は守られている。これならよほどの難物にでも出くわさない限り、安全だろう。

なにせ、この犬は黒妖犬《ブラックドッグ》だ。しかも墓地の気配がすることからして、おそらくは墓守犬《チャーチ・グリム》に違いない。

死の女神の猟犬をルーツとする〝彼ら〟なら、大抵の脅威はものともしない。まさに番犬としては最適だ。おまけに様子から見てかなりこの少女に執心している。たとえ自らが滅びるとしても、その最期の瞬間まで彼女を守り続けるだろう。

そう思ったから、私は笑みの表情を作って言う。

「いい使い魔だ」

その言葉に、黒い犬が上げていた唸りが止まる。代わって、かすかに戸惑うような気配が伝わってきた。どうもそれは、目の前の少女も同じだったようだ。何を言っていいかわからない逡巡《しゅんじゅん》の感情が伝わってくる。

……ふむ。どうやらあまり話すのは得意ではないようだな。

同時にどうやらここで彼女たちにかける言葉としては、先の発言は最適なものではなかった。

そもそも私自身、あまり話すのは得意ではない。

少しの間であるが、私と彼女たちは戸口を挟んで無言で向かい合うこととなった。

さて、どうしよう？

悩んでいると、少女のほうから口火を切ってくれた。ありがたい。

「……、あの。ご用件はなんでしょう？」

正直に言って助かった。

エリアスがこういう教育をするとは思えないから、この少女の生来の特質なのだろう。その口調からはこちらを案じる気配が感じられた。

私は安堵《あんど》し、本来の用件を少女に伝える。

「……重ねてすまない。エリアス・エインズワースを訪ねてきた。『鉄錆』が来たと伝えてくれないか？」


カチャン、と音を立てて私の前に紅茶のカップが置かれる。

場所はエリアスの屋敷の応接間。相変わらず居心地のいい手入れのされた部屋だった。

「ありがとう」

私はお茶を出してくれた〝彼ら〟――妖精の女性に礼を述べる。温かな湯気が紅茶から立ち上っていた。豊かな香りが、変わらぬ彼女の技量を示していた。

「あなたも久しぶりだな。銀の君、変わりはなかったかな？」

私の問いに、〝銀の君〟と呼ばれた女性はこくりとうなずく。

彼女はシルキーと呼ばれる、家に憑《つ》く妖精だ。家事妖精《ブラウニー》の一種である彼女は、この家の家事の一切と雑用のほとんどを取り仕切っていたと聞いている。

つまりこの紅茶の馥郁《ふくいく》たる香りも、応接間の居心地のよさも、彼女の仕事ということだ。

昔なら、訪れてきた客人を迎えるのも彼女の仕事だったのだが……、おそらく今はそうした仕事を先の少女と分担しているのだろう。

そして先の少女やその使い魔である黒妖犬《ブラックドッグ》とは違い、〝銀の君〟は依然として私に警戒の気配を向けていた。多分、私の邪眼に用心しているのだろう。視線を合わせることもせず、その眼差しは伏せられている。

仕方ない。

そう、再度思う。私が妖精に敵視されるのは逃れられない宿痾《しゅくあ》のようなものだ。

嫌悪の感情を向けられないだけマシであるし、そう考えればさっきのような腹立ちもない。

元より、私に嫌悪の感情を向けているならば、普通に飲食のできない自分にこうして手間暇をかけた紅茶を出してくれるはずもないだろう。警戒されてはいても、少なくとも歓待はされている。そういうことだ。

そしてそれでじゅうぶんだ。

だが、次の瞬間に感じられた気配は、そうした許容の形では受け入れがたいものだった。

「……ああ、それはやめてくれないか？」

私は〝その気配〟の方向を振り返ることもせずに言う。

確か〝こうした局面〟では人間の振りなどしないほうが有効だったはずだ。

「……すいません」

案の定、と言おうか。悔悟の感情をにじませた口調で、〝夜の愛し仔《スレイ・ベガ》〟の少女は謝罪の言葉を口にする。

言って彼女は応接間に入ってきて、ぺこりと頭をさげる。

私はその言葉を受けて、〝今度〟は少女に顔を向けた。

「いや、そうする理由はよくわかる。ただね、〝私〟は〝正体を見られると苦痛を感じるもの〟なんだ。できれば、それ越しには見ないで欲しい」

すっと、少女の首からさがった穴の空いた丸い輪っか状の石を指さす。

それは護符としても使われる、自然に穴の空いた石だ。それは川の流れ、空の恵み、大地の力が宿っていて、あちら側と向こう側を分け、同時に繋《つな》ぐ力を持っている。

古代の中国では、わざわざ玉石を加工して璧《へき》という祭器を作ったくらいだ。

その中央に空いた穴を通してみれば、現世において姿を偽っている者の本性を見ることができるという。少女の持つ石には、間違いなくその力が宿っていた。

おそらくエリアスが与えたものだろう。

自然の力のこもる護符としては手軽で扱いやすく、それでいて効果も高いものだ。

「〝彼ら〟――ああ、こちら風に〝隣人〟とか〝お隣さん〟のほうがいいかな？　いずれにせよ、それらと同じだ。見られることを嫌うものもいる。自然に見えてしまう〝夜の愛し仔《スレイ・ベガ》〟の君にはあまり馴染《なじ》まない感覚だと思うけどね」

そうだ。

〝夜の愛し仔《スレイ・ベガ》〟は、現代の人々が失った目を持っている。

彼らは妖精博士《フェアリードクター》と同様に、人でありながら人ならざるものを見て、人ならざる世界と交わることができる。

妖精などはそのせいで〝夜の愛し仔《スレイ・ベガ》〟を自分たちの同族のように見なしていることもあるくらいだ。

しかし普通の人間は、妖精を見ることはまずできない。時に只人《ただびと》が秘薬や道具を使って〝彼ら〟の生活を覗《のぞ》き見ることがあるが、そうしたことが発覚すると決まって〝彼ら〟は激怒する。ひどいときには覗き見た人間の一生を奪ってしまうことすら珍しくない。

だが、〝夜の愛し仔《スレイ・ベガ》〟に関しては違う。

先にも述べたように、〝彼ら〟は〝夜の愛し仔《スレイ・ベガ》〟を同族のように見ている。だから〝夜の愛し仔《スレイ・ベガ》〟に見られても〝彼ら〟はべつに怒らないし、むしろ興味津々で友好的に近づいてくるのだ。

――もっとも〝彼ら〟の友好的、というのは人間からすると災難であることも多々あるが。

おそらくこの少女も、そうした事情から人ならざるものを見ても、ただそれだけで敵意や憎悪を向けられたことがないのだろう。無論、敵意や憎悪だけが危険なものではないから、そうしたことがありうるとは理解している様子ではあったけれど。

――多分、そうしたことは真っ先にエリアスが教えたのだろう。そういうことにはよく気の回る男ではあるから……。


少女が言うには、エリアスはまだ寝ていたらしい。

起こしたので支度してすぐに下りてくるとのことだった。

彼が朝に弱いことは重々承知しているので、これは予想の範疇《はんちゅう》だ。

「では、それまで私の相手をしてくれるかな？」

そう頼んだ私に、少女は少しためらいがちに応じてくれた。最初は人見知りの気があるのかとも思ったが、そうとも言い切れないようだ。ただ、口数が多いわけではない。

とはいえ、それでもシルキーよりはマシだ。

こちらに敵意を持つ〝彼ら〟であるシルキーとではろくにコミュニケーションもとれないし、そもそも〝銀の君〟は無口ときている。エリアスが下りてくるまでとはいえ、気詰まりに過ぎる。いくら私が無神経で時間感覚が曖昧とはいっても、限度があるのだ。

少女と向かい合い、最初に私がお願いしたのは「名前を教えて欲しい」というものだった。

しかしその願いを受けて名を名乗ろうとした少女を、私は手で制する。

「ああ、待って」

私は言って、〝銀の君〟に視線を送る。すると彼女はすでに察していたのだろう、一冊の帳面を私と少女の間にあるテーブルの上に置いた。

「最初の名乗りを〝音〟にするのはやめよう。私はそういう魔術を使うからね。エリアスに後から面倒を言われるのはかなわない」

名には力がある。

特に最初に自ら告げた名は、その者を規定し、何でその者が形作られているかを決めつけてしまうものだ。私はそうした名前を使って他者を支配する魔術に長けている。それはエリアスも知っていることだ。

だから私は、「自分は彼女を支配したりするような目論見はないよ」とわざわざ示すことにしたのだ。

——私のその魔術が〝夜の愛し仔《スレイ・ベガ》〟に通じることは、これまでの経験で周囲にも知られていることだったから、余計に慎重になったところはある。

「ああ、そうだ。漢字でよいよ。読めるからね」

私は帳面に書き込もうとした少女に、そう告げる。漢字でよい、というよりも漢字を知りたかったからだ。

名はその者を規定する。

支配するつもりはなくても、彼女が如何《いか》なる存在かぐらいは知りたかったのだ。

一方、漢字でよいと言われた少女はまたも戸惑いの視線を私に向けた。対して私は、少し慌てて〝目〟が合わないように〝焦点〟をずらす。邪眼の影響をこの少女に与えてしまっては大変なことになってしまう！

「やっぱり、日本の方なんですか？」

ややこわごわという感じで、少女は尋ねてくる。

「ああ、生まれはそうだ。時々は里帰りもする。……でも、『やっぱり』というのは何故《なぜ》？」

「あの、服装が……」

指摘を受けて思い出す。

そうだ。今の私は和装に見える格好をしていたな。

すっかり忘れていた。

「……そういえばそうだった。すまないね、ちょっと記憶が曖昧なんだよ」

言ってから、ふと気にかかってある疑問を少女に投げかけてみる。

「少し質問だけど、いいかな？　今の私は、〝君〟には〝どう見えて〟いる？」

「えっ？」

逡巡の気配が伝わってくる。

どう言えばいいのか悩んでいる、というよりも私のような手合いに迂闊《うかつ》なことを言えば大変なことになるという経験をすでにしているのだろう。その慎重さは、こちら側の生活で生きるにおいて重要なものだ。

自分の中で、少女への好感度が上がるのを感じる。

「あの……、とても綺麗《きれい》です。黒い髪と白い肌と……、それから赤い唇。その白い着物も似合ってます」

少女はややつっかえがちに質問に答えながらも、さらさらと自分の名を帳面に記していく。

羽鳥智世《はとりちせ》。

二文字の苗字に二文字の名前。

氏族名や官職名——姓《かばね》はないようだ。ああ、そういえば法律が変わって全部それは苗字に統一されたんだったか。

「ハトリ、チセ……。〝羽ばたく鳥〟、それに〝世を智る者〟か。するとその髪の色は枯れ葉というよりも、鳥の羽のほうが相応しいかもしれないな」

脳裏に、少女の瞳の色と同じ空を飛ぶ、赤い羽の鳥の姿が浮かぶ。なるほど。

「良い名だ」

「……ありがとうございます」

多少の気恥ずかしさを感じているような様子で、少女は礼の言葉を口にする。

「では、改めて。私は『鉄錆』。まぁ、魔術師だな。……まだ、一応は」

「一応、なんですか？」

不思議そうに少女は問う。いい疑問だ。

「ああ、私は魔法使いになりたくてね。ずっと色々とやってきた。その甲斐《かい》あって、……と言っていいのかはわからないが、魔術師としては端っこのほうにいる」

そうだ。

私は魔法使いになりたかった。けれど、魔法使いというのはなろうとしてなるものではない。そこが魔術師とは違う。ある意味で魔法使いとは天賦の才能で、魔術師というのは技術の昇華だ。そこの決定的な違いを埋めることは、何をしようとできることではない。

魔法使いは自然や人ではないものの助けを借りて、奇跡を起こすことができる。対して魔術師はその奇跡を人ではないものが起こすルールを把握し、言ってしまえば裏技を使って魔法に似た現象を引き起こす。

見た目にはよく似ているし、普通の人々からすれば同じように見えるかもしれないが、その内実はまったく違う。

チセと名乗った少女は、その違いについてはそれなりに理解しているようで、私の言葉をよく飲み込めていないようだ。

無理もない。

私の言ったのは、「自分は鯨だ。空を飛ぶ」と言ったのと大差がないからだ。

「世の中には、境目の部分に生きている者が意外に多くいるものだよ。……なぁ、エリアス」

少女に応えがてら、私は廊下にやって来た気配に向かって声をかける。

それに導かれるように足音が響き、この屋敷の主人——エリアス・エインズワースが応接間に姿を見せる。その表情は、やや憮然《ぶぜん》としたものだった。


「やぁ、久しいな。影の茨《ソーン》」

私は意識して笑みを浮かべて呼びかける。

一見すると表情の見えない、長い獣の骨のような顔。紳士然とした衣裳と相まって、その様子は年経りた古木のような気配を発している。実際、彼はじゅうぶんに年月を経た精霊の眷属《けんぞく》だ。……少なくとも私はそう理解している。

だが、彼は何故か人に近い場所で、精霊としてではなく、魔法使いとして生きているのだ。

正直言って不可解な存在であるが、これでもそれなりに長い顔馴染みで、出不精かつ知人も少ない私にとっては貴重な話し相手ではあった。

「お前にとって久しいと言えるほど、僕は間が空いたとは思わないが、〝死んだ魔術師〟？」

おや、思った以上に不機嫌な口調。

どうやら私が〝夜の愛し仔《スレイ・ベガ》〟の少女に、何事かをしたのではないかと疑っているような風情だった。

「おや、そうだったか？　時間の感覚が曖昧でな。知っているだろう、エリアス？」

できるだけ誤解は解きたいので、手を広げて敵意のなさをアピールする。私が〝そういうことをする〟ためにはそこそこ労力がかかることを、彼は知っているはずだ。

私の考えを察したのか、魔法使いはじっと見定めるように私を見る。猜疑《さいぎ》の色が瞳から消えたわけではないが、どうやら多少は信用してくれたらしい。彼は嘆息し、私と向かい合う椅子に腰をおろした。

「で、今日はいったいどんな用だ？」

「ああ、まずは祝福の贈り物をひとつな」

問われ、私は手を宙に滑らせる。そして〝空間の裏側〟にしまっていた、ひと抱えほどもある箱を取り出した。そのサイズを見て、〝銀の君〟がすかさずテーブルから紅茶のカップをさげてくれる。まったく、有能なハウスキーパーだ。

その様子を確認してから、私は箱をテーブルに置く。わざわざ特注した桐の衣装箱だ。

「これは？」

「聞いたぞ、エリアス。まだ、結婚式を挙げていないんだって？　それは良くない」

言いながら、私は箱の蓋を開く。

そこにあったのは、光沢を発するほどに白い一着の花嫁衣装——私とチセの故郷の国では白無垢《むく》と呼ばれる和装の衣服だった。

それを見たチセから、かすかな驚きの気配が伝わってくるのを感じる。ふふ、どうだ。見事なものだろう。自信作だぞ。

「女の子は結婚式に憧れるものだぞ？　それを叶《かな》えてやらないのは甲斐性がないんじゃないか」

私は虚を突かれたようにして着物を見つめるエリアスに、畳みかけるように言う。さすがに彼もこの私の行動は予想外だったようだ。

精々驚いてもらわないとな。このために少なくない時間をかけたのだから。

エリアスの骨のような顔は、表情を読み取るのが難しい。目で見て見分けるのはよほど親しいか世故長けた者でないとまず無理だろう。彼の表情を見分けるのは、ある意味で〝目で見ていない〟者の特権のようなものだ。

……そう思ったところで、ふと彼の隣にいるチセもまたエリアスの様子に反応しているのがわかった。どうやら彼女にはエリアスの驚きがわかるらしい。

なるほど。これは私の特権などちっぽけなものだったようだ。

思っていたよりも、この魔法使いとその伴侶の絆《きずな》はすでに強固なものとみえる。なら、と思いつつ私は説明を続ける。

「知っているだろう？　絹糸を紡ぐ蚕は、私が使う魔術で使役する代表的な使い魔だ。それで最上級の天蚕糸《てんさんし》を使い、反物を織ってみた」

しばしの驚きの後、エリアスは箱の中の花嫁衣装に何か魔術的な罠《わな》が仕掛けられていないか、確かめている様子だった。まぁ、警戒するのは無理もない。ややあって、再びエリアスは嘆息する。どうやら罠がないとわかってもらえたらしい。

「……好意はありがたいが、これを受け取るわけにはいかない。僕たちには僕たちの考えがある。お前に口出しをされたくはないな」

エリアスに宿った驚きの色が、また憮然としたそれへと戻る。その様子に、私はくすりとした笑みを唇に乗せた。

「ふふ、からかってすまない。その顔が見たくてね」

私の言葉に、エリアスの目が険しさを増す。おっと、怒らせ過ぎたかな？

「……これは見本だよ。婚礼用の衣装はきちんと夫婦で話し合って決めるほうがいい」

言ってまた私は宙に手を伸ばし、懇意にしている生地職人と仕立屋の紹介状を取り出してチセに差し出す。

おずおずという風情でそれを受け取った少女は、エリアスにもそれを渡してみせる。紹介状を見た魔法使いはどうやら納得した様子で、「彼なら信頼はできるか……」と呟《つぶや》いていた。

「……で、本当は何の用なんだ？」

エリアスは、チセを応接間からさがらせたうえで、私にそう問うた。

「…………」

「お前の性格はよくわかっているつもりだ。祝福に来たのも、からかいに来たのも真実だと思う。だがそれだけじゃないだろ？」

やれやれ、やはり聡い。すべてお見通しだ。

私はすっと表情を消す。本音を言うと、私にとって表情は不要だ。というよりも、意識しないと自分の顔の筋肉を動かすことができない。いや、それは全身すべてに当てはまる。私の身体に、〝私が意識せずとも動く部位〟はひとつもないのだから。

「確認だ」

「確認？　何を」

鋭い語調。

もしもそれが自分に——いや、正確にはあの〝夜の愛し仔《スレイ・ベガ》〟の少女にか——危害を及ぼすものであったならば、ただでは置かないという意志。さすがは破壊の力をこそ得意とする魔法使いだけはある。

もはや恐怖という感情とは縁遠くなった身ではあるが、それでも油断はできないという気分にさせられるぐらいだ。

だが同時に、「余裕がないな」とも感じる。

昔の彼であれば、ここまで露骨な態度を見せることはまずなかっただろう。どうやら彼は以前の彼ではなく、変わったようだ。

「〝夜の愛し仔《スレイ・ベガ》〟――あの少女。あの少女と君がどう過ごしているのかを確認したかった。……私と君が、どう違ったのかを」

「……『鉄錆』」

エリアスが身構える気配がある。

「失いたくないものができると、人でなくとも変わるものだな。……安心して欲しい。そのつもりはない」

「今はそのつもりがなくとも、一瞬後にはわからないんじゃないのか？　一時間前のことをきちんと思い出せるか？」

一時間前？　一時間前……。

思い出そうとしてみる。しかし記憶は曖昧で、一時間前と区切られるとはっきりしたことはよくわからない。移動中だったとは思うのだが……？

いや、一時間前のことは思い出せないが、その前のことは思い出せた。こういう問答になるのは、予測できていたからだ。

「確かに一時間前は思い出せない。だから、ここに来る前に保険はかけておいたよ」

言って私は、自分の右手を上げて指に巻き付けた糸を見せる。魔力をかけた絹糸は、光を弾いて緑がかった輝きを放っていた。絹糸とその結び目を見て、エリアスの気配が鎮まる。

「僕たちに危害を加えることがないように〝縛って〟きたのか……」

「ほかでもない私自身が自分を信じられないからね。……だからエリアス。君が案じるのは当然だ。大事なものは失われたら取り返しがつかない」

指に巻き付けた絹糸。

それは私がエリアスとその家族には危害を加えることができないよう、自分自身を呪縛するための魔術だった。特別な糸と特殊な結び目で、自分を制限する。

まぁ、完全に自分を無力化できるわけではないが、エリアスと戦うことにでもなれば、一方的に敗北するのは間違いない。無論、自分から仕掛けたのではなく、誰かに襲われたときには呪縛が解除されるようにしてある。

「エリアス、危惧はわかる。彼女の様子からもそうだが、すでに相当ちょっかいをかけられているんだろう？　確かに彼女は興味深い」

そう言ってから、私は一度言葉を切る。さすがに続く言葉を口にするのは、勇気が要る。

「そして私の素性を知る君なら、〝私が彼女をさらおうとするかもしれない〟と判断するのは当然のことだ。いや、〝彼女の命を奪う可能性もある〟と思っているのだろう？」

「そのとおりだ、『鉄錆』。僕がお前を排除しなかったのは、ルツが何も反応していなかったからだ。わずかでも何かあれば、この場から消えてもらっていたさ」

ルツ？　ああ、さっきの黒妖犬《ブラックドッグ》か。確かに主に危険が迫っているなら、あの手のものが反応しないはずはないな。

私はエリアスの言葉に、安心に似たものを感じる。

そうだ。そうあるべきだ、エリアス。

〝夜の愛し仔《スレイ・ベガ》〟を愛するなら、そうあるべきなのだ。

「それが正しい、影の茨《ソーン》よ。素直に告白しよう。私は君に、いや君たちに嫉妬している。多分、憎んですらいるよ。備えるのは当然だ」

「…………」

「だが同時に、幸せにもなって欲しい。祝福の気持ちは偽りなく真実だ。相反する気持ちが同時にある。……どうやら、私もまだまだ人間であることから抜け出せないようだ」

「そういうものか」

「ああ、そういうものだ。……とはいえ、私からすれば君だって同じに見える。彼女のことでは相当に悩んだのだろう？」

「……そうだな。今でも悩んでいることがたくさんある。どうするのが一番いいかは、ずっと考えてるよ」

「なら、これだけは忠告する。周囲はうるさいだろうが、自分たちの幸せを優先しろ。決して手放すな。少しの間、離れることはあるだろう。だが、最後に離ればなれになるような選択だけはするな」

「……『鉄錆』」

「私と……、同じになるな」

言葉を紡ぐと否応なく思い出されてくる。

そう、私と同じになるな。

あの少女と同じ、〝夜の愛し仔《スレイ・ベガ》〟を失った私のようには……。

＊

私の記憶は曖昧だ。

〝あの娘〟と会ったときには、すでにそうだった。

彼女――チセではない、別の……私の〝夜の愛し仔《スレイ・ベガ》〟。〝あの娘〟と出会ったのはいつだっただろうか？

そうだ。

あれはイギリスとロシアが中央アジアで対立していたときだった。

当時、その辺りに住んでいた私はイギリスのある外交官に請われ、力ある部族長との交渉を有利に運べるよう、いくつかの手助けをしてやったのだ。どのような贈り物を贈ればいいか助言し、現地の人々の習慣や礼儀について講義し、必要があれば邪魔者を排除してやった。

おかげでイギリスはロシアに対して有利な状況を作り出すことができたのだという。

そのお礼だと称してその外交官が連れてきたのが、〝夜の愛し仔《スレイ・ベガ》〟の……〝あの娘〟だった。

――私以外にも本国で数人の魔術師と付き合った経験があったという彼は、〝夜の愛し仔《スレイ・ベガ》〟の価値を知っていたのだ。そして私はあの当時、自らの非才を補うために〝夜の愛し仔《スレイ・ベガ》〟を欲していた。

記憶は曖昧だが、〝あの娘〟と出会ったときのことはよく覚えている。

彼女は、まるで太陽のようだった。当時、私が住処《すみか》にしていたのは暗い地下の坑道だったにもかかわらず、周囲が明るくなったように感じたものだった。

雪のように白い肌に血のように赤い唇、ワタリガラスの羽根のような黒髪。

あまりに美しい〝あの娘〟の姿に、私は自分が恥ずかしくてほとんど何も言えず、すぐに自室に引きこもってしまったのを覚えている。

だというのに、〝あの娘〟は翌日、寝ている私を恐れることなく叩《たた》き起こした。

信じられなかった。

魔術師である私を、言葉すら交わしていなかったというのに、まったく遠慮会釈もなしに寝床から引きずり出したのだ。そして状況を呑《の》み込めずにいる私を無理矢理食卓につかせ、料理を並べてから「一緒に朝食を取ろう」と言い出した。

わけがわからない。

当時すでに、私はどれだけ長く在ったかもわからぬ身だった。人の命など塵芥《ちりあくた》と似たようなものとしか思っていなかったし、機嫌が悪ければそれだけで小さな郷のひとつやふたつは破滅に追い込むような、災厄に似た何かだった。

なのに。

〝あの娘〟は私をあまりにも当たり前に扱った。

そんなことをされれば、こちらとしてもまともに口を利かずにはいられない。

仕方なく「君と同じものは食べられない」と言う私に、〝あの娘〟は「ようやく話してくれた」と笑ったのだ。

多分だが。

確証はまったくないが。

私はあのとき、すでに〝あの娘〟に好意を抱いていたんだと思う。

あの暗い地下の部屋のなか、ランプの灯りだけが照らす食卓を前に、確かに世界が明るくなったのを感じた。初めての感覚だった。

そして〝あの娘〟は、私が普通の食べ物は食べないというのに、それでも同じ食卓を囲むことを望んだ。

〝あの娘〟はウルクと名乗った。杏《あんず》という意味らしい。

そのときに私がいた地域よりもさらに北のほうの、山がちな地域の出身だそうな。兄弟《きょうだい》がたくさんいて、親戚と一緒に遊牧を営んでいて、羊をたくさん飼っていたと。冬前には一族や仲のいい部族のものが集まってお祭りになったと。

私はほとんど話さないのに、〝あの娘〟は留まることなくまるで流れる地下水路《カレーズ》の水のようにとうとうと自分のことを話し続けた。

それを、私はじっと聞いていた。おそらく、楽しかったんだと思う。

ただ、〝あの娘〟の話を聞くことが。

〝あの娘〟が生きて、動いて、そばにいることが。

おそらく、私はただそれだけで楽しかったのだろう。

だが、当時の私はそれを理解できていなかった。

もしも今、私があのときの自分に会えたらこう言うに違いない。

そのお前の気持ちは恋なのだと。

そして後悔しないために、何をなすべきなのかを。

しかしあまりにも愚かな当時の私は……、何もわかってはいなかったのだ。

「こっち、こっちに花が咲いてるよ！」

ある日のことだ。

日の光を浴びるべきだと、〝あの娘〟は私をピクニックに連れ出した。

より正確に言うと、〝あの娘〟も私も当時はそれがピクニックというのだとは知らなかった。

ただ、彼女を連れてきた外交官がふとした折に自分たちが初夏のころにするという習慣について話したのだ。そしてそれに、思った以上に〝あの娘〟は食いついた。

折しも、冬の寒さが退いて春から夏へと移行しようという時期だった。絶好の外出日和というやつだ。地下に居を持つ私からすれば日の光の下はあまり歓迎したい場所ではなかったが、〝あの娘〟は頑として引かなかった。

結局、根負けしたのは私のほうだ。

「そう、急ぐな。今は運動能力に力を配分してないんだ」

えっちらおっちらと進む私に、急かすウルク。

花の群れなど私からすれば薬の材料か、魔術の触媒にする目的にしか供さない代物だが、〝あの娘〟にとっては違ったらしい。色とりどりの花々に彼女は笑い、嬉しそうにその花々の間を舞う虫たちと——それらとともに踊る〝彼ら〟を追っていた。

〝夜の愛し仔《スレイ・ベガ》〟であるウルクは、この地に住まう〝彼ら〟——妖精らからも歓迎されていた。

花から花へと舞うもの、地から湧き出るもの、風の狭間にあるもの、光の隙間に住まうもの。

それぞれがそれぞれに彼女と戯れ、〝彼ら〟も〝あの娘〟も楽しそうに興じていた。

だが、私の姿を見ると……、〝彼ら〟の態度は変わった。

『『鉄錆』だ」

「死んだ魔術師だ」

「死体奪いが来た」

「いやな匂いをまき散らすやつが来たぞ」

風が、土が、草花が、光が。私に敵意の視線を向ける。

そして〝彼ら〟は〝あの娘〟の耳元にささやく。

「あいつと一緒にいちゃいけないよ」

「魔術師は〝夜の愛し仔《スレイ・ベガ》〟を利用することしか考えてないよ」

「あなたもそのうち、殺される」

「食べられないうちに逃げなきゃ」

「今だってひどいことされてるんでしょ？」

「助けてあげるから、こっちおいでよ」

口々に、〝彼ら〟は私の〝夜の愛し仔《スレイ・ベガ》〟を誘惑する。

私から引き離そうとする。

思わず、怒りに目の前が真っ暗になった。

私から、〝あの娘〟を奪おうというのか？　私の目の届かぬ場所へと連れ去ろうというのか？

声を荒げ、力を振るおうとしたとき、少しのんびりした声が届いた。

「あたし、どこにも行かないよ？　ひどいことなんか何もされてないもの」

柔らかで、包み込むような口調。

瞬時に、私の怒りは消え、〃彼ら〃の高まっていたテンションも雲散した。

きょとんとする〃彼ら〃と私。しばし、我々は〃あの娘〃の言った言葉が理解できずに惚《ほう》けていた。何故、そうなったのかはわからない。今にして思うと、べつにそんな反応になるような言葉ではなかったはずだ。なのに、そうなってしまった。

先に正気を取り戻したのは、〃彼ら〃のうちのひとりだった。

「で、でも、あいつに力を取られてるんでしょ？　苦しいでしょ？　いやじゃないの？」

「うーん、でも、それが私のお仕事だから」

指先を口元に当て、〃あの娘〃は首をかしげる。

彼女は、私が課す苦役を当たり前のことと受け止めていた……。

〃夜の愛し仔《スレイ・ベガ》〃は、周囲から魔力を集める。同様の技法を使う魔術師は数多いが、それはあくまでも技法であり技術だ。だが、〃夜の愛し仔《スレイ・ベガ》〃はそれを無意識に、無尽蔵に、何の難儀もなく行う。

魔術師のそれはまったく桁違いのレベルで。

原則として、魔術師の使う魔術は魔術師自身の体力や生命力を削って行う。先の魔力を集める技法は助けにはなっても、根本の部分でその原則を覆せるほどではない。

しかし〝夜の愛し仔《スレイ・ベガ》〟がいれば、魔術師は〝夜の愛し仔《スレイ・ベガ》〟の集めた力を使って魔術が扱える。自分ひとりでは到底できないような大がかりな魔術も可能になるのだ。

言ってしまえば、〝夜の愛し仔《スレイ・ベガ》〟は魔術師が己の限界を超えるためにはなくてはならないものだ。ゆえに多くの魔術師は〝夜の愛し仔《スレイ・ベガ》〟を求める。しかし当然、そんな逸材がほいほいといるわけはない。

私が生きている〝夜の愛し仔《スレイ・ベガ》〟に出会ったのは、ウルクが初めてだ。死体でさえ、そこに留まっている魔力の膨大さから希少とされるのに、生きた〝夜の愛し仔《スレイ・ベガ》〟ともなれば奪い合いで殺人など日常茶飯事となる。

私がウルクを得られたのは、たまたまに近い。

政情不安な中央アジアからヨーロッパまで、〝夜の愛し仔《スレイ・ベガ》〟を無事に運ぶ手立てがそのときは確保できなかったこと。外交官があぶく銭を得て、本国にも知られないうちにそれを消費する必要があったこと。

……そして私がその外交官に大きな恩を売っていて、それを返さないことには彼がどうしても不安だったこと。

本当に色々な偶然が重ならなければ、〝あの娘〟は私のもとへなど来ていなかったことだろう。

当然、そうして私のもとへと来た以上、ウルクは魔力をいっぱいにため込んだ水袋のようなものだった。彼女は日夜、私の求めに応じてその身から魔力をすすられ、おそらく今までの人生にない痛苦をずっと味わっていたことだろう。

それは生半可な拷問よりも苦しいものだったはずだ。

なのに。

〝あの娘〟は笑ってそれを「自分の仕事」と言い切った。

私や〝彼ら〟が受けた衝撃はどれほどのものだったか。私はこのときまで、「〝あの娘〟は何故、私を恨まないのか？」と疑問を抱いていた。いや、正確にはこれ以後もだ。だというのに、彼女は何の迷いもなく言い切ったのだ。

その日、私たちがどのようにして住処に帰ったかはよく覚えていない。だが、このときのことは澱《おり》のように私の中に沈み込み、残り続けた。


「魔法使いになってみる気はないか？」

「魔法使い？」

〝あの娘〟と過ごすようになって少し過ぎた冬。

私はかねてから悩んでいたある考えを彼女に打ち明けた。

〝夜の愛し仔《スレイ・ベガ》〟は希有の才能だ。だがその希有の才能ゆえに、〝夜の愛し仔《スレイ・ベガ》〟の命は非常に短い。多くは成人できずに世を去るといい、そうでなくともやはり長命とは言えない。

もしかしたら長く生きた〝夜の愛し仔《スレイ・ベガ》〟もいるのかもしれないが、生憎《あいにく》とそこまで他者との交流に熱心ではない私の耳には届いてこかった。

しかしインドまで道具の仕入れに出かけたとき、世界一周旅行でこの地に来たという北欧出身の魔法使いと偶然、出会う機会があったのだ。その魔法使いの言を信じるなら、〝夜の愛し仔《スレイ・ベガ》〟には魔法使いの素質があるらしい。

そして魔法使いとなれば、〝夜の愛し仔《スレイ・ベガ》〟の才能の反動たる短命の定めを克服できるというのだ。確かに魔法使いなら、〝夜の愛し仔《スレイ・ベガ》〟の問題となる部分を自身で制御できる。

というよりも、制御できねば魔法使いとはなれない。不意の難事や予期せぬそのほかのトラブルはあるかもしれないが、少なくとも一番の問題が解消されるのは間違いないだろう。

私はそれまでに、ウルクの助けを借りて今までにはなしえなかったいくつかの成果を上げることに成功していた。彼女が来る前と来た後の結実はまさに段違いであり、ほんの少しの間だというのにそれまでの百年以上の進歩があったのだ。

もう、私はウルクを手放せなくなっていた。

〝あの娘〟を失い、またそれまでのような遅々たる研究の日々を過ごすなど、考えるだけでも恐怖に近い。

無論、彼女が魔法使いとなれば、今までのような無体な使い方はできないし、修行をさせている間はやはり無思慮に〝夜の愛し仔《スレイ・ベガ》〟の才能を利用していたときほどの効率を得ることはできないだろう。

だが、長い目で見れば、このほうがよっぽど得であるはずだ。

それに、だ。

私はまだ、この時点では自分の〝本当の目的〟を果たせていなかった。そしてその〝本当の目的〟を果たすには、まだ残っていると思われるウルクの時間では足りなかったのだ。

……このときの私は、自分のなかに生じた心理をそうした打算によるものだと思い込んでいた。いや、もしかするとそう思い込もうとしていただけなのかもしれない。

いずれにせよ、〝あの娘〟は賢い少女だった。

自分が魔法使いの修行をすれば、魔力を供給するという〝私のための仕事〟に支障が出るのではないかと訊いてきたのだ。

「ああ、確かに少し遅れは生じるな」

「それなら、あたしは今までと同じほうがあなたの役に立てるんじゃないの？」

「いや、色々考えたんだが、そのほうが助かるかもしれないんだ。……今まで話していなかったが、実は私は魔法使いになりたくてね」

人ならざるものの助けを借りて奇跡を起こす魔法使い。世界のルールを把握して、技術で似たような現象を引き起こす魔術師。

それは似て非なる者だ。だが、私は魔法使いになりたかった。

けれど魔法使いというのは、なるものではない。最初からその素質を持つ者が才能を開花させ、至るものなのだ。天賦の素質を持たぬ者は、如何に努力しようと魔法使いになることなどはできはしない。

しかし私はその垣根を超えようと足掻《あが》いていた。

……禁忌を犯してでも。

「もうわかっているだろうけれど、私は〝生きて〟いない。死者だ」

いつもは、身体のなかにしまっている〝本性〟を、あえてさらけ出す。今思うと、そんなことはしなくてもよかったはずなのに、私はそうしてしまった。

まるで泡立つ黒い泥のような、忌まわしい不定形の怪物。形をなくし、ただ泥に無数の目が浮かんでいるだけの妄執の塊。かつて在った自分を核に、数多《あまた》の人の心を、霊を、魂を喰《く》らって、群体をなしたもう元の自分が何者かさえわからなくなった邪念。

それが私だ。

「魔法使いは人ならざるものの助けを借りて奇跡をなす。……私は死者を取り込み、死者の群れとなることで死者を手足のように扱う術を得た。そうすることで擬似的に、魔法使いと同じような存在になれると思った」

でも、それは間違いだった。

妄執と欲望、邪念と願望の果てに、私はただ人間でないものに成り果てただけだった。

死んだ魔術師。

死者の国の金属である鉄とそれにまとわりつく鉄すら殺す錆。

それが私――『鉄錆』だ。

「ウルク。君が魔法使いになってくれれば、私が魔法使いになるための糸口がつかめるかもしれない。私を助けてくれないか？」

「……うん、それがあなたのお手伝いになるなら」

少しのためらいの後、〝あの娘〟はそう答えた。

そして私は後に、このときのやりとりを悔やむことになる。

私はこのとき、〝夜の愛し仔《スレイ・ベガ》〟が短命であることを彼女に告げるべきだった。もしそれを告げたとしても、ウルクは私の言葉を受け入れてくれただろう。なのに、私は万が一にも〝あの娘〟が私から離れてしまうことを恐れた。

矛盾している。

もしそうだというなら、そもそも何故、私は〝本性〟を見せたのか？　それで彼女が恐怖して逃げ出したら、どうするつもりだったのか？

その矛盾に私が気づいたのは、かなり後のことだった。

そしてその矛盾について悩んだことで、私はようやく自分の心に気づくことになる。

そう、私が彼女に恋をしていて、自分の〝本性〟をウルクに受け入れて欲しいなどという都合のいいことを考えていたことに……。

自分の恋心に気づいた私がまず感じたのは、怒りだった。

死者となり、肉体を失ってからは無縁であったはずの吐き気がした。

今の私の身体は、適当な死体を乗っ取り、それを魔術で動かしているだけの人形だ。記憶の整理や身体機能の維持のために睡眠は必要としているが、それ以外の機能は好き勝手に切ることができる。

吐き気など、感じたくないと思えば感じずにすむ。そのはずなのだ。

だが、どうしてもこの吐き気を消す気にはなれなかった。怒りもだ。

自分の浅ましさが恨めしく、そして真実を語らない己の弱さが憎かった。

〝夜の愛し仔《スレイ・ベガ》〟の短命を話せば、〝あの娘〟が自分から離れるかもしれない？　そんな万にひとつもなさそうなことに怯《おび》えて、自分が大切と思うはずの少女に真実を告げないのか？

だというのに、偽りの自分ではなく本当の自分を彼女に受け入れて欲しい？

どれだけ莫迦《ばか》なのだ、私は⁉

愚かしいにもほどがある！　吐き気がして当然だ‼

自分がこれほどまでに醜悪とは、思いもしなかった。たとえ自らが妄執の塊と化そうとも、こんなに卑しく恋々とした想いを抱えることになろうとは！

地底《ちぞこ》に蠢《うごめ》く汚泥のような身で、よくもあの太陽のように笑う娘に恋心などと身のほどをわきまえずに抱くことができたものだ。

確かに私はしょせん、見苦しい邪念の群体なのだろう。そうでもなければ、こんなさもしい真似ができるはずなどない。あまりにも賤劣《せんれつ》で、情けない。ただただ嘆かわしい。

だが同時に。

その怒りを抱いてさえ、改めて彼女に真実を告げる気にはなれなかった。

怖かった。

震えることなどないはずの身体が震えているのではないかと思うほど、怖かった。

嫌だ。

……嫌だ！

…………嫌だ!!

もう、私は〝あの娘〟を失うことなどできない。

自分のもとから彼女がいなくなるなど、恐ろしくてたまらない。

ほんのわずかに、今後の対策を立てるため推測に頭を巡らせることとさえ、恐怖に駆られる。

もちろん、先のことを占うなどできない。

水面に浮かぶ波紋さえ、そこに絶望的な未来が浮かんでいるのではないかと思うと直視できない。ゆらめく炎もその向こうに彼女がいない将来の幻視があるのではないかと思えば、見つめることさえ叶わない。

コインを投げてその配置を見るなどもってのほかだし、カードや鏡を使った占いも同様だ。森羅万象を読み取り世界の法則を操作する魔術師が、その読み取りの手段である占いを忌避するなど、莫迦げたことこのうえない。かろうじて〝あの娘〟や自分とはまったく無縁の事柄については占えても、やはり恐怖はつきまとった。

そしてその恐怖ゆえに、私は自らの恋心を隠した。

〝あの娘〟に知られないように細心の注意を払い、そのことがさらに恐怖を呼んだ。

こんな浅ましい自分が、彼女に恋い焦がれていると知られたならば、きっとウルクは私のもとから去ってしまうと思い込んでしまったのだ。

いっそ、こんな恐怖に苛まれるぐらいなら、〝あの娘〟を殺して喰ってしまおうかと思ったことが何度もある。

死者を取り込み、糧とする私にとってはそう珍しくもないことだ。また、思考力を維持するためには定期的に〝生きた人間の思考〟を丸ごと摂取する必要もあった。今さら、罪悪感を覚えることでもない。

そもそも近隣では国々や部族が互いに争い、死者が出ない日など一日たりともないぐらいだ。死がそれほど身近なこの世界で、他者を殺して喰らうことに何の痛痒《つうよう》があろうか？

否《いな》。

……できない。

無理だ。こんな私が、彼女のいなくなった世界に耐えられるとは思えない。

〝あの娘〟を人格情報に分解して、自分のなかでいつでも再生可能なデータに置き換えることも考えたが、あくまでも彼女はあの肉体あっての彼女なのだ。

私は彼女の人格だけが好きなのではない。魂も霊も、心も肉も、すべて愛していた。

そしてそれらすべてがそろっているから、〝今の彼女〟が在るのだ。

わかっている。そうなのだ、わかっている。

それでも、何度も何度も彼女を殺したいと思い、何度も何度も思い直す。

好きだから殺したい。好きだからずっと一緒にいたい。

両立しない想いに私は苛まれながら、それでもおそらくは幸せだった。

どれだけ自分が叶わぬ恋情に身を焦がそうと、確かに〝あの娘〟は私のそばにいて、笑っていてくれていたのだから。

……あのときまでは。

多分。

多分、最初から無理なことだったのだ。

私は魔術師だ。魔術師に過ぎない。

いくら引き起こす現象が似ていようと、魔術師は魔法使いではなく、魔術師が魔法使いを育てようなどと、無謀極まりないことだったのだろう。

いや、もしかしたらもっときちんとした指導法を学び、より多くの魔法使いや先達の魔術師に助けを求めればなんとかなったのかもしれない。

さらに言えば、遠方ではあるが魔術師の学校もあるのだから、彼女をそこに入学させれば他の道も見えたのだろうか？

だが私は、〝あの娘〟を他者に奪われることを恐れた。

自分から少しでも離れて、どこかに行ってしまうことを恐れた。

飛べなかった小鳥が飛べるようになり、己のもとから飛び去ってしまうことに恐怖したのだ。

ウルクは、多少のまじないならば使えるようになった。

〝夜の愛し仔《スレイ・ベガ》〟としての素質で人ならざるものと誼《よしみ》を通じ、私の使う魔術とは違う、魔法だろう技を自ら開花させさえもした。

しかし、本来目指した境地である〝夜の愛し仔《スレイ・ベガ》〟であることによる短命を克服するには至らなかったのだ……。

少しずつ食も細くなり、〝あの娘〟は臥《ふ》せりがちとなっていった。

段々と痩せていく彼女をなんとかしたくて、いつもならば手を出さないような霊薬に頼ったりもした。東方から伝わった医術薬法も試してみた。だが、どれもこれも短期的には効果があっても、すぐに効かなくなってしまった。

わかっていた。

自分にはどうしようもないことを。

誰かに頼るべきだったのだろうか？

いや、もっと前に手放しておくべきだったのだろうか？

自分ではない誰かのもとであっても、彼女が笑っていてくれたらそれでじゅうぶんと、何故思えなかったのか？

床について荒い息をつく彼女を看護しながら、私はずっと後悔していた。

でも。後悔に苦しみながら、それでもまだ私は誰にも助けを求めなかった。

何百年もの研鑽《けんさん》も。

死すらも超えて積み上げた経験も。

無数の人間たちを殺して我が物とした知恵も魔力も。

〝あの娘〟を救うには何の役にも立たなかったというのに！

それでもなお。

そうなってさえ、なお。

私はただ身勝手であり続けた。

彼女に恋するがゆえに。

彼女に恋しているというだけで。

あの太陽のような笑顔を摘み取ろうとしたのだ。

なんて、なんて、なんて、なんて、なんて、なんて、なんて、なんて、なんて、なんて、なんて、なんて、なんて、なんて、なんて、なんて、なんて、なんて、なんて、なんて、なんて、なんて、なんて、なんて、なんて、なんて、なんて……。


なんて、愚かなのか……。


それなのに。

ただ嘆くばかりで、悔やむばかりで、何もできずにいた私に彼女は笑いかけてくれた。

もう顔に力も入らないだろう状態で、それでも私に笑みを向けて〝あの娘〟は言った。

「ありがとう」

と……。

それが。

彼女の最期の言葉だった。

おそらく、このとき。私はかなりの間、狂っていたのだろう。

記憶がまったくない。推測だが、意識が人のそれではなく、より自然のそれに近い状態——

混沌《こんとん》とした死霊の妄念と溶け込み、ただ荒れ狂っていたのだと思う。

気づけば私は、それまでの肉体を捨て、新しい肉体に宿っていた。

ほかでもない、〝あの娘〟の身体に。

あの美しいと思った白い肌も赤い唇も、黒いワタリガラスのような髪の毛も、そのときにはすでに自分のものとなっていたのだ。

そして私は、その肉体の——脳のなかに残っていた少女の記憶に接していた。

そこにあったのは、私が知らなかった——〝あの娘〟も話していなかった過去と想いだった。

「嘘《うそ》、だろう?」

知らず、言葉が漏れた。

ウルクが楽しそうに話していた家族。

そのすべてはもう存在しなかった。彼女の目の前で、強国の支援を受けた対立する部族によって彼女の一族は殺されたのだ。

父も母も兄弟姉妹も。親戚も。友人も。家畜たちさえ。

流血と火と銃声が奪っていった。

天涯孤独となった彼女が生き延びたのはほんの偶然で、それさえたまたま現地を通りかかった人買いがいなければ早晩消えていた可能性が高かったようだ。

もう帰る場所を失った彼女に、「なら、新しく帰る場所を作るといい」と言ったのは、皮肉にもウルクを金で買い取った外交官だった。彼は「仕事をきちんとこなせば、そこが君の新たに帰る場所になる」と〝あの娘〟に話したらしかった。

私はようやく、彼女の言った「仕事」という言葉の意味を知ったのだ。〝あの娘〟にとってそれは、最後の寄る辺だったのだろう。

「……嘘、だろう!?」

そして、彼女にとって私との生活は、私が想像するよりもはるかに喜びに満ちたものだったのだという。他愛のない日々が、私と過ごす日常が、彼女にとっては珠玉の如き毎日であったのだと。

何故なら。

彼女は知っていたのだ。

〝夜の愛し仔《スレイ・ベガ》〟が短命であることを。

外交官に買われる前、彼女を〝夜の愛し仔《スレイ・ベガ》〟と判別した魔術師が、〝あの娘〟に〝夜の愛し仔《スレイ・ベガ》〟の何たるかとその短命さを告げていたのだ。

そこにいったい、どんな意図があったのかはわからない。

ただ、それを知った彼女は「なら、精いっぱい悔いのないように生きる」と決意した。

彼女らしい。

あまりにも彼女らしい決意だった。

だから〝あの娘〟は私と接するときも物怖じしなかった。常に殺されることも覚悟していたという。そのうえ、常に前を見て、一瞬一瞬を心に刻みつけるように生きたのだ。

一緒に食卓を囲んだとき。草花を見たとき。私と何気ない会話をしたとき……。

そのすべてが彼女にとっては大切な思い出だった。

そして……。

「……嘘だと言ってくれ！」

〝あの娘〟は、私を好いてくれていた。

ただの好意ではなく、私が彼女に向けるそれと同じ種類のものを抱いていた。

しかも私が彼女に恋心を持っていることに、あろうことか〝あの娘〟が気づいていたのだ。

最期のそのときまで、彼女は私がいつ自分の想いを告白してくれるのかと、胸を高鳴らせていたようだ。その気持ちは、彼女の肉体に深く刻まれていた。

「今さら……、今さらか？　私は、私は何を……何をしていた!?」

私は、ただわがままだった。

ただ怯えていた。

彼女の想いを慮《おもんぱか》ることすらなく、ありもしない喪失にただ恐怖し、その果てに本当に〝あの娘〟を失ってしまった。

絶望というのが私にあるならば、このときの気持ちこそまさにそうだったろう。

ほんの少し私に勇気があれば。
ほんの少し私が賢明であったなら。
ほんの少し私が真実と向き合えていたなら。
もしかしたら。
もしかしたら、〝あの娘〟は今も私のそばで笑っていたのかもしれない。
今日も一緒に食卓を囲めたかもしれない。
また、あの空の下で花を見ることができたかもしれない
だが、私には勇気がなく、私は愚かで、真実と向かい合うことができなかった。
失われたものは、二度と帰ってこない。
彼女の笑顔は、もう見ることができない。
多分、これこそが私に与えられた罰なのだろう。
そしてそれはおそらく、私が滅びるその日まで、永劫《えいごう》に続くのだ……。

＊

冷めた紅茶を前に、私は長い獣の骨のような顔をした魔法使いを見つめる。

「毎朝、鏡を見る。そして、鏡を見て彼女の姿をした自分に〝おはよう〟と言うんだ。……鏡

のなかの彼女に今日も愛しているとささやく。でも……、答えはない」

エリアスは私と違ってうまくやるだろう。

べつに自分の失敗を彼に話したことがあるわけじゃない。

ただ、彼は私の失敗についてよく知っているはずだ。

魔法使いとはそうしたものだ。

一を知れば十がわかる。

私は特に自分の失敗を隠さなかった。それでじゅうぶん、彼は察したはずだ。

何があったのか、何がダメだったのか、どうすればいいのかを……。

「私は執着という感情を核に、怨嗟《えんさ》をまとって蠢めく悪霊だ。名前はあったが、その名前の人間はもういない。その名前で呼ばれる人間であったころの記憶もおぼろげで、それよりも喰らった人間や語らった死霊たちの記憶のほうがよっぽど鮮明だ」

時々、自分が生きたはずのない時代や場所の記憶を、自分の生前のそれと勘違いする瞬間がある。普通の人間なら、自分は誰だと悩むことだろうな。

けれど私にとってみればそれが日常だ。

数百年前も昨日も私にとっては同じで、時の流れはもう私にとっては意味がない。

「だから、私にとっては〝あの娘〟と過ごした日々がすべてだ。彼女がいたということの証が、もう私しか残ってないなら、私はこの世が滅びるまで地の上に在り続ける。それが今の私だ」

言って視線を紅茶のカップに落とす。

冷めた紅茶からは、もうさっきのようなかぐわしい香気は漂ってこなかった。

「違うだろう？」

……ん？

魔法使いの口にした否定の言葉に、私は再度注意を彼に向ける。

「違うだろう、『鉄錆』？　お前は真実から目を背けている」

「……」

言葉に詰まる。そのとおりだからだ。

私は真実から目を背けている。

代償行為。

結局はそういうことだ。

重々承知しているはずのことだが、突きつけられれば、やはり黙るしかない。

「……確かにな。私は自分が幸せになれなかったから、誰かに幸せになってもらって、それを慰めにしたいのだろう。嫉妬の気持ちがあるのも、結局はそういうことだ」

そうだ。

私は生きているチセとエリアスに嫉妬している。

自分の〝あの娘〟はもういないのに、エリアスの〝夜の愛し仔《スレイ・ベガ》〟は生きていて、仲睦まじく暮らしている。

いつまでもその幸せが続くといいと願いながら、妬んでいる。

チセが死んで嘆くエリアスが見たいと思う。

エリアスとやはりともには生きていけないのだと知って涙するチセが見たいと思う。

それが当然で、世の理《ことわり》だと思う。

そうでなければ、どうして自分の〝あの娘〟は死んで。何故、自分はこの失意のなかでずっと暮らさねばならないのだと世界を呪う。

だけど、やっぱり笑っていて欲しいのだ。

〝あの娘〟と同じ〝夜の愛し仔《スレイ・ベガ》〟に。

自分と同じ、人間とそうでないものの中間のようになったこの魔法使いに。

「それでも、だ。エリアス。だからこそ、失敗した先人として同じ過ちを犯して欲しくない。これだけは断言する。君の幸せは、恐怖を超えた先にあると」

勇気を出してくれ。

幸せになることを恐れないでくれ。

私と違って、君にはその機会と権利があるのだから。

「もう、帰るんですか？」

エリアスの屋敷を辞し、その門の前へ歩み出た私に声がかかる。

チセだ。その足下に寄り添うように、先ほどの黒妖犬《ブラックドッグ》もいる。

「ああ、用事は終わったからね」

言って、私はじっと少女を見つめる。

外見だけでいえば、似ても似つかない。けれど、どこか似ていた。同じ〝夜の愛し仔《スレイ・ベガ》〟だからだろうか？　それともその魂の色が近いのだろうか？

「……あの、どうかしましたか？」

「いや、すまない。少し昔のことを思い出しただけだ。……つかぬことを聞くが、君は今、幸せかな？」

私の問いに。ほんの少しだけ少女は沈黙した。

逡巡ではない。ためらいでもない。

それは、決意だった。

「はい。幸せです」

「そうか」

やっぱり、似ているな。

「……さようなら。結婚式には、ぜひ呼んでおくれ」

「は、はい……」

今度は少し照れたようなためらいがちの声を背に、私は歩き出す。
そうだ。盛大に結婚式を挙げろ。
もっと妬んでやる。もっと呪ってやる。
でも祝福する。
幸せになって欲しい。
私たちでは叶わなかったところへ、ふたりでたどり着いて欲しい。
その気持ちは、偽りではない。

〈了〉

稲妻ジャックと虹の卵
前篇
五代ゆう

## 1

銃口とにらみ合いをするのはあまり気持ちのいい状態とはいえない。ましてやその向こうに不細工な男の顔があるとなると。

そいつが指をそれ以上曲げようという気を起こす前に、わたしの見えない一部が動いた。背筋に一瞬の震えが走る。どこかで風がうずまいて消えた。男はまばたき、わたしがカンフー映画のカラテ・マスターの真似でもしたかのように頭を振ったが、舌打ちをして、引き金を引こうとした。

次の瞬間、足もとのカーペットがいきなり大きく波打った。

めくれあがったカーペットの下から、ひげ根を引きずった木の根が伸びてくる。カーペットを持ち上げ、もがく男ごとくるりと丸めこんで、そのまま縄のようにぐるぐる巻きにしてしまう。全体に広がる根から一本の芽がのび、鮮やかな若葉が一枚開いた。

「なんだこりゃ、おい」根っこに包まれて古い丸太のようになったカーペットの中から、もごもごわめく声が聞こえた。「助けてくれ！」

その声に応じたかのように窓が砕け、ガラスの破片とともに巨大な狼が飛び下りた。灰色のたてがみを逆立て、金の双眸《そうぼう》をわたしにむけて歯をむき出す。

わたしは言った。

「遅いわよ、ラリー」

「あたしより先に来て、こいつをおとなしくさせといてくれるんじゃなかったの？」

「車が混んでたんだよ」

もごもごと狼は言った。

「それにちゃんと服を脱いで隠しとくとこを見つけるのにも時間がかかって。出先からフリチンで戻るのは嫌いだって、君、知ってるだろ」

わたしは無視した。カーペットに手をかけてまくりあげると、中にいた不細工な男は、牙をむき出した灰色狼と鼻を突き合わせてかすれた声をたてた。

青々とした若葉が周囲で揺れているのは気づいていない。人間はたいていそう。床に転がった拳銃をすばやく拾う。ラリーはようやく今の自分の役割を思い出し、鼻面にしわを寄せて地獄も震え上がるようなすさまじい唸り声をあげた。

「なんてこった」男はあえいだ。

「そいつを俺に近づけないでくれ！」

「いいわよ。でも、それには多少の話し合いが必要ね。お座り、ラリー」

ラリーは不服そうに唸ったが、とにかくそこに座った。わたしは指先から拳銃をぶら下げて、気取って歩きながら銃弾をひとつひとつ床にばらまいていった。

「それじゃ、こっちの話をさせてちょうだい。まず、ひとつめは……」


翌日、わたしはブロードウェイの裏通りにあるぱっとしないビルの一室で、別の男と向かい合っていた。今度は銃はなしで、相手も不細工というほどではない。人によってはメル・ギブソンを太らせてかなりふてぶてしくしたような感じ、というかもしれない。いずれにせよ、わたしの好みではない。わたしは封筒の中身を数え、悠然とタバコをくゆらせている相手に顔をしかめた。

「ちょっと、最初の話じゃ二百ドルだったはずよ。なんで百五十ドルなのよ」

「経費と賠償金、あれやこれやだ、ジャック」

彼は言って体をのばした。エイヴァン・デイン。魔術師。わたしのビジネスパートナー（少なくとも、彼はそう称している）にして仕事の取次ぎ屋。表向きはさえない民事弁護士の看板を出していて、いつも救急車の尻を追いかけているふりをしているが、実はそうではない。ディンはくさいタバコを押しつぶし、吸い殻の山をもう一本分高くした。

「まず、ラリーがぶち割った窓の弁償がある」

「あれは不可抗力だわ。それとハウストン・ストリートの車のせい。ラリーはマナーにうるさいの。仕事場に素っ裸で駆けつけるようなことはしたくないのよ。いくらニューヨーカーはストリーキングぐらいじゃ片眉も上げないっていっても」

「それから銃を持った不細工な男の件」

「あれに関しちゃあたしが賠償金をもらいたいくらいだわ。あんなところに番犬がいるなんて聞いてなかった。しかも銃を持ってるなんて。おかげで使わなくてもいい力を放っちゃう羽目になったじゃないの」

「三つ目は、その痕跡をもみ消すための料金だ」

わたしは口をつぐんだ。人間が密集して住んでいる現代の大都市には、人々の力関係の後ろに、さらにデリケートな魔術と魔法上の危うい均衡が存在している。そして魔術師、および「あちら側」の生き物は、すべてその網にきっちり織り込まれている。

魔法の存在を一般人に知られないために、おのおのが細心の注意を払った行動を求められる。はりめぐらされた配慮の糸は幅広い。きのうわたしが反射的に発揮してしまった自然を活性化する力ですら、監視網の一本を揺らさずにはおかないのだ。まあ確かに、へんてつもないビルの一室に繁茂した、森の中みたいな根っこと葉を人知れず退去させるには手間がかかったのだろうけれど。

「仕方なかったのよ」わたしは弁明しようとした。

「まさか、あたしに素手で銃とやりあえってんじゃないでしょ？　魔術師連中と違って、あたしは銃弾を跳ね返すマントを身につけてるわけじゃないの。いくら取り替え子《チエンジリング》だからって、鉛のちび助は無視しちゃくれないのよ」

「ま、何はともあれ、かかった金はかかった金だよ、ジャクリーン」

「次にジャクリーンなんて呼んだらぶっ飛ばすからね」

デインはもう一本タバコを取り出そうとし、空っぽなのに気づいて、肩をすくめてくしゃくしゃの袋を内ポケットに突っ込んだ。

「それより、次の依頼だ。こいつはあんたの気に入ると思うぜ。詳細はあとでヴィンスが届ける。デリケートな内容らしくてな。俺がするのは、報酬の話さ」

「いいカネになるんでしょうね」

いらいらとわたしは尋ねた。デインは、まああわてなさんなという顔で首を振り、思わせぶりな仕草でデスクの書類引き出しに手をかけた。中から一枚の写真を取りだし、高々と掲げてみせる。

「ブツは仕事が終わってからだ。今見せられるのは、これだけさ」

わたしはしばらく固まっていたに違いない。たぶんカートゥーンのキャラクターみたいに、目を顔面から一メートルほど飛び出させ、だらんと開いた口から床まで舌を垂らして、ハアハア言っていたはずだ。

「もちろん規定の料金は払われる」

デインはわたしの間抜けな姿を思う存分楽しみ、それからポーカーの切り札をめくるように、指先にはさんでくるりと回してみせた。

「こいつは特別ボーナスだ。本物であることは保証する」

わたしはようやく動けるようになり、恥も外聞もなく、デインの指から写真をもぎとって鼻先をこすりつけんばかりにした。何かいおうとしたが、喉がつまって声が出ない。わたしはあえいだ。

「非売品。限定二百部。作者と声優のサイン入り。ついでに作者の自筆イラストもついてる」

デインが追い打ちをかけた。

「日本で映画が公開されたときに関係者にくばられたスペシャル・ブックだ。ここにしか収録されてないカラー・イラストが入ってる。もちろん一般には出回らなかったし、市場にはほとんど出てこない。しかも原作者と声優のサイン入りときちゃ……まあ」

デインはようやく新しいタバコの袋を見つけ出し、肩をすくめて一本くわえ、火をつけた。

「そういうことについちゃ、きっとあんたのほうがくわしいな。で、やるのかい？」

## 2

「で、引き受けてきちゃったんだ」

ソファの上から、あきれたようにラリーが言った。今はもう狼の姿ではなく、栗色のくせ毛をくるっと襟上で撥ねさせたティーンの男の子で、ヤンキースのマーク入りのスウェットシャツを着、腹の上に読みかけのゲーム雑誌を伏せている。机の上には数切れ残ったピザとポテトチップス、コーラとニンテンドー。桃色の顔にうっすらあるそばかすまで含めてどこにでもいるティーンエイジャーだが、唯一違う点は、くるくるの栗色の巻き毛の上ににょきっと突っ立った、三角形の一対の狼の耳だ。

わたしは聞いてなどいなかった。非難がましいラリーの視線を浴びながら、ひたすら写真を眺めてしあわせに浸っていた。ああ、幾晩これと同じ——いや、完全に同じではない、あれらには作者サインも声優のサインもなかったのだから——ものが、イーベイやヤフーオークションに出品され、あっという間に値段がつり上がっていくのを眺めたことだろう。出せるものといえばよだれしかないわたしは、どこかの誰かが愛するマンガのスペシャルブックを手に入れるのを祝福してあげられるほど心が広くない。野蛮な魔術師連中なら、それを手に入れるために伝統的もしくは電子的魔術を使って目標をもぎ取ったのかもしれないけれど、妖精でもあるわたしはそこまで不道徳にはなれない。

妖精……。

わたしは自宅兼事務所の一角をあこがれと崇敬をもって見上げた。いちばん上の、来客には見えないよう厳重にめくらましをかけた一角に、わたしの心の神殿がある。今まで少しずつ買い集めた、日本のマンガとアニメ・グッズ。DVD、CD、ブルーレイ、フィギュアにポスター、キーチェーン、ぬいぐるみに雑誌、コミックス、それに、同人誌。神殿の中でももっとも高い特等席に並んだ薄い冊子の束を見上げ、わたしは心からのため息をついた。

いつかきっと、十分なお金がたまったら、日本へ行って、コミックマーケットに参加し、トランクに入りきらないくらい同人誌を買いまくるのだ。いまあるほんの数冊は、ネットで知り合った友達が手に入れたのを、さんざん頼み込んで譲ってもらった。それらを手にしたときのわたしの感動は、聖杯を手にしたアーサー王の騎士もはだしで逃げ出すくらいだったと思う。

「思うんだけどさ、こっちのコミック・コンベンションじゃだめなのかい？　サンディエゴだとか、ロサンゼルスだとか、休みをとっちゃしょっちゅう行ってるくせに」

「コミコンはコミックマーケットとは違うのよ」

ラリーは呻き声をあげてずり落ち、ゲーム雑誌を掲げて顔を隠した。

コミック・コンベンションはもちろん楽しい。同好の士がいっぱいいるし、マーベルやDCコミック、スター・トレックにスターウォーズ、ＬｏｔＲ《ロード・オブ・ザ・リング》やダンジョンズ&ドラゴンズも、それはそれで嫌いではない。日本のマンガやアニメ会社も出展していることがある。でも、それだけではとうてい足りないのだ。

有明《アリアケ》とビッグサイトにささげるわたしの愛は、十字軍騎士がイェルサレムにささげる熱い思いに勝るとも劣らない。あの広い広い会場がすべて、端から端まであらゆるジャンル、あらゆる作品の同人誌で埋まる。しかもどれでも、すべて持ち帰っていいのだ——ちゃんとお金さえ払えば。

それがわたしの問題だ。お金。

妖精の世界にマンガはない。アニメもなければ同人誌もない。

インターネットはまだ妖精の間で広まっているとはいえない。人間の魔術師と、妖精でも一部の冒険的な、ごく若い世代が手を出しているだけだ。加えて、妖精の金《フェアリーズ・ゴールド》ではなにも手に入らない。クレジットでさえ役に立たない。アマチュアイベントである同人誌即売会では、すべてが現金支払いなのだ。

形のある本物のお金、指のあいだでカサカサちゃりんと音を立てる、ぱりっとした政府公認の通貨。それでなければ、なにも買えない。妖精の国にまぎれこんだ人間は運がよければ何かを持ち帰ることはできるけれど、人間の世界にまぎれ込んでしまった正直な妖精は、お金がないかぎり、なにも欲しいものを買うことはできないのだ。

それがわたしが故郷——妖精の国——へ帰らず、人間の世界で仕事をしている理由だ。稲妻ジャックは電光石火、〈稲妻ジャック探偵事務所《ジャック・ザ・フラッシュ》〉。

魔法に関わるもの、および目に見えない世界に属する存在たちの領域ではときおり、普通の人間には知らせることのできないものごとが起こる。なんであれ、独自の意思と目的を持った生き物が集まる場所では必然のことだ。とはいえ、人間とそうでないものがいっしょくたに地下鉄に押し込まれて缶詰めになっているこの都市では、人間社会に通じていないものでは、なかなか事件を扱えないこともありうる。

そこで稲妻ジャックの登場。わたしは人間と妖精のあいだをすばやく動き回り、事件を解決して報酬を受け取る。魔術師たちはあまり問題には関わりたがらない排他的な連中だし、だいたいこういうもめごとの半数は彼らが起こすので、どうしても第三者の介入が必要になる。人間のあいだで育った妖精、〈取り替え子《チェンジリング》〉。妖精だけれど妖精でない、人間だけれど人間でもない、どっちつかずの境界的《マージナル》な存在のわたしこそ、こういう事態の解決にはぴったりというわけだ。

「ハロウ?」窓がコツコツ鳴った。

「ジャック?　いるかい?」

「ああ、ヴィンス」

わたしは窓を開けた。初夏のニューヨークの暖かな夜風が吹き込んできた。埃と排気ガスと、五月の夜特有のぴりっとした魔力の感触が頬を撫でる。ブルックリン・ブリッジの夜景を背景に、若いケンタウロスが人なつっこい笑顔を向けていた。

わたしたちの祖先は主に、果敢な開拓者たちといっしょに船で旧大陸《オールド・ランド》から新大陸へ渡ってきた冒険心旺盛な〈良き人々《グッド・フェローズ》〉だが、ヴィンスはその中でもひときわ古い血統に属している。彼の先祖は遠い紀元前のギリシャに発し、流れ流れて新大陸にまでたどり着いた一統だ。

中でもヴィンスの一族は、妖精の森を意味もなく走るのをやめ、人間の都市の入り組んだ道を駆け巡る、あちら側に属するもの向けの郵便事業を開拓したという点で卓越している。頭の固い一部の同胞たちからはいまだに憤慨と非難を浴びせられているが、少なくともヴィンスは気にしていないようだ。

ギリシャの森からロウアー・マンハッタンのビルの壁にたどり着く長い道のりで何を拾ってきたにせよ、その結果はなかなか壮観だった。赤銅色の肌は油を塗ったようにつやつや、下半身の馬の部分は青みを帯びた黒毛で、やっぱりすばらしくつやつやしている。どんな愛馬家もうっとりと見惚れる完璧な、野性的な力強さだ。彼の母方のひいひいお祖母さんだか誰だかに、ウィスコンシンの〈大いなる牝馬の精霊《グレート・メア・スピリット》〉のひ孫か何かがいるのだそうだけれど。

黒くて太いドレッドヘアに鳥の羽根とシルバービーズをさげ、耳にはゆうに十を超えるリングとスタッズがきらめき、加えて愛嬌のある厚めの唇と、広がり気味の鼻にも二、三個。額には赤いバンダナ。広い胸と太い腕にはトライバルモチーフのタトゥーが芸術的に刻み込まれ、首からは何重にもなったカラフルなビーズのネックレスが十数本と、故郷たるギリシャに敬意を表してか、キトンをまとう女神を刻んだアンティークのコインが革紐をつけられて下がっている。

わたしの事務所は四階建てのビルの八階にある――これについては魔法の民には独自の建築基準があるとしかいえない――のだが、ヴィンスは壁のちょっとした撥ね出しに蹄をひっかけ、なんでもなさそうに肩からかけた古風な革カバンの中身をさぐっていた。

「ええと……これと……これと……それからこれだな。ワオ、すごいぞ、『親展』だってさ。なんかどえらいことに関わってんのかい、ジャック？」

わたしは秘密めいた笑みを浮かべるにとどめた。後ろでラリーがくしゃみとしゃっくりをつき混ぜたような妙な音をたてた。わたしはひとつ指を鳴らした。ポテトチップスの袋が破裂して中身をまき散らし、ラリーはきゃいんと鳴いて飛び上がった。いい気味。

「ま、あんまりヤバいことには手を出すんじゃないよ。こいつは忠告。特別に無料でおまけだ」

「ありがと、ヴィンス。せいぜい気をつけるわ。お仕事がんばってね」

「あんたもな」

ヴィンスは豪快に笑ってわたしの背中をたたき、身をひるがえした。わたしは窓から首をのばして、軽々とテラスハウスの屋根やビルの壁を飛び移って駆けていくケンタウロスの後ろ姿を見送った。馬というより、都会に適応したカモシカみたいだ。

受け取った郵便の束から一枚の封筒をよりわける。見たところ白いただの封筒で、赤い封蠟《ふうろう》で封印してある。封蠟の上には爪で押したような三日月型のくぼみが捺されてあった。わたしはデスクの銀のペーパーナイフをとりあげ、そっと封印の下に差し込んだ。

封筒が開いた。中にはなにもない。便箋の一枚も。かわりに、青々とした菩提樹の葉がひとひら、紙のすきまから舞い落ちてきた。

葉がデスクに触れた瞬間、さっと緑色の閃光がさした。

たちまちのうちに室内のものが苔と草に覆われた岩になり、塗装のはげた壁が年へた木々の幹に変わっていく。梢をわたる風の音が聞こえた。清浄な水のにおい、さらさらと鳴る草原、遠くで鳴き交わす鳥たちと、それから――

「〈竜《ドラゴン》の谷〉の守護者、古き生命の守り手」

わたしはすばやく床に片膝をついて頭を垂れた。

「北の地にあって永遠を見つめるもの、愛されしかた、偉大なる賢者にして魔法使い、緑を抱く竜とトナカイの牧者――〈白花の唄《エコーズ》〉」

『そうかしこまらずとも良いよ、〈稲妻ジャック〉。久しいの』

彼は片手を振って応じた。うながしに応じてわたしは立ち上がる。それにしても驚いた。デインが直接聞けというはずだ。アイスランドの竜の谷の番人、今では少なくなった本物の、古代から生きる正真正銘の魔法使い、〈白花の唄〉ことリンデル。こんな大物がわざわざ連絡してくるなんて、よっぽどのおおごとに違いない。

『このところはすっかり唄も歌わぬでな、ただのリンデルで良い。おお、背の君も息災か』

少なくとも四、五百年は生きているはずだけれど、彼の外見はまだ二十代そこらの青年、もしくは少年のものだ。けれども淡い苔色にも北の高い空の色にも見えるその瞳には、長い時を生きる者にしかありえない底知れぬ光が宿っている。彼は手にした杖を脇におき、椅子のような形になった岩に腰をおろして、おもしろそうにわたしを見ていた。

頭からポテトチップスのくずを払い落としながらやってきたラリーに笑顔を向ける。ラリーはもじもじし、狼耳をせわしなく動かして何かつぶやいた。わたしは彼の後ろに手をのばした。きゃんと悲鳴が上がる。

「ちょっと、しっぽがはみ出てるわよ。しゃんとしなさい」

「引っ張ることないじゃないか……」

ラリーは涙目で耳をぺたんと倒している。リンデルは目を細めてくっくっと笑い、さて、と表情を改めた。

『いろいろと話もしたいが、今は緊急事態での。さっそくだが仕事の話だ。取次の者から何か？』

「いえ。依頼者から直接聞け、ということでしたので」

『うむ。まあそれが良かろう。知るものは少なければ少ないほどよい』

リンデルはうなずき、杖をとって握りに両手をのせ、顎をあずけた。

『実はな。竜の卵が盗まれた』

3

「竜の卵？」

わたしは眉をひそめた。

いま生き残っている数少ない竜たちはすべて、リンデルが守護している竜の谷に集められて生活している。新しい卵や雛も生まれてはいるはずだが、魔術師にせよなんにせよ、あの谷に侵入して卵を盗もうなどという無謀なやからがいるとは思えない。

「あなたが守護していたというのに、誰かが谷にもぐりこんだのですか」

『わしの手の届く地ではなかったのだ』

リンデルはため息をつき、コツコツと杖を鳴らした。

『ある山の奥深く、人の通わぬ場所、とだけ言っておくが——そういう場所で、とうに絶えたと思われていた希少種の竜の卵が一腹分発見されたのだ。七つ。地中に埋もれて休眠状態のまま年月を過ごしたらしい。むろん、わしはすぐに手配し、竜の谷に無事に卵が運ばれるようにした。ところが谷に卵が到着してみると、そのうちひとつが、巧妙にめくらましをかけた偽物とすり替えられていた』

首筋の毛が逆立つのを覚えた。またずいぶんととんでもないことを考えるやつがいたものだ。〈白花の唄〉リンデルの鼻先から、彼の守護する竜たちのものをかすめとろうだなんて。

『もちろんこちらで手を尽くして探させたのだが、相手の中でも仲間割れがあったようでの。ようやく取り押さえたときには、卵はとうに一味の手にはなく、海を渡ってそちらへと行ってしまっておった』

「ニューヨークですか」

『最後に捕捉した場所としては、そうだの』

わたしは少し考えた。

竜の卵は、むろんのことだが、ただの卵とはわけが違う。それ自体が強力な魔力を集積した、巨大な魔力の結晶とでもいうべきものだ。そんなとんでもないものが運ばれてきたのだとしたら、今ごろこちらの関係者のあいだで大変なさわぎになっているはず。

これはまた奇妙な。

「その卵はどんな見かけです。大きさは。色は」

『大きさはコマドリの卵ほど。色は虹色、といえばいいのかの』

空中に小さく形を描いてみせる。

『見かけは磨いた蛋白石《オパール》に似ている。乳白色の半透明な地に、七色の色彩が光をはなってちらちらと泳いでおる』

「なにも知らない人間の泥棒がちょっとポケットに入れるのにはうってつけですね」

『おそらくはな』またため息。

『とらえた者に吐かせたのだが、裏切り者は魔力を偽装するために、銀と白金をあわせて装身具を作ってとりつけ、ただの高価な宝石と偽って持ち出すつもりだったようだ。だが魔力を知るものたちをごまかすのに気を使うあまり、魔力以外のただの窃盗には気がまわらなんだようでの』

とらえた者。いったいそいつがどんな目に遭わされたか、または遭いつつあるのかはあえて考えないことにする。

「間抜けですね」

『まったく』リンデルは肩をすくめた。

『ともあれ、新大陸はわれわれ旧大陸《オールド・ランド》に属するものが動き回るのには少々勝手が違いすぎる。しかも卵はおそらく、単なる宝石として今人間の手の中にある。早急に取り戻さねばならぬ。魔術師にも、むろん人間にも知られず。野心あるものの手に渡れば、あれはきわめて危険なものになる』

わたしはうなずいた。

「例のオークションは調べられたんですか？　最近、夜の愛し仔《スレイ・ベガ》が出品されたとかで噂《うわさ》になってましたよ。しかも影の茨《ソーン》が大枚はたいて落札したとかなんとか。ほんとですか、あれ」

『うむ』

なぜかリンデルはにやりと笑った。

『そのことについては確かに。今あれらを煩わしたくないのもそれがあっての。まあそれはそれとして、あちらのオークションには何も流れてこなかったそうだ。信用してもよいと思う。あのオークショニストは仕事に関しては万全であるし、竜に関することがらはみなこのリンデルに一任されておるからの。しかも魔術師や魔法使いの集う場で、いかに偽装されていようと、竜の卵が出品されれば、気づかぬわけがない。おそらく魔法に関与しない誰かの手にあるのだ』

「関与してる誰かの手にあった場合は？」

リンデルは口をつぐんだまま、にこにこしてわたしを見ている。わたしは靴先に目を落とし、両手をあげて万歳をしてみせた。

「はいはい、わかりました。稲妻ジャックは電光石火。素早く飛び込み、素早く解決。人間と魔術師およびその他もろもろに気づかれず。つまりはそういうことですね？」

『飲み込みが早くてよい。さすがは稲妻《フラッシュ》だの』

満足げにリンデルはうなずき、杖をついて岩から立ち上がった。左右から竜の雛たちが首をのばしてきて、まわらぬ舌で口々に遊ぼう、遊ぼうと誘っている。高い声をあげて喜ぶ雛の頭を撫でてやりながら、

『報酬は取次人に渡しておいた。いつも通り人間の通貨でな。それと、おぬしが必ず引き受け

るような報酬をおまけにつけると言うておった。気に入ったのかの？』

ええ、そりゃもちろん。「はい」

『そうか、それは良かった。では頼んだぞ。良き報せを期待しておる』

長衣の裾をひるがえすと、リンデルは雛たちをつれて背をむけた。

同時に、部屋中に広がった彼の魔力がみるみる引いていく。苔をかぶった岩だったデスクと椅子はもとどおりの事務机と古ぼけたオフィスチェアに、荘厳な森はペンキの剝げた漆喰に。ラリーはまだ魔力の影響からさめず、金色に変わった瞳を爛々《らんらん》と燃やして、腰から下はすっかり狼に戻ってしまっている。わたしは平手で彼の後頭部を一発。彼はきゃいんと悲鳴をあげ、頭を押さえてわたしを睨んだ。

「なんでいちいち殴るのさ！」

「あんたの変身がだだ漏れだからよ」

デスクの上には封のきられた封筒と、菩提樹の葉が一枚残っている。わたしは葉を慎重につまんで封筒にしまい、きちんと封をしなおして引き出しにしまった。役目を終えたとはいえ、これは魔法使いリンデルの手元から送られてきた竜の谷の菩提樹の一部で、あの地とリンデルの魔力をたっぷり帯びている。いつか何かに使い道があるかもしれない。

「そのピザ食べないんだったら冷蔵庫にしまって、あとポテトチップスのくずも掃除しときなさいよ。こぼしたコーラはちゃんと拭いてよ、カーペットをねちゃねちゃにしないで。あたしは明日からの準備があるから、ゲームはいいかげんにして早く寝ること。テレビも消して。夜の散歩に出るなら、戸締まりはちゃんとしといてよね」

子供じゃないんだからさあ、とぶつぶついいながら、ラリーは皿を持ってきて、チーズの固まったピザを移しはじめた。まだしっぽをしまい忘れているのは黙っておいてやることにする。

わたしは残った郵便物を調べて仕分けした。電気代と水道代の請求書（どっちも人間の会社）、部屋代の請求書（ビルの大家の魔術師から）、さまざまな意味においていかがわしいダイレクトメール（人間社会のが二通と「あちら側」のが三通）。黒い羽をまとめて枯草で結んだのは、先日の調査で臨時調査員に雇ったカラスたちからの給料の支払い催促。茶色と黒の混じり合ったちっぽけな石は、別の調査で領分に立ち入ることになってしまった土地の地霊からの抗議声明。

魔法の世界なんてこんなもの。

請求書とダイレクトメールその他をまとめてメールボックスに放り込み、キッチンでコーヒーを淹れてベッドルームにこもった。目の下をゆきかうブルックリンの車のヘッドライトを眺めながらゆっくりとする。事務所の方ではまだラリーがばたばた動き回っている。

ラリー。彼は人間だ。いや、もはやそうではないが。妖精であるわたしと取り替えられ、妖精の手で育てられた彼は、妖精の国に満ちる魔力の影響を受けて、人間ではないものになっている。彼の場合はなかば人間、なかば狼の状態を、つねに揺れ動いている。

人狼とはまた違う。人狼はそういう血筋に生まれつくか、呪いによってそうなるかのどちらかだ。ラリーは血筋とも呪いとも関係なく、たんに彼として、狼でもあり人間でもあり、妖精でもあるのだ。

生まれたときに取り替えられたのだからわたしと同い年のはずだが、彼がティーンにしか見えず、わたしが二十代なかばの外見なのは、妖精の国の時間の流れがこちらとは違うから。

昔なら、取り替え子はすぐに人間の親が対応するか、妖精の親が取り返しに来るものだった。でもここは二一世紀の新大陸アメリカ。取り替え子などという考えは民俗学のページの中の記述にすぎず、加えてわたしの妖精の実親は、こちらでは時間の流れがずっと早いということを忘れてしまっていた。

ただでさえ妖精は時間に無頓着なのに、ちょっと一息のつもりでいても、こちらではあっというまに十年二十年がすぎてしまうことを、子供を人間の世界に放り出す妖精の親にはぜひとも理解しておいてもらいたい。なんだってそんなよくわからない真似をするのかという理由はきかないにしても。

わたしはベッドサイドのランプをつけ、ノートパソコンの電源をいれた。スパムメール（これも人間のとあっち側とりまぜて）をまとめてごみ箱にぶちこみ、ブラウザを立ち上げる。魔術機構《マギウス・クラフト》特製のパソコンは、アップルやＤＥＬＬなんて比べものにならない。いくつかある馴染みのチャットルームのひとつに入る。魔力をもつ者しかアクセスできない掲示板やＳＮＳがどれだけたくさんあるか、人間が聞いたらおどろくことだろう。

Jack_the_F>ハイ！　こんばんは。誰かいる？

Baron_Z>やあ、こんばんは、ジャック。しばらく見なかったね、どうしたんだい？


やった！　狙った相手がちょうどいてくれて助かった。


Jack_the_F>あなたがいてよかったわ、男爵《バロン》。実は探してるものがあるの。最近こっちに、すごくパワフルな呪物が流れてきたって話はない？　宝石、たぶん、大きなオパールなんだけど。コマドリの卵くらいの。なにか装身具にはめ込まれてるわ。

Baron_Z>うーん、今のところ聞いたことはないな。でもちょっと待って、調べてみるよ。これ、ほかの奴には聞かせないほうがいいかい？

Jack_the_F>ええ、お願い。

Baron_Z>了解。


画面が一瞬ぱっとフラッシュし、バロンがチャットルームに鍵をかけたのがわかった。わたしはリラックスして壁によりかかり、実体をもたない彼が、膨大なデータの海を優雅なイルカのように駆け抜けるところを想像した。

バロン・Z《ザメディイ》。この世にコンピュータ・ネットワークというものが誕生し、データ空間という未知の領域と、進取の気性に富んだあるグレムリンが出会い、そこに生まれはじめていた集合意識と運命的結合を果たしたとき、彼らが生まれた。

彼らの中でも古いもの（といっても数十年単位だけれど）は、小説という形で彼らを「発見」した作家のウィリアム・ギブスンに敬意を表して、ヴードゥーの神の名前を名乗っている。バロンはその中でも、いちばんの古顔のひとりだ。ちなみに現実《リアル》のヴードゥーの神格たちは、新顔どものちょっとした僭越には今のところ目をつぶっている。いいことだ。彼らは神々がたいていそうであるように冷酷で強大で、一度怒らせたら鎮めるのは容易ではないのだから。

彼ら電子の精霊《ロア》はとても新しい種族なので、古いしきたりや制限に縛られた魔術師、基本的に大地や自然に属する魔法使いとはあまりかかわりをもたない。そのかわり、情報屋としては並ぶ者のない耳の早さと正確さで、あらゆるデータをさらってくる。彼らにとってはデータが食べ物であり、情報という情報が彼らの手足と呼吸なのだ。

わたしにとっては願ってもない情報源でもある。珍しい情報の探索こそが、彼らにとっては報酬で、またとない食事の機会なのだから。

モニタがちかちかちかとまたたき、バロンの帰還を報せた。

Baron_Z>かなり深くまで潜らなきゃならなかったけど、こいつかい？

画面の一方にすばらしく大きなオパールをはめ込んだ、美しいネックレスが映し出される。監視カメラか何かの映像を切り取ってきたものらしく、画像はかなり荒い。ずっと視点が引いていくと、黒いスーツを着てサングラスで目元を隠した男たちが肩を寄せ合って立ち、ベルベットの箱におさまったネックレスをのぞき込んでいるところなのがわかった。どうやら取引の最中のようだ。

Jack_the_F＞ええ、たぶんこれ。この男たち、誰？
Baron_Z＞リチャード・ディーフェンベイカー。株式会社スペクトラム・インダストリアル・コーポレーションの最高経営責任者《CEO》。

リチャード・ディーフェンベイカー……わたしは口の中で繰り返した。その名は何度か新聞やニュースで耳にしたことがある。なるほど。ウォール街の大物のひとりってわけね。

Baron_Z＞まわりにいるのはボディガード。箱を持ってるのはジェフリー・チャンドラーだね。
Jack_the_F＞ジェフリー・チャンドラーってだれ？

カーソルが迷うようにちかちかと点滅し、また動き出した。

Baron_Z＞ええと、特にだれってわけでもないみたいだ。警察には駐車違反と飲酒運転、あとはちょっとしたすりやかっぱらいで時々食らいこまれてるけど、すぐに釈放されてる。まあ、そのへんによくいるちんぴらってやつだね。ぼくらにとっちゃガムの噛みかすみたいなものさ。

Jack_the_F＞そんなのがどうしてこんな高そうなお宝を持ってるの？

Baron_Z＞こっちが訊きたいね。

わたしはちょっと考えた。

Jack_the_F＞そこにいる人間全員の顔写真と、関係資料を送ってくれる？　それからネックレスの拡大画像も。

Baron_Z＞おやすいご用さ。

メールソフトがチャイムを鳴らしてメールの到着を告げた。zipファイルのついたメールのヘッダがウインクし、自動的に展開する。たちまちデスクトップはさまざまな画像とテキスト、表、その他の資料であふれかえった。

Jack_the_F>ありがと、バロン。仕事があるから失礼するわ。またね。
Baron_Z>何かわかったら教えておくれよ。それじゃ！

パソコンの画面を閉じ、伸びをする。そのまま寝てしまおうかとも思ったが、もうひとつ、やっておいたほうがいいことを思いついた。クローゼットの扉をあけ、引き出しの中からアスピリンの空き瓶を取り出す。蓋をあけながら窓に歩み寄り、戸を開け放って、ニューヨークの夜に向かって中身を振りまく。
《ちょろちょろ、ぱたぱた、こそこそ、くるくる》
わたしは唱えた。
《走れ、走れ、小さな足、まわれ、まわれ、疲れた轍《わだち》。影の道に入り込め、闇の縁を走り去れ。追いかけ、訊ね、探して帰れ、ゴミ缶たちの噂話。街の埃の語った記憶》
瓶からこぼれた黒っぽい粉はくるりと一度空中で渦を巻き、そのまま風に乗って散っていった。わたしは満足して見送った。ねずみのひげとタクシーの古タイヤのくずをいっしょに焼いた灰だ。タクシーとねずみたちほど、ニューヨークの隅々を知りつくしているものはない。
窓を閉め、着替えようとシャツの裾に手をかけたとき、スマートフォン（これも魔術機構謹製）が不吉な音楽を奏でた。ダース・ベーダーのテーマ。画面を見なくても相手はわかっている。わたしは手をおろし、ため息をつき、深呼吸してからスマホをとった。

「もしもし、ママ」わたしは言った。「ジャクリーンよ」


一時間後、わたしは心底うんざりし、疲れ果てて通話を切った。いったい、郊外の住宅地にジョギング専用レーンを設置することについて、わたしに何の関係があるというのか。確かにあの町では自動車に轢かれるより、憑かれた目つきで歩道を驀進《ばくしん》してくるジョガーに轢かれるほうがずっと多かったとはいえ。母――言うまでもないが、人間、つまり育ての母だ。妖精は普通、あまり電話には縁がない――は肉体と精神の健康維持には軽い有酸素運動と、それにもまして交通安全がどんなに大切かということをしつこくわたしに説明したが、わたしにはそれより気にしなければならないことがたくさんあるのだ。

わが妖精の実親はどうして、政治的適切さ《ポリティカル・コレクトネス》なんてものに熱心すぎる超ポジティブ、かつ能天気で落ち着きのない人間ではなく、変わり者の娘をちゃんと疎んじるような、常識的な人間にわたしを預けてくれなかったのだろう。

おかげでわたしは、いつまでたっても育ての親をきらいになれないでいる。次こそはきっぱり打ち切ろうと心に決めていても、電話がかかればやっぱり母の話に黙ってつきあってしまう。たとえダース・ベーダーのテーマを専用着メロにしていたとしても。

憂鬱な気分でスマホを手にプレイリストをくる。なんとなく志方あきこやALI PROJECTの気分ではなかった。ボーカロイドに平沢進……もっと違う。わたしは結局、懐メロを専門に流しているインターネットラジオ局をつけ、スマホをスピーカーつきのクレイドルに立てて、低い音で音楽を流した。

クイーンが『ボヘミアン・ラプソディ』を歌うのを聞きながら着替え、ボブ・ディランが『風に吹かれて』を唸るのを背中にベッドにはいる。エルヴィス・プレスリーの『好きにならずにいられない』の甘い囁きを聞きながらとろとろし、ビージーズが『愛はきらめきの中に』を歌い始めるころには、ぐっすり眠りに落ちていた。

## 4

（おれの生まれは嵐の夜さ……）

ミック・ジャガーが歌っている。眠りの中でわたしは引き寄せられる。取り替え子のこども、飛び跳ねるジャック《ジャンピング・ジャック》、とってもイカしたジャック・ザ・フラッシュ――ひとりぼっちの幼いわたしの耳でいつも鳴りつづけていた曲。

わたしが嵐の夜に生まれたかどうかは知りようがない。それを言えばなんだって妖精の親がわたしを人間の赤ん坊と取り替えようなどという気を起こしたのかも。とにかくわたしは赤ん坊のラリーとすり替えられ、人間の世界で二十数年育った。自分が妖精だなどとはかけらも知らずに。

わたしはイカしてなんかもいなかった。オタク女子なんてのはスクールカーストの中でも最下層に属する。いじめられはしなかった――同級生たちはなんとなくわたしを遠巻きにしていた。今にして思えば、わたしが根本的になにか異質だということを、彼らもまた無意識に察知していたのかもしれない。わたしは単に「いないもの」として放置され、必要最低限の接触以外は放っておかれた。わたしもそれでよかった。放っておいてもらえれば。黙って夢想の世界に遊ぶことを許してもらえさえいれば。

ジャンピン・ジャックのあわれなお話、ムチでうたれて引き裂かれ、――いっぽう、わたしの両親はきわめて穏健かつ平凡、理性をむねとして、ムチなんてむろん使ったことはなかった。子供に暴力をふるうなんて、考えただけで震え上がってしまっただろう。とにかく彼らはわたしの「ユニークな個性」を尊重し、引きこもりがちな娘を無理に外で遊ばせたりはせずにおいてくれた。それについては感謝している。四六時中、高位自己《ハイヤーセルフ》との交流だの、真の女性の自立だの、革新的ダイエットだの、自然ビタミン療法だのについて、とっぴな話を延々と聞かされるのには閉口したけれど、適当に相槌さえうっていれば、こちらは自由に考え事がしていられることにもすぐ気づいた。実際、わたしが聞いていようがいまいが、母にはほとんど関係なかったと思う。

自分はほんとうは今の自分ではなくて、もっとすばらしい世界が別にあって、そこへ帰れさえすればさえない自分は消え失せ、本物の自分を取り戻して、真実の日々を送ることになる。だれでもティーンの頃は一度は考えることだろう。でもわたしの場合は、それが現実になってしまった。ある日半分狼、半分人間のラリーがコツコツと窓を叩き、自己紹介して、わたしが何者かということもいっしょに教えてくれたのだ。〈取り替え子〉。人間と取り替えられた妖精。

願いをかけるときには気をつけなければならない。まったくだ。わたしはいつも、わたしではないわたしになりたいと願っていた。やせっぽちでそばかすだらけの、口ごもってばかりいるさえない娘。日本のアニメやマンガに猛烈にのめりこんだのも、たぶんそれが自分とはまったくかかわりのない別世界だったからだろう。

でもわたしは自分が「別世界のもの」であることを知ってしまった。また悪いことに、間違いなくその通りであることも、ラリーを見た瞬間に理解してしまった。金色の瞳をきらめかせ、しっぽと耳のくっついた狼少年が「やあ」と窓から顔をのぞかせて牙をみせて笑ったとき、理屈抜きで理解したのだ。彼がわたしの、言ってみればふたごであることを。取り替えられた妖精と人間。なんてこと。さんざん本やテレビで見てあこがれていた世界が、本当に自分のものだったなんて。

けれど、別世界はすべてがすばらしいわけではなかった。妖精たちはたまたま人間の世界に置き忘れられていた同胞がひとり帰還したからといって、花吹雪と赤い絨毯で迎えてくれるわけではないのだ。みんなはわたしをちらっと見、そして無視した。わたしの実の両親は姿すら見せなかった。実際、わたしはいまだに彼らの顔も名も知らない。

知り合いといえるのは、ラリー以外に誰もいない。人間世界での流儀はまったく通用しない。わたしは妖精ではあっても、人間としてのやり方しか知らない。小さい頃から身にそなわっていた不思議な力がまさに妖精の魔力だったと知れたのは収穫だったけれど、だからといって、妖精としての生き方がすぐさま身につくわけではない。

わたしは何かにならねばならなかった。急いで。妖精でも人間でもなく、ふたつの間で操り人形《ジャンピング・ジャック》のようにふらふらしているのには我慢がならない。

自分を人間だと思っていたときは漠然と、ただ大学を出たらどこかに就職して、それから適当に恋愛でもして結婚して、子供を産むんだろうなと考えていたけれど、妖精であることを知った時点で、そんな未来はがらがらと崩れてしまった。「普通でない」ことは簡単ではないのだと、わたしは思い知った。「普通である」ことだってもちろん簡単ではないけれど、わたしはふたつの世界の両方において「普通じゃない」のだから。

思い描いたのは、小さいころのわたしのヒーローだ。まだマンガに出会っていなかったころ、わたしの英雄はシャーロック・ホームズだった。いや、より正確に言えば、アイリーン・アドラーだ。名探偵を完全に出し抜き、からかうように挨拶さえして立ち去ったただひとりのヒロイン、探偵にとって唯一の、あの女性《ザ・ウーマン》。

もう少し大きくなると、わたしの憧れはヴィク・ウォーショースキーやキンジー・ミルホーンになった。マッチョな野郎どもをむこうにまわして一歩も引かない、タフでクールな女探偵。子供の知的欲求および思考の自由については当人の自主性に任せるとしていた、両親の適切さ《コレクトネス》に感謝するいくつかの点のひとつだ。

わたしは好きなだけ本を読みあさり、自分の理想のヒロイン像を頭の中に育てていた。急いで何かにならなければならないと知ったとき、手探りした記憶の中で、つかんだのはその思い出だった。タフでクールな女探偵。汚れた街を歩き回って真実を探り当てる、ヒールをはいた女騎士。

いいじゃない。

わたしは家を出て、マンハッタンの一隅に部屋を借りた。あちら側の社会と人間の社会の両方に広告を出し、人脈づくりにせっせと励んだ。そのうち、仕事がやってきた。繁盛、というほどではないにしても、ひとつまたひとつと依頼をこなすうち、少しずつ名前が知られるようになってきた。

多少の暗示の助けもあって、両親はわたしがささやかな証券会社に就職し、順調にキャリアを積んでいると信じている。彼らの政治的に適切な信念は、娘が実は人間ではなく、妖精だったという事実にも動じないくらい強固だろうかとときどき思う。

稲妻ジャックは電光石火。

とってもイカしてる。


目を開けると、ちょうどローリング・ストーンズは終わるところで、続けてビートルズが『ペーパーバック・ライター』を歌い出した。

朝の光が床の上にこぼれている。わたしは目をこすりながら起き上がり、のびをした。窓ガラスがカタカタ鳴っている。

わたしはベッドを下りてラジオを止め、窓を開け放った。日光と、一陣の風とともに、こまかな灰色の塵が吹き込んできた。塵はくるくるとわたしのまわりに渦を描き、甘えるようにすねに絡みつくと、ふわりと床に広がって一列の文字を描き出した。


ろーら・うぃんふりーおふぶろーどうぇいだんすうたじょゆー

子供が殴り書きしたようなガタガタの文字がそう告げる。

「ローラ・ウィンフリー」

わたしは繰り返した。

「オフ・ブロードウェイ。女優。歌。ダンサー。その女性が卵と関係あるの？」

塵はすばやく動いて別の文字列を作った。


おとこふとったおとこねっくれすかのじょあげるかうすきこころ

「太った男。その男が彼女にネックレスをプレゼントするのね。彼女を愛人にしたいから。その男っていうのはこいつ？」

わたしはパソコンをあけ、昨夜バロンが送ってくれた資料の中から、リチャード・ディーフェンベイカーの写真を表示してみせた。株式会社スペクトラム・インダストリアル・コーポレーションのおえらいさん。塵はするすると動いて、「いえすいえすいえすいえす」と床いっぱいに広がって泡立つように揺れ動いた。

「その女性の顔はわかる？　ローラ・ウィンフリーだけど」

塵はぱっと散って、写真のようにひとりの女性の顔を大きく床に浮かび上がらせた。色が彩色した古い映画フィルムのようにじんわり浮き上がってくる。白っぽく見える髪をふくらませ、風変わりな形に逆立てた化粧の濃い女。唇が黒く見えるほど真っ赤で、目元にはきついアイラインと、青緑色の目が隠れるほど濃いつけまつげをつけている。メイクを落とした素顔も知りたいところだけれど、そこまで言うのはぜいたくだろう。

「ありがと、みんな。戻っていいわ」

わたしはアスピリンの瓶の蓋をあけた。ねずみのひげと古タイヤの灰がくるくる回りながら歓声をあげて吸い込まれていく。中には前夜のうちに、チーズとガソリンをまぜあわせたものをひとかけ入れてあった。誰だって仕事をしたあとは、腹ごしらえをしてゆっくり休みたいものだ。

「ラリー！」

わたしは事務所のドアを大きく開けて叫んだ。ソファの上でだらしなく伸びていたラリーがびくっと飛び上がる。やっぱり昨夜はゲームをしながら寝落ちしたらしい。髪もシャツもくしゃくしゃで、三角の狼耳だけがしゃきっと天井向けて突っ立っている。

「さあ、お仕事。顔を洗って着替えてきなさい、わんちゃん。稲妻ジャックのお出ましよ！」

## 5

ふだんならわたしはオフ・ブロードウェイが好きだ。わたしの生まれる前から延々とロングランを続けている『オペラ座の怪人』や『レ・ミゼラブル』、『シカゴ』や『ライオンキング』などの大作を見に行ってうっとりすることももちろんある。けれどもその完璧に磨き上げられたできの良さが少しばかりきゅうくつになって、小さな劇場で、舞台の役者といっしょに大盛り上がりしたいときがある。

わたしの目の前にあるのは、そんなときでさえ一歩も近寄りたくない感じの場所だった。オフ・ブロードウェイというか、席数はそこそこありそうだけれど、感じだけで言えばオフ・オフ・オフ・オフ×∞・ブロードウェイといったところ。

周囲で『ストンプ』や『ブルー・マン』に観光客が集まって楽しそうにわいわい騒いでいるのに、ここにはぽっかり空間ができている。わたしだって、用事でもなければ近づこうとも思わなかったことだろう。

明るい色の看板はむしろけばけばしく、心を浮き立たせるよりむしろ逆撫でして苛つかせるほうに傾いている。あちこちにべたべた貼られた大きなポスターも、その印象をやわらげる役にはたっていない。使われている写真は女優の顔をアップにした一枚。そこに頭痛がするような刺激的なゴシック体のタイトルとあおり文句がついている。

ちらっと見ただけで全部読むのはやめたけれど、どうやらあまりお上品な読み物ではない。たぶん蛍光色のコピー用紙に、マジックや古いプリンタのかすれた文字で印字されて、デトロイトかどこかの下町に張り出されるのが似合うたぐいの読み物だ。

ストリップティーズ小屋の一歩手前でぎりぎりバランスを取っているそんなポスターで笑っているのは、わたしのタクシーねずみたちが見せてくれたあの顔だった。ローラ・ウィンフリー。

彼女の名前がでかでかとここにもあそこにも躍り、彼女の真っ赤なルージュを思わせるてかてかした赤色のゴシック体がいたるところでしなを作っている。いったい上演されるものがどんな内容で、どんな楽しみがあるのかさえ確かな情報がない。

濃いルージュと真っ黒に見えるほどのつけまつげにマスカラ、白塗りのメイクと派手な頬紅。泡のような白い羽毛のストールにくるまってほほえんでいる彼女は、どこかデスマスクを思わせて気味が悪かった。彼女の目が少しも笑っていないのが、写真でさえわかったからかもしれない。こわばった笑みの下で、白い骸骨が歯をむき出しにしているところを想像し、わたしは身震いした。

漂うすさんだ空気は、『タクシードライバー』でロバート・デ・ニーロが歩いていた、七〇年代ニューヨークの荒廃した裏通りから丸ごとひっこぬいてきたようだ。お高くとまったマジェスティック劇場の支配人など、この建物にブロードウェイの名を冠させることすら、頭から拒否するにちがいない。

近寄りたくない雰囲気にとどめをさしているのは、劇場――とりあえず、そう呼んではおくけれど――の扉の前で不機嫌そうにふんぞりかえっている、黒いスーツにサングラスの男の存在だった。

あれが劇場、というか芸能関係者でないことは、彼の不自然にふくらんだスーツの脇の下を見るまでもなく断言できる。ほかの観客たちが笑い合いながらにぎやかに別の劇場へ吸い込まれていくのを眺めながら、彼はただただむっつりと四角い顎をつきだし、世間の何もかもが気に入らないといった顔つきで、火のついていないタバコをしきりに嚙んでいる。

「どうすんのさ、ジャック」

後ろから、小さな声でラリーが言った。狼耳の上にヤンキースの野球帽をかぶり、そろいのスタジアムジャケットを着た彼は、ますますそのへんのヤンキース・ファンの少年にしか見えない。ピンクの風船ガムを膨らませ、パチンと割ってから、

「あれ、どう見てもカタギじゃないよね。裏へ回ってみる？」

「裏へ回ってもたぶん同じね。なんだか知らないけど、ローラ・ウィンフリーはずいぶん危険なお友だちとのつきあいがあるようだわ」

わたしは言って、ずんずん劇場の正面へ歩き出した。

「ち、ちょっと、ジャック！」

ラリーがあわててあとからついてくる。

「正面突破よ」

わたしは短く言って、劇場の階段をすばやくのぼった。といってもすり減った砂岩の段がふたつあるにすぎないのだけれど。

ほんの数歩で、わたしはサングラス男と向かい合っていた。彼はわたしを目にとめたふりさえ見せず、退屈そうにタバコのフィルターをしゃぶっている。

「ハーイ」

わたしは最高の笑顔でにっこりしてみせた。

「こちらの劇場、開演は何時からかしら？　チケットを買いたいんだけど」

「今日は貸し切りだ」

それだけ言うのも大儀そうに男は唸り、唇に下がったタバコをぶらつかせた。

「あら残念。じゃあ明日は？　あさっては？　友達から、ここの出し物はとてもすてきだから、ぜひ見るといいってお薦めされたんだけど」

「明日もあさってもずっと貸し切りだ」

男はサングラスを傾け、わたしをすかすように見た。ミラー加工のレンズに、奇妙にゆがんだわたしが写っている。

「ずっと貸し切りだ」

念を押すようにもう一度繰り返すと、ぐっと身を乗り出して顔を近づけてくる。

「いいか、お嬢ちゃん、どんな友達に言われたのか知らないが、そいつはたぶん教える劇場を間違えたんだ。いい娘だからさっさと回れ右して、そいつに電話してちゃんとした場所を教えてもらいいな。さもないと――」

「さもないと、なあに？」

わたしはさも無邪気そうに首をかしげた。

「だって友達が言ってたのよ、ローラ・ウィンフリーっていう女優がとってもすばらしくって、特に彼女のオパールのネックレスが目もくらむようだったから、ぜひ目の保養をしてきなさいって。ここにいるんでしょ、彼女?」

オパール、の一言は男にすさまじい反応を引き起こした。豚のような小さな目がかっとむきだされるのが見なくてもわかった。頬を引きつらせて何事か口走り、サングラス男はタバコを吐き出して、巨大な熊手のような両手をわたしの喉へのばしてきた。

残念ながらその手は空を切った。わたしは何の邪魔も受けずにその場を通り過ぎ、サングラス男は中途半端になにかに摑《つか》みかかりかけた格好のまま固まっていた。

「ごめんなさいね、お兄ちゃん」

男の頰を撫で、ついでに地面に落ちたタバコに目をやる。タバコはひゅっとはねかえってわたしの手に収まり、わたしはそれを注意深く男の唇に戻してやった。

「どうしても主演女優に会わなきゃいけない用事があるの。あなたもお仕事なのはわかるけど、こっちも仕事なのよ。悪く思わないでね」

男のいた正面扉を抜けると、そこはがらんとしたホールになっていた。色あせたポスターやチラシが何枚にも重なって貼りつけられ、そこここで、死んだ蝶のようにだらりと垂れ下がっている。小さなバーカウンターはもう使われなくなって久しいのか、酒瓶はほとんどなくなっていて、グラスも数個を残して床の上で破片になっていた。フェイクレザーのスツールは白くうっすら土埃をかぶっている。

「ねえ、なんでただ単に姿を消して通り抜けるとかなんとかしないのさ」

変な格好で固まったままの男のそばをすり抜けながら、ラリーがぶつぶつ言う。妖精の国で育った彼は妖精の単純なやり方になじんでいるから、わたしのやり方がしばしば芝居がかりすぎていて、面倒だと思っているのだ。

「こういうちょっとした会話から新しい手がかりがつかめることだってあるのよ」

わたしは思いきり哀れむような視線を投げてやった。ホールの真ん中に立って見回す。バーカウンターの後ろに小さなドアを見つけた。グラスの破片を踏みながらまわっていって開けてみる。もうっと埃が立ち、ついくしゃみをする。ドアの向こうは薄暗い通路で、どうやらここからバックステージに飲み物や軽食を運ぶのに使っていたらしい。

「それにね」

ドアをくぐりながら付け加える。

「あたしを『お嬢ちゃん』なんて呼んだ奴に一発くらわさずにおけるはずないでしょ」

ラリーをせかして後に続かせ、ドアを閉める。ノブがカチッと鳴ったとたん、表で誰かが派手にひっくり返る音に続いて、感謝祭の花火が爆発したような破裂音がした。わけのわからないののしり声が続き、遠くでパトカーのサイレンが鳴り始める。

通りの人間はきっと仰天したことだろう。ぶすっと突っ立っていた見るからに怪しげなギャングがいきなり飛び上がって、でんぐり返しに歩道に転落し、続けて鼻先で起こった小爆発に悲鳴を上げたのだから。

銃撃でも受けたと思って拳銃を振り回していないといいけど。退屈な立ち番をしていたら、次の瞬間でんぐり返しして階段を転げ落ち、くわえていたタバコが破裂して葉をまき散らしたのだ。とっさに何が起こったか理解できるとは思えない。

むろんその直前に目の前に立った女の記憶は彼にはない――『お嬢ちゃん』ですって、まったく――その『お嬢ちゃん』に何ができるか、用心してしかるべきだったわね、お兄ちゃん。

「ジャック。ここ臭い」

ラリーがそう泣き言を言うのは三度目だった。埃は妖精の歩みをとるわたしたちの足の下では舞い立たないけれど、においばかりはどうしようもない。

ラリーが嗅ぎとっているのは現実的な臭いというより、ここの建物全体に染みついた人間の記憶のにおい、希望と絶望、愛と憎悪と欲望とが煮詰まったにおいだ。わたしにも多少におわないわけではないけれど、見捨てられた場所がまとう饐えた腐臭もあいまって、なかば狼であるラリーにとっては、ことのほかひどくにおうにちがいない。

「もう少しだから我慢して」わたしはささやいた。「ほら、出口よ」

鼻を押さえたラリーはただ短く呻き声をあげた。わたしは足を速めた。むきだしのコンクリートの通路の行く手に口を開いたハッチがあって、そこから飲食物をやりとりできるようになっている。からになったコーヒーカップや皿が積んであるのを押しのけて外へ出て、続けてラリーを引っ張り出した。

「ひゃあ、死ぬかと思った」

廊下に降り立ったラリーは帽子をとってぶるっと頭を振った。狼の耳がいっしょにパタパタッと身震いする。一瞬大きな狼の姿がラリーに重なり、少年の姿と同じように、全身の毛を逆立ててぶるぶるっと身震いする。

「ごめんなさいね」さすがに気の毒になって耳を撫でてやる。

「で、どう？　なにか脈のあるにおいはする？」

こき使うんだからなあ、と文句を言いながらも、ラリーは頭をあげて鼻をひくひくさせた。唇が突き出されてとがり、淡いブルーの瞳がうっすらと金色をおびる。三角の耳がぴんと立ち、レーダーのようにすばやく向きを変えた。

「――あっち」

ラリーは廊下の一方の奥を指さした。

廊下には蠟燭《ろうそく》まがいの電球をつけた明かりがいくつかぶら下がっていたけれど、上の荒れ放題な様子を考えると、これはいかにも場違いだった。そっけないリノリウムと漆喰の壁と廊下にも、そぐわないことおびただしい。上と同様、こちらにもかつてここを行き来していた人々の痕跡が踏み荒らされた紙吹雪のように散っていたけれど、ここにはまだ、生きて歩き回っている人間の気配がする。

わたしはそちらへ向けて一歩踏み出した。

『何か用かね？』

目の前にさかさまの骸骨の顔があった。

わたしは思わずとびすさり、ラリーにぶつかってキャンと言わせた。

『おや、失礼』

骸骨は言うと、天井からするするとさかさまのまま出てきて、直立したまま百八十度回転して床に足をつけ、わたしにむかって丁寧にお辞儀をした。

彼は完璧な一九二〇年代の紳士の服装をしていた。黒いフロックコートに襞《ひだ》のついた堅胸のシャツ、幅広のカフスに細い蝶ネクタイ。わたしにむかって脱いでみせたつやつやのシルクハットまで、なにひとつ欠けたところはない。着ている本人の肉以外は。

『ここに来るお人で、我輩が見える相手は久しぶりでね。あんたはどうやら、最近ここで我が物顔にしてるならず者どもとは違うようだが』

「ええ、違うわ」

わたしはやっと気を取り直した。彼は幽霊だ。そうとも。たいていの劇場で、専属の幽霊を住まわせていないところなどない。多くの人がドラマを楽しむ劇場や映画館ほど、幽霊を強烈に引き寄せる。結局のところ、彼らは人間の情念の影なのだから。わたしの知るだけでも、多いところでは数十人単位の幽霊が、舞台裏や客席のあいだを歩き回り、見えないスタッフとして働いているはずだ。

「あたしはジャック。こっちはラリー。あたしたち、取り替え子なの。あたしが妖精」

『それはそれは。よろしく、ジャック。よろしく、ラリー』

紳士姿の骸骨は鷹揚《おうよう》にうなずき、頭蓋骨に慎重にシルクハットを戻した。

『こんな風にレディと話をしたのは、そう、一九一八年の十月以来か。あのときはギルバート&サリヴァンにちょっと手を加えてやっていてな。うむ、『アイオランシ』だ。大衆の要求に応じたのを。カンカンやら何やらいろいろ。大当たりだった。いや実に。本当に愉快な時代だったよ。ところで、吾輩はロデリック・バーンという』

「よろしく、ロデリック。あら、ミスタ・バーンの方がいいかしら」

『ロデリックでかまわんよ』

骨ばかりの手をあげて振ると、はまった指輪の大きなルビーが蠟燭まがいの電球の光を受けて鈍くきらめいた。

『もしかして、あの騒々しい連中をいいかげん追い出してくれるのかね？　あいつらときたら芸術に敬意を払うどころか、ろくな美的感覚すら持ち合わせておらん。この劇場が使われなくなったのならば時の流れというもので仕方がないが、使うなら使うで、きちんと使用してもらいたいものだ』

「騒々しい連中というのは、表にいた黒いスーツの男の仲間？　銃を持ってた」

『なんてことだ。奴ら、そんな無粋なしろものを』

ロデリックは額に手を当ててうめいた。むきだしの白い歯がカチカチ鳴る。

『劇場の安全を守るのは当然だが、観客を怖がらせてはなんにもならんだろうに。そういう演出を許したことなど吾輩は一度もないぞ』

「演出のようには見えなかったわ。ロビーの荒れようもひどいものだし」

『あれも奴らがやったのだ。以前の使用者たちはきちんと使っておった』

不服そうに首を振る。それはそうだろう。見たところ、この幽霊はとても几帳面そうだし、古そうだ。たぶん浄化政策でニューヨークが一変する前からここにいて、建物や所有者が変わっても、ずっとこの劇場を守ってきたのだろう。

『退屈だといってはものを壊すしか能のない輩など、芸術の殿堂に足を踏み入れるべきではない。おまけに女優の扱いもなっておらんし』

「女優がいるのね」

ラリーは鼻をあげて空気をかぎ、わたしに向かってうなずいた。どうやら幽霊のロデリックが言う『女優』は、わたしたちの目指す相手で間違いないようだ。

『吾輩ならもう少し違う待遇をするがね。ふん！』

　肉がついていないにもかかわらず、彼の鼻の鳴らし方は実に実感がこもっていた。

『いいかね、俳優というのは実にデリケートなものだ。あの娘に才能がないというのじゃないが、たとえサラ・ベルナールであったとしても、いや、サラならなおさら、あんな囚人のような扱いをして、いい演技などできるはずがない。あの連中ときたら、あの娘を楽屋と続きの一間に押し込んだまま、陽の光さえ見せようとせんのだ。あんなことをされては、どんなに陽気なヒバリであっても歌を忘れてしまう、そうではないかね』

「監禁されてるってこと？」

『連中のボスは、保護という言葉を使いたがっておるようだが』

　肉がついていないにもかかわらず、ロデリックの骨の眉間に深いしわが寄るのが見えるようだった。

『いったいなにから保護しているというのか、吾輩にはわからんね。保護するというならあの連中からそもそも保護してやるべきだ。吾輩は芸術に奉仕する身だが、女性に奉仕するのもやぶさかではない。大いに。こういう身になってからも、できるかぎりレディには親切にしてきたつもりだ。あ奴らにはレディの周囲十メートルにも近づく資格はない』

「よろしければ、こちらのレディにも手を貸していただけないかしら。コルセットもバッスルもつけていない、不出来なレディで申し訳ないけれど」

わたしは申し出た。

「あたしたち、ある方面から依頼を受けて、大切な宝物を探しているの。その女優、ローラ・ウィンフリー嬢を閉じ込めている奴らと、それが関係あるかもしれなくて。彼女と会って話がしたいんだけど、案内してもらえるかしら？」

『よろしいとも。喜んで手伝わせていただくよ。名誉なことだ』

ロデリックは腕を差し出した。一瞬おいて、わたしはレディとしてふるまうことを期待されていることに気づき、少々奇妙な気分で骸骨紳士の腕をとった。ロデリックは満足そうに息をつき、さっきラリーが示した方向にむけてわたしを導きはじめた。

## 6

『秘密任務を帯びたレディの加勢とは』

わたしをエスコートしながら、うれしそうにロデリックは歯をカタカタ鳴らした。

『実にこたえられん。吾輩がやった中でも特に大当たりだった一番を思い出すよ。ヒロインは悪辣な貴族が国を売ろうとしているのを発見した娘でな。ガーターベルトに短剣をはさんで、悪党どものただ中へ、恋人に情報を伝えるために忍んでいくのだ』

「おもしろそうね」あいにく、わたしはガーターベルトも着けていない。

「ラストは悪の一味をつかまえて、恋人同士が熱いキスをかわすんでしょ」

『むろんだよ、きみ、むろんだ。大衆が求めるのは常にハッピーエンドだからね』

首の骨をぽきぽき言わせながら、ロデリックは何度もうなずいた。

『きみの任務もハッピーエンドに終わるよう、尽くさせていただくよ。さて、ここだ』

とあるドアの前でロデリックは立ち止まった。

ここだけドアが新しいものに取り替えられていた。でも、壁の蠟燭まがいの電灯と同じく、ドアもぺらぺらの合板に木目を印刷した安っぽい出来で、狼になったラリーか、あるいはわたしの体当たり一発でも突き抜けられそうだ。ちょっと拍子抜けした。表に立っていたような見張りが、ここにもいると用心していたのだけれど。

『この廊下には幽霊が出るという噂が立っていてな』

わたしの懸念を先回りしたように、ロデリックが無邪気を装って言った。

『奴ら、用があるとき以外はここに近づかんようにしておるのだ』

それが誰のしわざかは聞くまでもなかった。わたしは身体をずらし、妖精の世界に半歩足を入れて、扉のそばに身をかがめた。こうしておけば人間の目にわたしたちは映らない。通路で表のサングラス男の同類とでくわしたらさすがに面倒だ――骸骨と腕を組んで歩いているのを見られるのはもちろんのこと。

合板は見た目通りの薄っぺらさで、中で誰かが話している声がそのまま聞こえてきた。若い女の声と、男の声だ。女はローラ・ウィンフリーとして、男は誰だろう。悪の親玉、リチャード・ディーフェンベイカー？　でも大企業のＣＥＯにしてはいささか若すぎるし、ちょっと弱気すぎるような気がする。

『中に入るかね？』

ロデリックは自分の演劇感覚を刺激されてとても上機嫌らしい。わたしの手を取り、さあどうぞと促すようにドアの前に導いた。

『残念ながら、ドアを開けてさしあげるほどの力は吾輩にはないのだが』

「ありがとう、でも大丈夫。ラリー、ここで見張っててくれる？　危険そうなやつが近づいてきたら知らせて」

わたしはささやいた。ラリーは上の空で鼻をひくつかせ、あちこちにおいを嗅ぎながらうなずいた。狼耳はいそがしく動いて、国防総省のパラボラアンテナのように、情報集めに余念がない。ラリーにはちょっと電子の精霊たちと似たところがあって、何かを追い始めたり嗅ぎつけたりすると、それに夢中になってしまう傾向がある。

わたしはもう一度ラリーがきちんと姿を消しているのを確かめ、ドアを通り抜けた。魔法よけも妖精よけもなされていない、安物のドアなどたやすいものだ。

ロデリックも薄い霧になって入ってきて、わたしの隣で再び骸骨の姿をとった。わたしは室内の誰からも見えない状態を保持しながら、あたりを見回した。

ひどくちぐはぐな印象は、ここに至ってますます強烈になっていた。だだっ広いだけの半地下の部屋は、うんざりするほど悪趣味なインテリアでこれでもかというほど飾り立てられていた。ガラス玉のいっぱいついたオペラ座のシャンデリアの縮小版、どぎついピンクの繻子《しゅす》のクッションに足台、目が痛くなるほどけばけばしい絨毯、ロココ調という言葉を何か勘違いした白塗りのケーキのような化粧台とテーブルとソファ。隙間から、むきだしのままの汚れたコンクリートがのぞいているのがなんだか痛々しい。

それらの中心で、白い薄物のナイトガウンを羽織った金髪の小柄な娘が、うつぶせになってすすり泣いていた。頭痛のするような絨毯に膝をついている若い男が、おろおろしながらなんとか泣きやませようとしている。

黒い髪を逆立て、パンク・バンドの名前を大書したTシャツによれよれのジーンズという格好のその男は、バロンの写真の中で見た顔だった。ええと、確かそう、ジェフリー・チャンドラー。こんなところでいったい何をしてるの？

「なあ頼むよ、ローラ、俺といっしょに来てくれよ」

しゃくり上げる娘の肩をさすりながら、ジェフリー・チャンドラーは言った。

「行けないわ。無理よ」

ひときわ大きく鼻をすすって、ローラ・ウィンフリーが顔を上げた。

「あたしはここから一歩も出られないのよ。外に出たってすぐつかまるわ。ろくな服も、靴も持ってない――舞台用の、ばかみたいな衣装以外は。お金なんかもちろんない」

マスカラが黒い筋になって頬を流れ落ちている。口紅は剝げ、頬紅はまだらになって、ファンデーションの下の青ざめた顔がはっきり浮き出していた。胸が痛んだ。彼女はまだ少女のようだった。おそらく、二十歳をいくつも越えていないのではないか。

ひょっとしたら、まだ十代かもしれない。タクシーねずみたちの持ち帰ってきたイメージからはほど遠かった。たぶん彼らは表のポスターの写真を見たのだろうけれど、じかに見たローラ・ウィンフリーは、少なくともたった今は、女優どころか、カウンティ・フェアの人混みで迷子になった幼い子のようだった。

「あいつらのボスがあたしをあきらめないかぎり、あたしはおしまいよ。ここにずうっと閉じ込められて、ボスのために歌って踊るだけ。飽きられたら頭に一発撃ち込まれて、ハドソン川に投げ込まれて終わり。でも、それまではとにかく生きていられる。あんたにはそういう目にあってほしくないのよ、ジェフリー」

「だから、俺にもボスがついてんだって」

ジェフリーは必死の顔だった。彼もまだとても若い。自分で人に思わせようとしている年より実際にはずっと幼いものが漂わせる、独特の痛々しさが彼にもある。彼のことをガムの嚙みかす、と見下げた言い方をしたバロンがちょっと憎らしくなった。確かに彼はそこらへんにたくさんいるちんぴらの一人かもしれないけれど、泣いているガールフレンドを慰め、助けようとする真心を持っている。

「ほんとだって。ここにだってちゃんと入ってきただろ、な？　金のことだって心配しなくていいんだ。見ろよ、こいつを」

膝の破れたジーンズの後ろポケットから、小さな革袋を引っぱり出す。口をあけて、中身を手のひらに振り出した。

しゃくり上げていたローラのすすり泣きがとまり、みるみるうちに目が飛び出さんばかりに丸くなった。わたしの目も、きっと同じようになっていたにちがいない。

『これは、これは』

隣でシルクハットのつばに手をやったロデリックが、感嘆の吐息をついた。

『かつてのよき時代にも、これほど美しいものは見たことがない』

「これ――これ、どうしたの」

ローラがふるえる手をジェフリーのほうにのばした。マニキュアをした小さな手に、ジェフリーの手がしっかり重なる。

「パクった、っていうか、いやその、ボスがくれたんだよ、うん」

二人の手が重なっても、宝石の放つ光は少しも変わらなかった。たくさんの小粒のダイヤに囲まれた、コマドリの卵ほどもある大きな虹色のオパール。

写真で形は確認していたけれど、実物はとうていそんなものではなかった。どんなものだろうと及びもつかない。

なめらかな表面の下で、燃え上がるような緋色や金色、碧、翠、そのほか形容する方法のないありとあらゆる色彩がめくるめくダンスを踊っている。乳白色の地は眠たげな青みを帯びた透明な光をもやのようにまとい、内包する光がくるくる回転するにつれて、オーロラのようにゆらゆら揺れて自ら身じろぎするかに思える。

天井のはでなシャンデリアの光も、この光の前には力を失った。それはそうだろう。本物の竜の卵の力と輝きの前に、対抗できるこの世のものなどありはしない。

部屋に入るとき、いや、入る前から、なぜこれの存在に気づけなかったのか。あの革袋には相当強烈な、魔力遮蔽の魔術がほどこされているにちがいない。


胸が早鐘を打ち、自然に息が上がってくる。体が熱を持つ。頰が熱い。竜の卵の実物を目にするのは初めてだったし、おそらくこれが最後だろうけれど、これほどパワフルな魔力の結晶には惹きつけられずにはいられない。わたしたち妖精はきらめく魔力の源である夜の愛し仔《スレイ・ベガ》に惹かれるけれど、竜の卵は、蜂蜜酒《ミード》にたとえられる彼らの存在を数千倍に濃縮し、さらに悠久の時と、受け継がれたいにしえの血脈によって純粋化して、固めて物質にしたようなものだ。

確かにこんなものを、人間社会に置いておくわけにはいかない。

「な、これがあれば、金なんか心配いらねえよ」

ジェフリーはローラの手を撫でながら、しきりにそう繰り返している。

「このダイヤ一個売ったって、俺とお前、二人でどっかへ逃げる金くらいにゃなる。見ろよ、このすげえ宝石。こいつを金にすれば、一生食うにゃ困らない。グァテマラかどっかへ逃げて、でっかいヨットとプールつきの家を買って、二人で暮らすんだ。お前専用の劇場だって買える。俺なら、お前を閉じ込めたりなんかしねえ」

「無理よ」ローラが泣き声をあげた。

「ボスが見逃すはずないわ……毎晩あたしを見に来るあの男……どうしてだか判らないけど、あたしを捕まえて離さないの……あたしをじろじろ見て、歌って踊らせて、それからむっつりしたまま帰るだけ……怖い男たちがたくさんいて、あいつにへいこらしてて、なんでもいうことをきくの……ちょっとでも逆らおうものなら、あたしを殺しかねないわ……あいつが許せばの話だけど」

「俺が守ってやる。守ってやるよ」

本格的に泣き出してしまったローラの背中を、懸命にジェフリーはさすった。

「俺だってやるときゃやるんだ。今度はしくじらねえ。お前のことじゃ絶対にしくじったりしねえ。お前があんなひひ爺いに目をつけられたときに、すぐに連れ出してやるべきだったんだ。もしかしたら大舞台でスターになれるかもってお前が言うもんだから、俺、お前がいいならそれでいいやって。けど、こんな扱いされてるお前を見て、黙ってろっていう方が無理な話だろ」

「でも、ジェフリー、こんな危険なこと……」

「俺だって男だ」

マスタードとケチャップの染みで汚れたパンク・バンドのTシャツをそらして、ジェフリーは胸を叩いてみせた。ちょっとむせた。少し手が震えている。

「女一人守れないで、何が男ってもんだい。うまくやるさ、大丈夫だ。安心して俺に任せてろって。俺のほうのボスだってついてんだ。あんなでぶの爺さんの一人や二人、いや三人や四人いたって——」

(『ジャック！』)

せっぱ詰まったラリーの叫び声にはっとわれに返った。いつの間にか竜の卵の輝きに魅入られて、注意を払うことを忘れていたようだ。

(『あいつらが来る！　いっぱい来るよ、武装してる、十四、五、六人——うわっ、いったい何だよこれ？　まるで超新星じゃないか！』)

自分自身をわたしはきつくのしった。耳をそばだてると、人間の気配と乱暴な足音が四方からどやどやと近づいてくるのがわかった。ああ、どうしてもっと早く気づかなかったのか。こんなに強烈な魔力がいきなり出現して、察知されないわけはないのだ。たとえ魔力のないものでも、よほど鈍感でないかぎりなんらかの刺激を感じるはず。

急いで頭を巡らせる。表にいた男はオパールという言葉にはげしく反応した。つまりいったんはサングラス集団の親玉に卵が渡っていたということ。そして盗まれた――たぶん。やったのはジェフリー？　いや、それはあとで考えよう――魔力遮蔽をほどこした袋からして、そう、魔術師がかかわっているのは間違いない。でもジェフリーは魔術師には見えない。魔力は感じない。バロンの写真では、ジェフリーはベルベットの箱に入ったネックレスを手にしていたから、どこかで、魔力遮蔽のついた袋に入れ替えたはず――そもそも、彼はどうやってあれを手にしたの？　ボス。彼のボスというのは誰？

ローラが両手を口に当てて悲鳴をあげた。

怒声が響き、ドアが開いていかつい男たちがどっと部屋になだれ込んできた。ジェフリーは宝石を――竜の卵をつかんだままぽかんとし、銃口が向けられていることが理解できないかのように、その場に腕をたらして立ちつくした。わたしは叫んだ。

「ラリー！」

猛烈な唸り声があがり、男たちの数人がぎょっとしたように後ろを向いた。とたん、戸口に現れた巨大な灰色狼が飛びかかり、床に突き倒す。

叫び声が交錯し、数発の銃声があがった。でもラリーは拳銃より早い。次々と男たちに体当たりし、その巨体でなぎ倒し、地の底まで震えるほどの咆哮をあげる。

妖精の世界に半分足をおいたまま、わたしは手をのばしてジェフリーの腕をつかんだ。

「その宝石をしまいなさい、ばか！」

早口にささやく。ジェフリーは殴られたように飛び上がり、左右を見回した。

「だ、誰だ？　誰かいんのか？」

「いいから、そのネックレスをしまいなさい、早く！　ここから出るのよ、急いで」

「で、でも、俺ローラを――」

「そんなこと言ってる場合じゃないでしょ。出直しよ、いいから行くの！」

わたしはジェフリーをぐいと引っ張って、こちらがわの境界に引きずり込んだ。

「奴が消えた！」

男たちの間から驚愕《きようがく》の叫びがあがった。同時にラリーがくるりと一回転して少年の姿にもどり、わたしのそばに飛び込む。服は狼に変身するときびりびりになってしまったので素っ裸だ。まだ半分狼の毛皮に覆われていて、帽子だけかろうじて手に持っている。

「あのジャケット、気に入ってたのに」恨めしそうに言う。「弁償してよね」

「経費につけとくわ」

「狼もいないぞ！」

「いったいどうなってるんだ？」

男たちのほうはますます混乱をきわめている。「ジェフリー」ローラはヒステリックに泣きわめいている。「ああ、ジェフリー、ジェフリー！」

「女を押さえろ。そいつまで逃がしたらこっちの命がない」

「ボスに連絡しろ――」

『バアアアアアアアアアアアアアア!!!』

ローラが気絶した。

部屋いっぱいに出現した超巨大な骸骨が、歯をむいてケタケタ笑った。からっぽの眼窩を蒼白い火で満たし、骨ばかりの両手をつかみかからんばかりに空中でうごめかせる。

ギャング集団から情けない悲鳴がいくつかあがり、数人はその場に座り込んで動けなくなった。腰を抜かしたらしい。

「ありがとう、ロデリック」

ジェフリーをひっぱって部屋を出ながら、わたしは骸骨に片目をつぶった。

「そちらの女優の世話は一時あなたにお任せしていいかしら。ガーターベルトと短剣を用意したら、また来るわ」

『おお、いつでも、わがレディ・エージェント』

幽霊は陰火の燃える目をこちらに向け、ウインクし返した。わたしは手の中で脈打っているかに思える竜の卵を袋に滑りこませてポケットにつっこみ、その感触を熾火《おきび》のように感じながら、ジェフリーを引きずって、表通りへ飛び出した。

〈続〉

各作品は、本書のために書きおろされたものです。

# 執筆者紹介

**ヤマザキコレ　漫画家。**代表作：BLADE COMICS「魔法使いの嫁」シリーズ、ほか。
▽自分でもかなり好きなヘーゼルさんの話でした。彼らのように、世にはあらゆるものがひっそりと隠れていて、彼らなりに生きているのだなあと。

**三田誠（さんだ・まこと）小説家。**代表作：TYPE - MOON BOOKS「ロード・エルメロイⅡ世の事件簿」シリーズ、角川スニーカー文庫「レンタルマギカ」シリーズ、ほか。
▽原作を読んだときから、このふたりはどんな風に絆を深めたのだろうと、妄想を逞しくしていました。こうして一篇にできる機会をいただき光栄です。

**蒼月海里（あおつき・かいり）小説家。**代表作：角川ホラー文庫「幽落町おばけ駄菓子屋」シリーズ、ハルキ文庫「幻想古書店で珈琲を」シリーズ、ほか。
▽この度は、アンソロジーに参加させて頂き、有り難う御座います。あの世界の片隅で起こっていたかもしれない出来事を、人外と少女コンビで楽しく書かせて頂きました！

**桜井光（さくらい・ひかる）シナリオライター、小説家、脚本家。**代表作：KADOKAWA「Fate/Prototype 蒼銀のフラグメンツ」シリーズ、ニトロプラスブックス・星海社文庫「灰燼のカルシェール」、ほか。
▽ファンとして楽しませていただいている物語の世界に、こうした形で関わることができて光栄の至りです。ありがとうございました。原作のこれからが楽しみでなりません。

**佐藤さくら（さとう・―）小説家。**代表作：創元推理文庫（F）「魔導の系譜」「魔導の福音」。
▽素敵な企画にお声をかけていただきありがとうございました。手に取ってくださった方に、少しでも楽しんでいただき、二人のことを好きになっていただけたら幸いです。

**藤咲淳一（ふじさく・じゅんいち）脚本家、小説家。**代表作：マッグガーデン・ノベルズ「BLOOD#」、徳間デュアル文庫「攻殻機動隊 STAND ALONE COMPLEX」シリーズ、ほか。
▽僕のやつ、『まほよめ』の世界観の斜め上いってる作品かもしれませんが、僕なりに世界の陰と連なりを綴ったものとなりました。でも仕事する小人さんはほしいです。

**三輪清宗（みわ・きよむね）ゲームデザイナー、小説家、考証家、脚本家。**代表作：マッグガーデン・ノベルズ「甲鉄城のカバネリ」上下、新紀元社「TRPG 異界戦記カオスフレアSecond Chapter」シリーズ、ほか。
▽『魔法使いの嫁』小説アンソロジー、発行おめでとうございます。その一席に加われて光栄であります。かねてよりこの作品のファンでもありましたので、喜びもひとしお。皆さんにも楽しんでいただければ幸いです。

**五代ゆう（ごだい・―）小説家。**代表作：ハヤカワ文庫JA「グイン・サーガ」シリーズ（共同著）、MF文庫J「パラケルススの娘」シリーズ、ほか。
▽はじめまして、五代ゆうと申します。今回は楽しい企画にお誘いいただきありがとうございますっていうか楽しすぎて前後篇です。自分の三倍の法則（終わると予定枚数の三倍になる）を忘れてた……。

マッグガーデン・ノベルズ

小説
魔法使いの嫁 ‖金糸篇‖
The Ancient Magus Bride

ヤマザキコレ

三田誠

蒼月海里

桜井光

佐藤さくら

藤咲淳一

三輪清宗

五代ゆう

監修：ヤマザキコレ

編集：戸堀賢治
新福恭平・佐藤裕士（マッグガーデン）

発行日　2017年9月23日　初版発行



発行人　保坂嘉弘

発行所　株式会社マッグガーデン
〒102-8019 東京都千代田区五番町6-2 ホーマットホライゾンビル5F
編集 TEL:03-3515-3872　FAX:03-3262-5557
営業 TEL:03-3515-3871　FAX:03-3262-3436

印刷所　共同印刷株式会社

装幀　伊波光司+ベイブリッジ・スタジオ



ISBN978-4-8000-0690-5 C0093